Lina Hansson

Mittsommerliebe

Weitere Titel der Autorin

Winterküsse in Schweden

Über die Autorin

In Schweden hat Lina Hansson ihre zweite Heimat gefunden. Sie liebt das Land, die Lebensweise und sogar die Temperaturen. Zusammen mit ihrem Mann und den drei Kindern genießt sie insbesondere die endlos langen Sommertage auf dem Land. Sie verbringt gerne Zeit in der Natur und schreibt am liebsten in vollkommener Stille mit Blick auf eine Blumenwiese oder einen See. Lina Hanssons Romane handeln von der Liebe und machen Lust darauf, den nächsten Urlaub in Stockholm oder einem roten Schwedenhaus zu verbringen.

Lina Hansson

MITTSOMMER LIEBE

beHEARTBEAT

Vollständige ePub-to-Print-Ausgabe des in der Bastei Lübbe AG
erschienenen eBooks »Mittsommerliebe« von Lina Hansson

Copyright © 2021 by Bastei Lübbe AG, Köln
Textredaktion: Dorothee Cabras
Lektorat/Projektmanagement: Anna-Lena Meyhöfer
Covergestaltung: Guter Punkt, München unter Verwendung von Motiven ©
elenavolkova/GettyImages; RobertSchneider/GettyImages; T/GettyImages;
Lars Johansson/AdobeStock
Satz: 3w+p GmbH, Rimpar
Druck: Books on Demand GmbH, Norderstedt

ISBN 978-3-7413-0232-9

www.be-ebooks.de
www.lesejury.de

30. April

»Fröhliche Walpurgisnacht, Oberhexe!«

Jule stellte die Schubkarre ab, mit der sie die letzte Fuhre Reisig zu der Feuerstelle gefahren hatte, und wandte sich zu der vertrauten Stimme um. Vor ihr stand ihre beste Freundin Malin und strahlte sie an. Doch etwas an diesem Bild stimmte nicht.

»Wieso bist du allein?«, fragte Jule überrascht. »Hat Sven seinen Flieger verpasst?«

»Nein, nein«, versicherte Malin schnell. »Planmäßig gelandet, alles gut. Er lotst gerade übers Handy seinen Kumpel Lasse her und wartet draußen auf ihn. Ich dachte mir, ich suche dich inzwischen schon mal, damit ich unsere Sachen in dein Gästezimmer bringen kann.«

Da zu erwarten war, dass bei dieser Feier des *Valborgsmässoafton*, der Walpurgisnacht, eine Menge Alkohol fließen würde, hatte Jule Malin und deren Freund Sven angeboten, bei ihr zu übernachten, damit sie später nicht quer durch Stockholm nach Hause fahren mussten. Jule wohnte hier auf dem Gelände der Gärtnerei ihrer Familie, wo das Fest stattfinden würde, in einem Anbau des Haupthauses.

»Gute Idee. Moment.« Jule brauchte einen Augenblick, um sich zu sammeln und zu entscheiden, was als Nächstes zu tun war. »Ich muss die Schubkarre noch wegbringen.«

»Okay.« Malin zuckte gelassen mit den Schultern und begleitete sie zum Geräteschuppen.

»Dieser Kumpel von Sven, den ihr da mitbringt, das ist Weihnachtsbaum-Lasse, oder?«, erkundigte Jule sich auf dem Weg.

Ihre Freundin lachte über die Bezeichnung und bestätigte: »Ja, genau, durch seine Aktion mit dem Weihnachtsbaum haben Sven und ich uns kennengelernt.«

Ohne dass sie ihn kannte, brachte das diesem Lasse einen Pluspunkt bei Jule ein. Sven war das Beste, was ihrer Freundin seit Langem passiert war, und sie gönnte den beiden ihr Glück von Herzen.

Sie stellte die Schubkarre an ihren Platz zurück und verschloss die Tür zum Geräteschuppen sorgfältig – nur für den Fall, dass später irgendwelche betrunkenen Studenten auf dumme Ideen kamen. Dann schlenderten sie weiter zu Jules Häuschen.

»Wenn wir schon da sind, solltest du dich vielleicht noch ein bisschen frisch machen, bevor die Feier anfängt«, schlug Malin vor, als Jule den Schlüssel ins Schloss steckte.

Sie wandte sich zu ihrer Freundin um. »Sehe ich so schlimm aus?«

Malin grinste. »Na, sagen wir mal, du hast wirklich was von einer Hexe.« Sie streckte die Hand aus und zog etwas aus Jules Haaren. »Von einer Hexe, die mit ihrem Besen gekämpft hat und dabei aus Versehen mit einem Verkleinerungszauber belegt wurde.« Sie schnippte den kleinen Ast zur Seite.

Jule blickte an sich hinunter und musste Malin recht geben. Sie trug eine Arbeitslatzhose, die eigentlich ihrem Bruder Ruben gehörte. Die Beine waren aufgekrempelt, und um die Hüften schlackerte sie. Die warme Vliesweste mit dem Logo der Gärtnerei auf der Brust hatte zwar die richtige Größe, war aber nicht gerade die Partykleidung ihrer Wahl. Und was ihre Freundin über den Zustand der Frisur behauptete, glaubte sie einfach einmal. Immerhin hatte sie die letzten Stunden mit hektischen Vorbereitungen für die Feier der Walpurgisnacht verbracht, zu der sich in Kürze viele Freunde und Nachbarn der Familie Nilsson auf der Wiese hinter dem Wohnhaus versammeln würden.

Wie jedes Jahr wollten sie gemeinsam den Winter vertreiben, indem sie fröhliche Lieder sangen und ein großes Feuer entzündeten, das alle Altlasten verbrennen sollte. Über Malins Schulter hinweg sah Jule, dass soeben der Studentenchor eingetroffen war, der später alle mit dem *Studentsång* unterhalten würde. Sie musste sich wirklich beeilen, wenn sie sich noch umziehen wollte, bevor es losging.

»Stimmt«, murmelte sie deshalb nur und sperrte schnell die Tür auf. Im winzigen Flur schlüpften beide aus ihren Schuhen, dann ging Malin schnurstracks weiter ins Gästezimmer, um dort ihren

Rucksack abzustellen. Sie hatte schon so oft hier übernachtet, dass sie nicht auf Anweisungen warten musste.

Jule streifte die Arbeitshose ab und hängte sie zusammen mit ihrer Weste auf einen Haken. Auf dem Weg ins Badezimmer entledigte sie sich hüpfend ihrer Socken. Das verschwitzte T-Shirt stopfte sie im Vorbeigehen in den Wäschesack. An jedem anderen Tag hätte sie sich schnell unter die Dusche gestellt und vor allem auch die Haare gewaschen, aber heute war das überflüssig. Eine Katzenwäsche reichte völlig aus, denn wenn nachher alle um das Feuer herumstanden, würde der Rauch jeglichen Körpergeruch überdecken. Und morgen früh würden die Haare eine Wäsche viel dringender nötig haben als jetzt.

Sie frisierte sich, bis die blonden Wellen wieder gleichmäßig fielen, und entfernte dabei noch ein Stück Reisig. Als sie sich gerade fragte, wie viel Aufwand sie mit dem Make-up betreiben sollte, erschien Malins Kopf in der Tür.

»Ah, schon viel besser«, kommentierte sie. »Jetzt bist du wieder vorzeigbar.«

»Ich bin immer vorzeigbar«, behauptete Jule und streckte ihrer Freundin im Spiegel die Zunge raus. Lidstrich und Wimperntusche mussten heute an Styling reichen. Wenn die Sonne unterging, konnte niemand sehen, ob sie Rouge aufgetragen hatte. Außerdem würde die Kälte der Nacht oder die Hitze des Feuers ohnehin für rote Wangen sorgen.

Sie überprüfte noch einmal das Ergebnis der raschen Auffrischung, dann verließ sie das Bad in Richtung Schlafzimmer. Malin folgte ihr und ließ sich auf das Bett plumpsen. Sie griff nach dem Buch, das auf dem Nachttisch lag, betrachtete das Cover und las den Titel. Im Spiegel konnte Jule erkennen, dass sie dabei die Augen verdrehte. Bei Romanen hatten sie einen völlig unterschiedlichen Geschmack. Obwohl Malin im richtigen Leben eindeutig romantischer veranlagt war, hielt sie von den Liebesromanen, in die Jule so gern abtauchte, nicht viel. Sie legte das Buch auch sofort zurück und fing stattdessen an, in der Zeitschrift zu blättern, die darunter gelegen hatte.

»Ich wollte dich übrigens noch etwas fragen«, begann sie, während Jule im Kleiderschrank nach einer Jeans und einem warmen Pullover suchte.

»Was denn?«

»Hättest du Lust, mit mir ins Fitnessstudio zu gehen? Ich dachte mir, ich fange langsam mal zu trainieren an. Vielleicht können wir dann im Sommer wieder zusammen klettern.«

An der Schranktür vorbei warf Jule ihrer Freundin einen prüfenden Blick zu. »Ist deine Schulter denn so weit?«

Malin hatte sich im vergangenen Jahr bei einem schweren Unfall eine Schulterverletzung zugezogen, die ihr noch lange zu schaffen gemacht hatte.

»Die Ärzte sagen, ja. Und ich habe letztens mit Lasse darüber geredet. Er meint, wenn ich zuerst vorsichtig die Muskeln wieder aufbaue und es dann mal nur mit Bouldern versuche und vor allem immer auf die Signale meines Körpers achte, sollte es gehen.«

»Ist dieser Lasse Arzt?«, wollte Jule wissen.

Malin schüttelte den Kopf. »Nein, Fitnesstrainer. Er arbeitet in dem Fitnessstudio, in dem Sven trainiert.«

»Kennen sie sich von dort?«

»Keine Ahnung, ehrlich gesagt. Wie die zwei sich kennengelernt haben, habe ich nie gefragt. Ich weiß nur, dass sie schon seit Jahren die besten Freunde sind.«

Jule nahm die Antwort mit einem Nicken zur Kenntnis und wandte sich wieder ihrem Kleiderschrank zu. Endlich entschied sie sich für eine Jeans und zerrte sie aus dem Stapel. Dass der Rest dabei durcheinandergeriet, störte sie nicht. Ordnung war nicht gerade ihre Stärke.

»Also?«, hakte Malin nach. »Kommst du mit? Lasse hat mich zu einem Probetraining eingeladen. Aber ich habe keine Lust, da allein hinzugehen. Ich glaube, dort trainieren hauptsächlich Männer, und ich mag beim ersten Mal nicht die einzige Frau sein.«

Das konnte Jule gut verstehen. Auch wenn es ihr sonst nichts ausmachte, unter Männern zu sein – zum ersten Mal ganz allein ein Fitnessstudio zu betreten, in dem man dann vielleicht von allen Seiten angestarrt wurde, war keine Vorstellung, die ihr sonderlich behagte. Sie wusste jedoch, wenn sie mit Malin zusammen war, würden ihr die neugierigen Blicke nichts ausmachen. Ihrer Freundin ging es offenbar genauso.

»Okay«, sagte sie deshalb nur. Die Aussicht auf gemeinsame Klettertouren gefiel ihr nämlich außerordentlich. Im vergangenen Sommer war sie gezwungen gewesen, sich andere Leute als Begleitung zu suchen, und mit niemandem hatte es so viel Spaß gemacht wie mit ihrer besten Freundin. Außerdem kletterten sie zusammen, seit sie vor mehr als zehn Jahren als Vierzehnjährige den ersten Kurs besucht hatten, und verstanden sich blind, wenn sie in einer Wand hingen.

In dem Moment wurde Jule bewusst, wie sehr ihr diese Touren fehlten. Es war wirklich höchste Zeit, dass Malin wieder fit wurde, und sie würde alles tun, um sie dabei zu unterstützen.

»Okay, dann vereinbare ich nachher mit Lasse gleich einen Termin.« Malin strahlte und legte die Zeitschrift zur Seite, auf deren Cover das Kronprinzenpaar abgebildet war. Der Anblick dieses Fotos machte Jule misstrauisch. Immerhin war Daniel, der Ehemann von Prinzessin Victoria, ihr Fitnesstrainer gewesen.

»Du willst mich doch nicht mit diesem Lasse verkuppeln?«, fragte sie. »Hast du ihn deshalb für heute eingeladen?« Um zu unterstreichen, wie sie darauf gekommen war, deutete sie mit dem Zeigefinger auf die Zeitschrift.

Malin bemühte sich vergeblich um einen neutralen Gesichtsausdruck. Ihre Miene verriet Jule ganz eindeutig, dass genau das ihre Absicht gewesen war. »Lasse ist ein wirklich netter Kerl«, versicherte sie.

»Aber das heißt noch lange nicht, dass ich es wie Prinzessin Victoria mache«, entgegnete Jule.

»Verkuppeln wollen wir dich auch gar nicht. Ich dachte mir nur, es ist irgendwie unfair dir gegenüber, wenn Sven und ich uns ganz aufeinander konzentrieren, weil wir uns eine Woche nicht gesehen haben. Vielleicht magst du Lasse ja, und ihr verbringt einen netten Abend miteinander, auch nachdem wir uns zurückgezogen haben.«

»Um in meinem Gästezimmer ausgiebig euer Wiedersehen zu feiern?«, neckte Jule.

Malin grinste und wurde ein bisschen rot.

»Na, solange ihr euch auf das Bett im Gästezimmer beschränkt …« Jule warf ihr einen gespielt missbilligenden Blick zu.

Ihre Freundin hob zwei Finger zum Schwur. »Ich verspreche hoch und heilig, wir werden uns im Rest deiner Wohnung zusammenreißen.« Doch dann setzte sie einen träumerischen Gesichtsausdruck auf und überlegte laut: »Obwohl … eine Dusche schadet nach dem Walpurgisfeuer bestimmt nicht.«

Jule schleuderte gespielt erbost einen Pullover nach ihr, den Malin kichernd auffing und sogleich zurückwarf.

»Los, zieh dich endlich an!«, forderte sie Jule auf. »Die Jungs suchen uns bestimmt schon, sie wissen ja nicht, wie es hier bei euch zu *Valborg* läuft, woher sie was zu trinken bekommen und überhaupt. Und wir verpassen am Ende noch das Entzünden des Feuers, wenn wir hier noch lange herumhängen.«

Den Moment wollte Jule sich nicht entgehen lassen. Deshalb schlüpfte sie schnell in die Jeans und zog sich den Pullover über. Dann fuhr sie sich durch die Haare und warf einen prüfenden Blick in den Spiegel. An einem gewöhnlichen Samstagabend würde sie so nicht fortgehen, doch für die Walpurgisnacht war ihr Outfit genau richtig.

Im Flur entschied sie sich für derbe Boots, wie auch Malin sie trug, und eine warme Jacke im Military-Style. Zur Sicherheit steckte sie eine Mütze ein, denn in Schweden konnten die Nächte um diese Jahreszeit noch sehr kalt werden, obwohl im Großteil von Europa schon der Frühling ins Land gezogen war.

Voller Vorfreude verließen beide das Haus und machten sich auf die Suche nach Sven und seinem Kumpel.

»Da sind sie!« Malin entdeckte sie zuerst am Rand der Wiese, in deren Mitte alles für das Feuer vorbereitet war. Ihre Sorge, die beiden könnten sich ohne sie nicht zurechtfinden, war unbegründet gewesen. Neben Sven und Lasse stand Jules Bruder Ruben, mit dem Sven sich in den letzten Wochen angefreundet hatte, während sie gemeinsam Malin bei der Renovierung ihrer Wohnung geholfen hatten.

Als sie an das Grüppchen herantraten, hörte Jule ihren Bruder gerade sagen: »Klar, warum nicht? So ein bisschen Training schadet mir bestimmt nicht.«

Versuchte dieser Lasse etwa, jeden, den er traf, zu einem Probetraining zu überreden? Jule überlegte kurz, ob sie das unsympathisch fand, doch dann wurde ihr bewusst, dass sie auch jedem, der auf der Suche nach Pflanzen war, die eigene Gärtnerei empfahl. Vermutlich war es also nur ein Hinweis darauf, dass Lasse seinen Job wirklich gern machte.

Sven entdeckte die Mädels zuerst. »*Hej*, Jule!«, grüßte er freundlich lächelnd und küsste sie auf beide Wangen. Dann deutete er auf den Mann zu seiner Rechten. »Darf ich vorstellen: mein Kumpel Lasse – Malins beste Freundin Jule.«

Sie streckte Lasse die Hand entgegen, doch als sie ihm direkt ins Gesicht sah, erstarrte sie mitten in der Bewegung.

Das hier war der ultimativ schlimmste aller möglichen Zufälle.

Jule musste ihr gesamtes schauspielerisches Talent einsetzen, um ihrem Gegenüber einigermaßen gelassen in die Augen schauen zu können. Ernsthafte blaue Augen, an die sie sich noch gut erinnerte. Sie hatten irgendwie nicht zum Rest von ihm gepasst. Lars – so hatte er sich ihr vorgestellt – war arrogant gewesen und überheblich, aber wenn Jule ihm in die Augen geblickt hatte, hatte sie etwas anderes gesehen, was sie als sehr sexy empfunden hatte.

Schnell vertrieb sie die Erinnerung und zwang sich dazu, endlich seine Hand zu ergreifen und zu sagen: »*Hej*, Lasse! Freut mich, dich kennenzulernen.«

Falls es ihn irritierte, dass sie so tat, als wären sie sich noch nie begegnet, ließ er sich das nicht anmerken. Hatte er sie überhaupt erkannt? Im Gegensatz zu damals im Sommer versteckten sich Jules Kurven unter der warmen Jacke. Außerdem waren ihre Haare heute blond und schulterlang – ganz anders als der dunkle Pagenkopf, den sie bei ihrem Kennenlernen getragen hatte.

»*Hej*, Jule!« Er erwiderte ihren Blick entspannt und offen, doch für einen kurzen Moment huschte ein ganz anderer Ausdruck über sein Gesicht.

Er hat dich erkannt.

Krampfhaft versuchte Jule, die aufsteigende Panik niederzuringen. Sie hatte Malin nichts von dem Date mit Lars erzählt, und ganz bestimmt sollte ihre beste Freundin auch heute nichts von der Aktion erfahren. Sie musste irgendwie verhindern, dass der Typ erwähnte, dass sie sich bereits kannten – und vor allem, woher.

Oder du ergreifst schnellstens die Flucht.

Die Idee ihrer inneren Stimme erschien Jule in dem Moment verlockender als alles andere. Sie brauchte Zeit, um einen klaren Kopf zu bekommen.

»Was möchtet ihr trinken?« Ihre Stimme klang gefühlt eine Oktave höher als sonst, als sie diese Frage in die Runde stellte. Während sie so gelassen wie möglich von einem zum anderen blickte, prüfte sie jede einzelne Miene. Hatte jemand Verdacht geschöpft?

Malin schien zum Glück viel zu beschäftigt damit zu sein, sich an ihren Sven zu schmiegen, als dass sie Jules Panik wahrgenommen hätte. Sven antwortete ganz ohne Argwohn auf Jules Frage. In Lasses Gesicht sah sie nur ganz kurz, aber sie entdeckte eine kleine Falte auf seiner Stirn, die ihr schon bei ihrem Date aufgefallen war. Damals hatte sie genau wie der Ausdruck seiner Augen nicht in das Bild gepasst, das er ansonsten vermittelt hatte. Er hatte sich total cool und lässig gegeben, doch diese Falte war Jule wie ein Zeichen von Anspannung vorgekommen.

»Für mich bitte auch ein Bier«, sagte Ruben und lenkte damit Jules Aufmerksamkeit auf sich. Normalerweise hätte sie darauf erwidert, dass er hier zu Hause war und sich sein Bier schön selbst holen konnte, anstatt sich von seiner kleinen Schwester bedienen zu lassen. Doch im Moment war ihr gar nicht nach den üblichen Plänkeleien mit ihrem Bruder zumute. Sie wollte nur weg, ein paar Minuten allein sein und sich in Ruhe überlegen, wie sie diese Feier überstehen konnte, ohne dass alle von ihrem Geheimnis erfuhren. Die zuvorkommende Gastgeberin mimend, ergriff sie die Flucht und verschwand in einem der Glashäuser.

Viele Besucher brachten zu dieser Walpurgisnacht-Feier ihre eigenen Getränke mit. Für die übrigen hatte ein wohltätiger Verein, dem Jules Eltern angehörten, eine Bar eingerichtet, an der man alkoholische und antialkoholische Getränke sowie Brennnesselsuppe, die bei dieser Feier nicht fehlen durfte, käuflich erwerben konnte. Der Erlös kam jedes Jahr einem sozialen Projekt zugute.

Obwohl Jule lieber allein gewesen wäre, steuerte sie direkt auf diese Bar zu und orderte drei Dosen Bier und zwei Cider. Den jungen Mann, der ihr die Getränke aushändigte, kannte sie nicht, sie waren sich aber im Laufe des Nachmittags schon mehrmals bei den Vorbereitungen über den Weg gelaufen. Da hatte er allerdings die Mütze noch nicht getragen, die ihn als Studenten auswies. Für diese Gruppe war der dreißigste April ein besonderer Tag zum Feiern, denn er markierte das Ende der Prüfungszeit. Deshalb wunderte es Jule ein wenig, dass ein Student freiwillig den Bardienst übernahm, anstatt mit seinen Kollegen darauf anzustoßen, dass der stressige Teil des Hochschuljahres vorüber war.

»Du schaust irgendwie aus, als bräuchtest du eher einen Schnaps als Bier oder Cider«, bemerkte er, als er die Dosen vor ihr abstellte und einen Geldschein von ihr entgegennahm.

»Damit liegst du gar nicht so falsch«, murmelte Jule und steckte das Wechselgeld ein.

»Soll ich dir einen *Aquavit* ausgeben?«

Sie sah ihn an und war wirklich versucht, das Angebot anzunehmen, zögerte aber.

»Los komm, trinken wir zusammen einen Schnaps!«, forderte er sie auf, und Jule hatte den Verdacht, dass er aus Berechnung Bardienst machte. Vermutlich nutzte er die Chance, um kostenlos an Alkohol zu kommen.

Noch ehe sie ihm eine Antwort gegeben hatte, holte er zwei Schnapsgläser hervor und füllte sie mit Kümmelschnaps. Dann hob er eines der Gläser an und sagte: »*Skål!*«

Jule machte es ihm nach und trank ihres in einem Zug aus.

»Bist du von den Vorbereitungen so fertig oder ist irgendwas passiert?«, erkundigte der Student sich. »Ich bin übrigens Björn. Du bist Jule, oder? Eine Tochter von Linnea und Olaf. Meine Eltern sind mit ihnen im Verein.«

Jule nickte nur. Der Schnaps brannte in ihrer Kehle, und sie hatte das Gefühl, den Alkohol sofort in ihrer Blutbahn zu spüren. Nach einigen Sekunden rang sie sich zu einer Antwort durch. »Ich bin gerade dahintergekommen, dass das ›Date‹«, sie malte die Gänsefüßchen in die Luft, »das meine Freundin für mich organisiert hat, ein Typ ist, den ich eigentlich in meinem ganzen Leben nie wiedersehen wollte.«

»Verstehe«, antwortete Björn. »Und was machst du jetzt?«

»Wenn ich das nur wüsste!«, stöhnte Jule. »Am liebsten im Erdboden versinken. Da das aber nicht geht ...« Sie brach ab, weil ihr wirklich gar keine Alternative einfiel. Das Problem war, dass sie gar nicht so recht wusste, was sie eigentlich wollte. Lasse nur davon abhalten, dass er ihre gemeinsame Geschichte erwähnte? Ihn sich vom Leib halten? Ihn tatsächlich nie mehr wiedersehen und schon gar nicht diesen Abend mit ihm verbringen?

Sie konnte ja wohl kaum so plötzlich Kopfschmerzen vorschützen und sich für den Rest der Nacht in ihr Schlafzimmer zurückziehen, während draußen alle feierten. Malin wusste genau, wie sehr Jule die Walpurgisnacht liebte und dass sie sich dieses Fest um nichts in der Welt entgehen lassen würde.

»Wenn er als dein Date hergekommen ist, dann nutzt es dir auch nichts, wenn er glaubt, du hättest schon einen Freund, oder?«, meinte Björn dazu.

Jule sah ihn an und ließ sich den Gedanken durch den Kopf gehen. Streng genommen war das ja kein richtiges Blind Date. Malin und Sven hatten Lasse einfach mitgebracht, um mit ihm die Walpurgisnacht zu feiern und bei der Gelegenheit ihre besten Freunde miteinander bekannt zu machen. »Eigentlich ist es gar kein Date«, begann sie zögernd. »Meine Freundin hatte mehr so die romantische Vorstellung, ihre beste Freundin und der beste Freund ihres Freundes könnten sich ineinander verlieben, und wir würden alle zusammen glücklich bis an unser Lebensende sein.«

»Also würde es dir doch helfen, wenn du mit einem anderen Typen rummachen würdest«, schloss Björn daraus.

»Bietest du dich gerade an?«, fragte Jule grinsend. Er schien zwar etwas jünger als sie zu sein, aber gut aussehend und machte einen netten Eindruck. Sie mochte den Schalk in seinen braunen Augen. Er wirkte auf sie wie jemand, der für jeden Spaß zu haben war, und das war eine Eigenschaft, für die sie viel übrighatte.

14

»Könnte unter Umständen sein, dass wir da ins Geschäft kommen«, stellte er in Aussicht und grinste ebenfalls.

»Und was willst du dafür?«

»Gar nichts«, behauptete er, doch Jule sah ihn so eindringlich an, dass er doch erklärte: »Ich habe mit meinen Kumpels eine Wette am Laufen, wer es heute Nacht am schnellsten schafft, ein Mädchen aufzureißen. Das wäre also eine Win-Win-Situation. Du hilfst mir, die Wette zu gewinnen, dafür halte ich dir den lästigen Typen vom Leib.«

Jules Gehirn arbeitete auf Hochtouren. Das Angebot war verlockend, sehr sogar. Aber würde es ausreichen, um Lasse davon abzuhalten, allen zu erzählen, wie sie sich eigentlich kennengelernt hatten? Was, wenn er die Geschichte in ihrer Abwesenheit schon längst zum Besten gegeben hatte? Daran wollte sie gar nicht denken. Allein die Vorstellung, zu ihren Freunden zurückzukommen und ihre vielsagenden Blicke zu sehen, reichte aus, um wieder Panik in ihr aufsteigen zu lassen.

»Wie lange musst du noch hinter der Bar stehen?«, erkundigte sie sich bei Björn – hauptsächlich um irgendetwas zu sagen.

»Ich kann hier jederzeit weg«, antwortete er. »Eigentlich war ich nur für den Aufbau eingeteilt. Aber es hat so seine Vorteile, zwischendurch auch mal an der Bar auszuhelfen.« Er zwinkerte Jule verschwörerisch zu.

»Und du würdest jetzt wirklich … Ich meine … du würdest vor dem Typen so tun, als hätten wir beide was miteinander?«

Irgendwie steigerte sich Jules Nervosität noch dadurch, dass sie keine genaue Vorstellung hatte, wie sie das anstellen sollten. Sie konnte schlecht hingehen und Björn als ihren Freund vorstellen, ohne wenigstens Malin vorzuwarnen. Aber wenn Jule sie einweihte, musste sie ihr zumindest eine minimale Erklärung liefern. Jule überlegte krampfhaft, was sie von dem Date erzählen konnte, ohne dass die Sprache unweigerlich auf die peinlichen Teile kam.

Björn schien bei dieser Show weniger Bedenken zu haben. Für ihn war es auch deutlich leichter. Er musste nur vor seinen Kumpels irgendein Mädel küssen, bevor das ein anderer von ihnen schaffte. Niemand würde nachfragen, wie er Jule dazu gebracht hatte.

Er rief jemandem zu, dass er sich jetzt in die Party stürzen wollte, und kam hinter der Bar hervor. »Brauchst du Hilfe beim Tragen?«

Die Getränke hatte Jule schon völlig vergessen. »Ja, bitte«, stammelte sie, und er griff sofort nach den drei Bierdosen. Sie nahm den Cider und folgte ihm hinaus ins Freie. Eigentlich wollte sie ihn fragen, was er vorhatte, doch sie blieb stumm. Das alles war im wahrsten Sinne des Wortes eine Schnapsidee.

Vor dem Glashaus gab Björn Jule ein Zeichen, dass sie ihm folgen sollte. Gemeinsam bogen sie um die Ecke und blieben neben dem Geräteschuppen stehen.

Endlich fand Jule ihre Sprache wieder. »Was genau tun wir hier?«

»Wir starten einen Testlauf«, erklärte er.

»Einen Testlauf?«, wiederholte sie verständnislos.

»Ich werde dich küssen, und danach entscheidest du, ob wir einen Deal haben oder nicht.«

Zögernd nickte Jule. Sie überlegte, ob sie die Dosen irgendwo abstellen sollte, doch Björn schien das nicht für nötig zu halten. Er machte einen Schritt auf sie zu, beugte sich vor und küsste sie ohne Umschweife.

Unter anderen Umständen wäre Jule von dem Kuss enttäuscht gewesen, denn obwohl sie Björn durchaus attraktiv fand, fühlte sie rein gar nichts. Immerhin war seine Kuss-Technik okay, und es war nicht seltsam oder unangenehm, probehalber mit ihm zu schmusen.

»Also, haben wir einen Deal?«, fragte Björn, nachdem sie sich wieder voneinander gelöst hatten.

Jule hatte immer noch Zweifel, ob das Ganze in Bezug auf Lasse eine gute Idee war. Allerdings hatte sie kein Problem damit, Björn bei seiner Wette zu helfen, deshalb antwortete sie: »Von mir aus können wir das zumindest vor deinen Kollegen wiederholen, damit du deine Wette gewinnst.«

»Perfekt!« Vor Begeisterung über ihre Zusage küsste er sie gleich noch einmal.

»Oh, Entschuldigung, ich dachte, das wäre der Weg zu den Toiletten.«

Erschrocken fuhren Jule und Björn auseinander. Er fing sich schneller, zog sie zur Seite und erklärte freundlich, dass der Weg richtig war und die Mobilklos hinter der nächsten Ecke zu finden waren. Jule dagegen war vor lauter Schreck ganz starr, denn auch ohne den Mann zu sehen, der sie unterbrochen hatte, hatte sie Lasses Stimme erkannt. Mit Mühe gelang es ihr, ein Lächeln aufzusetzen und sich zu ihm umzudrehen.

»Lasse«, sagte sie. »Da geht's lang.« Sie zeigte in die Richtung und hoffte, er würde endlich weitergehen, doch er machte keinerlei Anstalten. Das ließ Jules Panik auf ein neues Level ansteigen, und plötzlich hörte sie aus ihrem Mund die Worte: »Das ist übrigens mein Freund Björn.«

Zum Glück war Björn die Gelassenheit in Person. Er streckte Lasse die Hand entgegen, begrüßte ihn und bemerkte: »Du bist dann wohl der beste Freund vom Freund der besten Freundin.« Wie er es sagte, klang es keinesfalls verlegen, weil er die Namen von Malin und Sven nicht kannte, sondern einfach nur, als wollte er witzig sein. Lasse schien seinen Humor jedoch nicht zu teilen. Jule konnte den Blick nicht deuten, den er ihr zuwarf. War er überrascht? Fragend? Vorwurfsvoll?

»Ich schätze mal, eines davon ist für dich«, plauderte Björn weiter und deutete dabei auf die Bierdosen in seinen Händen. »Wir bringen die zu den anderen und treffen dich dann dort.«

Diesmal verstand Lasse die unterschwellige Aufforderung, dass er endlich weitergehen sollte. Während er sich langsam in Bewegung setzte, wiederholte Björn noch einmal die Wegbeschreibung, wie um sicherzustellen, dass er die Toiletten auf jeden Fall fand.

Kaum war Lasse außer Hörweite, breitete sich ein schelmisches Grinsen auf seinem Gesicht aus. »Ich nehme mal an, das war der Typ, den du loswerden willst.«

»Ja«, gab Jule ihm recht und fühlte sich elend. Was war nur in sie gefahren, dass sie Björn gleich als ihren Freund vorgestellt hatte? Das passte bestimmt hinten und vorne nicht mit dem zusammen, was Malin ihm im Vorfeld der Feier über sie erzählt hatte.

»Ich glaube, wir sollten uns schnellstens eine Geschichte zurechtlegen, die wir ihm nachher auftischen können«, stellte Björn fest.

Viel Zeit blieb ihnen auf dem Rückweg zu ihren Freunden nicht, aber sie reichte aus, um einige Eckdaten festzulegen. Zu Jules großer Erleichterung erfuhr sie, dass Björn zum Studentenchor gehörte. Das bedeutete nämlich, dass es einen schlüssigen Grund gab, warum er den Abend nicht dauernd in der Nähe seiner angeblichen Freundin verbringen konnte. Sie würden die Gespräche mit ihren Freunden – und damit die potenziellen Gelegenheiten aufzufliegen – sehr knapp halten können.

»Da bist du ja endlich!« Malin kam ihnen ein paar Schritte entgegen. »Du hättest gleich sagen können, dass du Hilfe beim Tragen brauchst! Dann wäre ich mitgekommen und du hättest dir nicht erst jemanden suchen müssen.«

»Also eigentlich hilft Björn mir nicht nur beim Tragen«, begann Jule und reichte ihrer Freundin eine Dose Cider.

»Wobei noch?«

Sie wusste nicht, wie sie die Sache vernünftig erklären sollte, deshalb platzte sie einfach heraus: »Können wir für die Dauer dieser Feier bitte so tun, als wäre Björn mein Freund, mit dem ich seit Jahren eine On-Off-Beziehung führe?« Das war die Erklärung, die sie sich zurechtgelegt hatten, damit auch Sven die Geschichte schluckte. Wenn er – berechtigterweise – Zweifel anmeldete, weil er in den vier Monaten, die er Malin kannte, noch nie etwas vom Freund ihrer besten Freundin gehört hatte, dann würden sie behaupten, dass sie zu Jahresbeginn – wieder einmal – Schluss gemacht hatten.

»Muss ich auch verstehen, warum du das tust, oder muss ich nur mitspielen?«, war Malins einzige Frage, und Jule wurde in dem Augenblick wieder einmal bewusst, warum sie die allerbeste Freundin auf der ganzen Welt war.

»Nur mitspielen«, bat sie. »Und vielleicht auch Ruben dazu bringen, dass er uns nicht auffliegen lässt.«

»Okay …« Malin warf einen Blick über ihre Schulter hinüber zu Sven und Ruben, die sich ein paar Meter entfernt angeregt unterhielten. »Dann sollte er wohl nicht dabei sein, wenn du Björn – freut mich übrigens, dich kennenzulernen! – und Sven miteinander bekannt machst.«

Jule konnte förmlich sehen, wie es in Malins Gehirn ratterte. Sie nahm Björn zwei der Bierdosen ab, drehte sich abrupt um und ging auf die beiden Männer zu. Sekunden später folgte Ruben ihr zu einem der Beete neben dem Haupthaus, wo sie auf irgendeine Pflanze zeigte. Inzwischen gesellte Jule sich zusammen mit Björn zu Sven, der allein zurückgeblieben war und den beiden stirnrunzelnd nachblickte.

»Was macht sie da?«, fragte Jule unschuldig.

»Anscheinend ist Malin gerade eingefallen, dass sie da vorne eine Pflanze gesehen hat, deren Namen sie wissen wollte«, erklärte Sven. »Und den muss Ruben ihr jetzt verraten, solange es noch hell genug ist, dass er überhaupt erkennen kann, was sie meint. Irgendein Busch, der im Winter blüht oder so? Keine Ahnung.«

»Aha. Na ja, wenn es um Pflanzen geht, ist sie bei ihm richtig.« Jule hoffte allerdings, dass die beiden da drüben über etwas ganz anderes sprachen als über irgendwelche Büsche, die im Winter blühten. Wenn Malin Ruben nicht dazu brachte mitzuspielen, konnte Jule die ganze peinliche Geschichte mit Lasse auch gleich selbst erzählen. »Das ist übrigens Björn«, sagte sie dann und zog ihn am Ärmel ein Stück näher heran. »Mein – nun ja – aktuell wieder mal mein Freund.«

»Wieder mal?«, hakte Sven nach.

»Das ist ein bisschen kompliziert«, behauptete Jule. »Wir kommen zusammen, nach einer Weile gehen wir uns auf die Nerven, dann streiten wir dauernd, schwören am Ende, dass es diesmal ganz bestimmt für immer aus ist, irgendwann treffen wir uns wieder zufällig und – na ja – das Ganze geht von vorne los.«

»Weil wir irgendwie doch nicht die Finger voneinander lassen können«, ergänzte Björn und legte dabei seinen Arm besitzergreifend um Jule. Die seufzte theatralisch und fügte hinzu: »Genauso ist es.«

Sie beobachtete gespannt, wie Sven auf diese Geschichte reagierte. Zu ihrer Überraschung wirkte er kein bisschen misstrauisch, sondern höchstens ein klein wenig verwundert. Er streckte Björn die

Hand entgegen und bemerkte an Jule gewandt schmunzelnd: »Und ich dachte schon, Malin wollte dich mit Lasse verkuppeln.«

Björn tat empört. »Das war hoffentlich nicht ihr Plan.«

Jule beschloss, der Angelegenheit einen neuen Aspekt zu geben, der hoffentlich zur Glaubwürdigkeit beitrug. »Also, ich bin mir eigentlich gar nicht so sicher, dass sie das nicht wollte«, mutmaßte sie. »Sie steht dieser On-Off-Sache schon die ganze Zeit ziemlich skeptisch gegenüber. Wahrscheinlich hat sie dir deshalb auch nicht von ihm erzählt.«

Björn kratzte sich verlegen am Kopf. »Nun ja, ich schätze, ich habe in der Vergangenheit meinen Teil dazu beigetragen, dass Malin nicht gerade mein größter Fan ist.«

Jule fand, Björn hatte ihre Vorlage großartig aufgegriffen, und sie spann die Geschichte mühelos weiter. »Malin ist einfach mehr der Typ für richtig feste Beziehungen – und ich eben nicht.«

Dieser Teil war nicht einmal gelogen. Jule konnte auf die Schnelle gar nicht sagen, mit wie vielen Männern sie in den vergangenen Jahren ausgegangen war oder kurze Affären gehabt hatte. Malin dagegen war im selben Zeitraum mit genau zwei Männern zusammen gewesen. Zuerst jahrelang mit ihrem Ex-Freund Adrian, nun seit einigen Wochen mit Sven. Wenn man es genau nahm, dann vereinfachte die Behauptung, Jule und Björn wären immer wieder ein Paar gewesen, die Darstellung ihres Liebeslebens sogar deutlich.

»Umso besser für mich«, meinte Sven und empfing Malin, die gerade mit Ruben und Lasse im Schlepptau zurückkam, mit einem verliebten Lächeln. Wie schon so oft hatte Jule Mühe, ein gerührtes Seufzen zu unterdrücken. Die beiden waren so süß zusammen, und sie war sich absolut sicher, dass diese Beziehung sehr, sehr lange halten würde.

»Das ist übrigens Björn«, informierte Malin Lasse, während Ruben ganz so tat, als wäre es gar nichts Besonderes, dass Björn den Arm um seine Schwester gelegt hatte.

»Wir hatten schon das Vergnügen«, fiel Lasse ihr ins Wort, bevor sie auch noch den angeblichen Beziehungsstatus ergänzen konnte.

»Ähm, ja, er hat uns vorhin beim Knutschen hinter dem Schuppen erwischt«, erklärte Björn mit einem verlegenen Grinsen. »Ach ja, das ist ja dann wohl deines.« Er reichte Lasse die letzte Bierdose.

»Und was ist mit dir?«, wollte Ruben wissen. »Trinkst du gar nichts? Seit wann denn das?« Mit Erstaunen nahm Jule zur Kenntnis, welch guten Job ihr Bruder machte. Sie hätte eher erwartet, dass er Björn fragen würde, wer um alles in der Welt er war und warum er es wagte, seine kleine Schwester anzufassen – einfach, um Jule damit eines auszuwischen und diese Feier für sie zum Albtraum werden zu lassen.

»Später«, winkte Björn ab. »Wenn ich zu viel Bier intus habe, treffe ich keinen Ton mehr. Und ihr habt uns doch nicht dafür engagiert, dass wir euch quälen, sondern unterhalten.«

»Oh, du singst im Chor«, bemerkte Sven. Nach einem kurzen Blick auf seine Kopfbedeckung ergänzte er: »Hätte ich mir eigentlich denken können.«

Björn rückte die weiße Mütze zurecht und antwortete stolz: »Ja, genau. Und das ist auch der Grund, warum ich euch jetzt leider verlassen muss. Wir fangen gleich mit dem Einsingen an. Passt mir in den nächsten paar Stunden gut auf Jule auf!« Ohne Vorwarnung drückte er ihr einen schnellen Kuss auf den Mund. »Brav bleiben!«, mahnte er noch.

»Und du halt dich von euren Groupies fern!«, konterte Jule, was ihm ein Grinsen entlockte. Sie hatte das Gefühl, dass ihm dieses Spiel großen Spaß machte.

»Kommst du dann noch rüber und wünschst mir Glück, bevor wir anfangen?«, fragte er, während er sich schon im Rückwärtsgang entfernte. »So in zwanzig Minuten?« Er zwinkerte Jule zu, und sie verstand, dass sie dann ihre Hälfte der Vereinbarung erfüllen sollte.

»Okay, mache ich«, versprach sie und winkte ihm noch kurz nach.

Kaum war er weg, wandte Sven sich an seine Freundin. »Der macht doch einen ganz netten Eindruck. Was hast du gegen ihn?«

Malin war total überrumpelt. »Wer hat behauptet, dass ich was gegen ihn habe?«

»Er selbst.«

»Das stimmt doch gar nicht, ich bin nur …«

Offensichtlich war Malins Fundus an guten Ausreden schon aufgebraucht, doch Jule fand, dass das in dieser Situation gar nichts ausmachte. Sie legte einen Arm um ihre Freundin und sagte: »Schon gut, ich weiß doch, dass du es nur gut mit mir meinst und dir nicht ganz sicher bist, ob er der Richtige für mich ist.«

»Und du bist dir sicher?« Es war Lasse, der diese Frage stellte.

»Ich bin mir absolut sicher, dass es diesmal mit uns klappt«, behauptete Jule. »Wir haben in der Vergangenheit beide Fehler gemacht.« Dabei vermied sie es tunlichst, Lasse in die Augen zu sehen. Zum Glück erklang im selben Moment das Läuten einer altmodischen Glocke. Damit signalisierte ihre Mutter normalerweise den Familienmitgliedern, die auf dem Gelände verteilt arbeiteten, dass das Mittagessen fertig war. Heute diente es als Zeichen, dass das Feuer in Kürze entzündet werden würde.

»Oh, es geht los!« Jule klatschte aufgeregt in die Hände. »Los, kommt, bevor wir nur noch Plätze in den hinteren Reihen bekommen!« Äußerst erleichtert darüber, das Thema auf diese Art beenden zu können, ging sie voran in Richtung Feuerstelle.

Sie fanden einen guten Platz auf der Seite, aus der der Wind kam, sodass sie zumindest vorläufig nicht im Rauch stehen würden. Während ihre Freunde die letzten Vorbereitungen für das Entzünden des Feuers beobachteten, sah Jule sich nach Björn um.

Der Chor war gerade dabei, Aufstellung zu nehmen, doch noch wirkten alle Sänger recht entspannt. Sie plauderten und schenkten ihrem Leiter keine besondere Aufmerksamkeit. Jule fand, das war der richtige Moment, um Björn »Glück zu wünschen«. Sie trat näher an die Chorsänger heran und winkte ihm. Sofort entschuldigte er sich bei seinen Kollegen und kam auf sie zu.

»Bereit?«, fragte er, kaum dass er vor ihr stand.

»Sollten wir nicht vielleicht noch kurz plaudern?«, schlug sie vor. »So, als würde ich dir wirklich Glück wünschen wollen? Sonst kommt ihnen das Ganze möglicherweise doch zu plump vor, und du wirst disqualifiziert, weil du die Wette manipuliert hast oder so.«

»Ach, mach dir keine Sorgen«, wehrte Björn lässig ab. »Bei diesen Wetten sind grundsätzlich alle Mittel erlaubt.«

»Und warum gehen dann die anderen nicht auch einfach hin und fragen irgendein Mädel, ob es mitmacht?«, wunderte Jule sich.

Er grinste. »Wer sagt denn, dass sie das nicht versucht haben?«

»Oh, das heißt also, ich bin hier die Einzige, die verzweifelt genug ist, um mitzumachen«, stellte Jule ernüchtert fest.

»Oder cool genug«, entgegnete Björn und zwinkerte ihr vergnügt zu. Damit brachte er sie zum Lächeln, denn seine Sichtweise schmeichelte ihrem Ego deutlich mehr als ihre eigene. Ohne weitere Umschweife stellte sie sich auf die Zehenspitzen und küsste ihn auf den Mund.

Angestachelt von dem Gejohle seiner Kollegen fiel der Kuss deutlich länger aus als die zwei Versuche zuvor. Jule fand langsam Gefallen daran. Zwar hatte sie immer noch keine Schmetterlinge im Bauch, aber Björn küsste verdammt gut, und das hier machte ihr einfach Spaß. Ja, Jule war definitiv cool genug, um bei so einer Aktion mitzumachen, wenn man das Anliegen nur charmant genug vorbrachte. Und Björn war ihr richtig sympathisch.

»Du hättest nicht vielleicht später Zeit, das zu wiederholen?«, fragte sie, nachdem sie ihn losgelassen hatte. »Das würde unsere Geschichte sehr viel glaubwürdiger machen.« Und es würde hoffentlich Lasse von ihr fernhalten. Plötzlich war es Jule ein noch größeres Anliegen als zuvor, sich den restlichen Abend möglichst wenig in seiner Nähe aufzuhalten. Sie wusste nicht genau, warum. Es war ein eigenartiges Gefühl, eine Erinnerung, die in ihr aufgestiegen war, während sie Björn geküsst hatte.

Der grinste breit und meinte schulterzuckend: »Wieso nicht? Die Flasche *Aquavit* ist mir zwar schon sicher, aber das heißt ja nicht, dass wir nicht noch mehr Spaß miteinander haben können.«

»Na dann …« Jule lächelte ihn verführerisch an. »Dann legst du dich jetzt mal beim Singen ins Zeug, und wir treffen uns später wieder.«

»Mache ich«, versicherte Björn, rückte seine Mütze zurecht und gesellte sich wieder zu seinen Chorkollegen.

Jule liebte die Walpurgisnacht-Feier. Obwohl es mit der Zeit recht unangenehm werden konnte, ein glühend heißes Gesicht zu haben, während man am Rücken fror, genoss sie es, zusammen mit Freunden und Familienmitgliedern am Feuer zu stehen und den Liedern der Studenten zu lauschen. Viele davon konnte sie mitsingen, und nach und nach stimmten immer mehr Besucher mit ein, bis ein einziger großer Chor um die Feuerstelle versammelt war.

»Kann ich kurz mit dir reden?«

Jule zuckte erschrocken zusammen, als Lasse sie in der Pause zwischen zwei Liedern unerwartet ansprach. Sie hatte nicht bemerkt, dass er sich neben sie gestellt hatte, und sein Gesicht so nahe bei ihrem Ohr irritierte sie.

»Okay«, sagte sie trotzdem, machte aber einen Schritt zur Seite. Mit einem Nicken lotste er sie ein paar Meter von ihren Freunden weg. Die waren zum Glück zu beschäftigt damit, in die lodernden Flammen zu schauen, als dass sie bemerkt hätten, was neben ihnen vorging.

»Was gibt's?«, erkundigte Jule sich so gelassen wie möglich und vergrub dabei beide Hände in den Taschen ihrer Jacke. Sie wollte ihm keinesfalls so etwas wie einen Wunsch nach seiner Nähe signalisieren. Lasse sollte nicht auf die Idee kommen, heute könnte irgendetwas zwischen ihnen noch so sein wie bei ihrem Date im Sommer.

»Ich war einer der Trennungsgründe, oder?«, fragte er und bedachte sie mit einem Blick, den Jule als missbilligend deutete.

»Ich weiß nicht, was du meinst«, behauptete sie defensiv und verschränkte die Arme vor der Brust. Selbstverständlich wusste sie ganz genau, wovon er sprach. Aber bis zu diesem Moment hatte sie noch die winzig kleine Hoffnung gehegt, Lasse könnte sie gar nicht erkannt haben und sie hätte in seine Miene nur etwas hineininterpretiert, weil es ihr so unangenehm war, ihm wieder gegenüberzustehen.

»Ich denke, das weißt du doch, Julia«, erwiderte er und verschränkte ebenfalls die Arme. So standen sie da und fixierten sich gegenseitig mit Blicken.

Im ersten Impuls wollte Jule ihm vorwerfen, dass auch er sich mit einem anderen Namen vorgestellt hatte. Doch sie besann sich rechtzeitig. Erstens hatten beide offenbar ihre Taufnamen benutzt und nicht irgendetwas völlig frei Erfundenes, und das war ja nun wirklich kein Verbrechen. Und zweitens – und das wog in dem Augenblick noch schwerer – wäre ihr Vorwurf in diesem Fall gleichzeitig das Eingeständnis, dass er recht hatte.

»Niemand nennt mich Julia«, sagte sie deshalb.

»Mich auch nicht Lars«, entgegnete er.

Wie schon zuvor verspürte Jule den dringenden Impuls, die Flucht zu ergreifen. Sie wollte weglaufen – vor Lasse, vor der Erinnerung und vor den Gefühlen, die sie mit sich brachte. Doch kaum setzte sie dazu an, ergriff er ihr Handgelenk und hielt sie fest.

Wieder sah er ihr in die Augen, und in seinem Blick entdeckte Jule die gleiche Intensität, die sie bei ihrer ersten Begegnung so beeindruckt hatte – obwohl ihr alles andere an ihm unsympathisch gewesen war. Ihr Drang zu fliehen verstärkte sich noch weiter.

»Ich will nur, dass du weißt«, begann er und lockerte dabei seine Hand, »dass dein Geheimnis bei mir sicher ist. Ich werde niemandem von unserem Date erzählen.«

Obwohl Jule ihm dafür unendlich dankbar war, wand sie sich trotzig aus seinem Griff und verschränkte die Arme wieder. »Wie kommst du darauf, dass es ein Problem sein könnte, wenn jemand davon erfährt?«

Ein Grinsen huschte über seine Lippen. »Nun ja, du hast einen ziemlichen Aufwand betrieben, um deine wahre Identität zu verschleiern.«

Jule lief knallrot an und hoffte, dass er das nicht sehen konnte. Sie standen abseits des Geschehens, und das Feuer erhellte ihre Umgebung nur schwach. »Woher willst du wissen, wer ich wirklich bin?«, fuhr sie ihn an. »Du kennst mich doch gar nicht!« Dann ließ sie ihn einfach stehen, kehrte zu ihren Freunden zurück und stellte sich demonstrativ so hin, dass sie Björn gut im Blick hatte.

1. Mai

Der Walpurgisnacht folgte der Erste Mai, und das war für viele Schweden das Beste daran, denn sie hatten frei und konnten in aller Ruhe ihren Rausch ausschlafen.

Auch Jule war am nächsten Tag mehr als dankbar, dass sie mitten am Vormittag immer noch im Bett liegen konnte. Später würde sie zwar mithelfen müssen, die Spuren der Feier zu beseitigen, doch solange sie niemand dazu aufforderte, wollte sie es ruhig angehen lassen.

Das Klappern von Geschirr störte irgendwann die Ruhe, und sie rang sich dazu durch, wenigstens aufzustehen und nachzusehen, wer da in ihrer Küche hantierte.

Es war Malin, die gerade den Tisch deckte. Jule fand, ihre Freundin sah deutlich munterer aus, als sie selbst sich fühlte. Aber als ihr der Duft von frischem Kaffee in die Nase stieg, erwachten auch ihre Lebensgeister langsam. Sie blieb in der Tür stehen, lehnte sich an den Rahmen und atmete mit geschlossenen Augen ein paarmal tief ein und aus.

»Guten Morgen!« Malin klang verboten fröhlich.

»Morgen«, murmelte Jule.

»Da! Du schaust aus, als würdest du viel davon brauchen. Am besten wahrscheinlich intravenös.«

Dankbar nahm sie die randvoll gefüllte Jumbotasse an und trank einen großen Schluck Kaffee. Dann musterte sie ihre Freundin und stellte fest: »Du bist überraschend fit für einen Ersten Mai.«

Malin zuckte schmunzelnd mit den Schultern. »Ich hatte das Gefühl, es wäre nicht schlecht, wenn wenigstens eine von uns halbwegs nüchtern bleiben würde, damit am Ende jeder in das richtige Bett findet.«

In dem Moment vernahm Jule ein lautes Schnarchen und zuckte erschrocken zusammen. Sie drehte den Kopf in Richtung Couch und bereute es sofort, denn ihr Gehirn nahm ihr die ruckartige Bewegung ausgesprochen übel. Eine Kopfschmerztablette wäre eine gute Idee.

Der Anblick des Schnarchers beruhigte sie allerdings. Es war Ruben, der da in einer ziemlich unbequemen Position auf der viel zu kurzen Sitzfläche lag.

»Ich wollte die Couch eigentlich noch für ihn ausziehen, aber er war so dicht, dass er einfach im Sitzen eingeschlafen ist«, erklärte Malin amüsiert. Inzwischen machte sie auf Jule einen recht schadenfrohen Eindruck, weil sie selbst keine körperlichen Beschwerden hatte, während alle anderen bestimmt den ganzen Tag von einem heftigen Kater geplagt werden würden.

»Sven?«, fragte Jule knapp.

»Schläft noch.«

»Und der Rest?«

»Dein Fake-Freund und dein Ex, meinst du?« Jetzt hatte Malins Stimme einen provokanten Ton angenommen. »Obwohl, fällt das eigentlich noch unter ›Fake‹, wenn man den halben Abend miteinander knutscht?«

Hatten sie das etwa gemacht? Jule erinnerte sich daran, dass sie nach den vereinbarten zwanzig Minuten zu Björn gegangen war und ihn vor seinen Kollegen geküsst hatte. Und dann?

Bei Sonnenuntergang war das Feuer entzündet worden. Sie hatten sich mit allen anderen darum herum versammelt, den fröhlichen Studentenliedern gelauscht, mitgesungen und natürlich auch getrunken. Und dann hatte Lasse sie zur Seite genommen. Seinen vorwurfsvollen Blick sah sie ganz deutlich vor sich.

Irritiert versuchte Jule, sein Verhalten am Vorabend mit dem vom letzten Juni abzugleichen. Sie hatte Lasse gemieden, so gut es eben ging, doch wenn sie in der Gruppe zusammengestanden hatten, war es kaum möglich gewesen, ihn zu ignorieren. Er hatte sich hauptsächlich mit Sven und Malin unterhalten, im Laufe des Abends aber auch immer mehr mit Ruben. Jule erinnerte sich außerdem daran, dass sie alle viel gelacht hatten. In dieser Runde war Lasse ihr total umgänglich vorgekommen.

Das stand allerdings im krassen Gegensatz zu der Erinnerung an ihr Date. Hätte Lasse sie nicht darauf angesprochen, wäre sie sich nicht sicher, ob sie damals nicht den bösen Zwilling kennengelernt hatte und nun den guten.

Bevor sie den Gedanken weiter verfolgen konnte, wollte Malin wissen: »Magst du schon was essen? Oder warten wir damit, bis die Jungs aus ihrem Koma erwacht sind? Was hältst du von einem kleinen Spaziergang?« In einem Ton, der keinen Widerspruch duldete, fügte sie hinzu: »Du musst mir einiges erzählen!«

»Du klingst gerade wie deine Mutter«, protestierte Jule, obwohl sie wusste, dass sie sich mit diesem Vergleich bei ihrer besten Freundin nicht gerade beliebt machte, denn das Verhältnis zwischen Malin und ihrer Mutter Britta war angespannt. Aber sie wagte es nicht, den Vorschlag abzulehnen. Ihre Freundin hatte völlig recht: Sie war ihr eine Erklärung schuldig. Immerhin hatte Malin am Vorabend alles getan, um Lasse die Geschichte mit Björn glauben zu lassen, obwohl sie keine Ahnung hatte, wieso Jule die ganze Sache inszeniert hatte.

Genau genommen wusste sie das selbst nicht so wirklich. Wessen Idee war es eigentlich gewesen, Björn als ihren Freund zu präsentieren? Ach ja, wohl ihre eigene. Obwohl man nicht so richtig von einer »Idee« sprechen konnte. War das nicht etwas, das man sich durch den Kopf gehen ließ, bevor man es umsetzte? Was Jule gemacht hatte, fiel eindeutig mehr unter »Panikreaktion«.

»Darf ich wenigstens noch den Kaffee austrinken?«, fragte sie, um etwas Zeit zu gewinnen.

»Ich habe einen besseren Vorschlag«, meinte Malin. Die wichtigen Dinge fand sie in Jules Küche problemlos, und sie holte zwei Coffee-to-go-Becher aus dem Schrank. »Zieh dir was an! Der Kaffee kommt mit.«

Nicht nur, weil Malin so eine strenge Miene aufgesetzt hatte, sondern auch, weil ihr die frische Luft sicher guttun würde, folgte Jule den Anweisungen widerstandslos. Sie zog sich Hose und Jacke über, schlüpfte in ihre Boots und war innerhalb von wenigen Minuten startklar.

Der Tag war überraschend warm, und die Sonne strahlte so hell, dass Jule noch einmal zurückging, um eine Sonnenbrille zu holen. Ihr verkaterter Kopf war mit so viel Licht überfordert.

Zuerst schlenderten sie schweigend zwischen den Beeten der Gärtnerei hindurch. Jule hatte an diesem Morgen – oder ging es schon auf Mittag zu? – wenig für das frische Grün übrig, das überall zu sprießen angefangen hatte. Nicht einmal die Kirschblüten, deren Anblick ihr Herz um diese Jahreszeit normalerweise höherschlagen ließ, konnten Jule heute begeistern. Je wacher sie sich fühlte, desto größer kam ihr dieses ganze Lasse-Fiasko vor.

Malin gab Jules Lebensgeistern einige Minuten Zeit, richtig zu erwachen, bevor sie das Gespräch eröffnete. »Also, wie kommt es, dass ich mich beim besten Willen nicht daran erinnern kann, dass du je etwas mit einem Lasse hattest? Und warum hältst du es für nötig, ihm einen falschen Freund vorzustellen?«

»Führst du eine Liste meiner Typen?«, entgegnete Jule etwas forscher als beabsichtigt. Ihr war bewusst, dass Malin einfach ein ausgesprochen gutes Gedächtnis für Namen hatte. Vermutlich konnte sie jeden einzelnen Jungen aufzählen, auf den Jule in ihrer gemeinsamen Schulzeit – für wenige Wochen – abgefahren war. Denn für gewöhnlich hatten sie in Liebesangelegenheiten keinerlei Geheimnisse voreinander.

Nur dieses eine.

»Wenn ich das tun würde, würde Lasse draufstehen?«, erwiderte Malin.

»Kann sein«, wich Jule aus.

»Ach, komm schon! Hör auf damit! Dass ihr zwei irgendwann was miteinander hattet, ist die einzig logische Erklärung für dein seltsames Verhalten gestern. Also, Fakten bitte! Wann war das, und warum ist es dir so peinlich?«

Jule blieb stehen und betrachtete die Kieselsteine zu ihren Füßen. »Letzten Juni«, verriet sie endlich zögerlich. »Gleich nach … nach deinem Unfall.«

Malin nickte und stellte keine weiteren Fragen, warum Jule ihr nie davon erzählt hatte. Sie wusste selbst, dass sie in diesen Wochen einiges verpasst hatte. Überleben war zu dem Zeitpunkt wichtiger gewesen als das Liebesleben der besten Freundin. Genau aus diesem

Grund war Jule auch so durch den Wind gewesen. Malin hatte seit zwei Tagen im Koma gelegen, als sie das Date mit Lasse – eigentlich mit Lars – vereinbart hatte. Sie hatte sich von der Angst um Malin ablenken wollen. Gleichzeitig war ihr zum ersten Mal bewusst geworden, wie kurz das Leben war, wie plötzlich es zu Ende gehen konnte. Sie war in diesen Tagen nicht sie selbst gewesen.

»Und ihr hattet so ein schreckliches Date?«, hakte Malin nach einer kurzen Stille nach.

Jule wusste nicht, was sie darauf antworten sollte. Die Wahrheit war, dass es eher schräg als schrecklich gewesen war. Aber sie bezweifelte, dass Malin das nachvollziehen konnte, wenn sie ihr nur die Dinge erzählte, die ihr nicht entsetzlich peinlich waren. »Er war ein ziemlicher Arsch«, sagte sie deshalb. »Total arrogant, von sich eingenommen. Er hat dauernd nur davon geredet, wie toll und erfolgreich er ist. Das fand ich ziemlich zum Kotzen.«

»Komisch.« Malin runzelte die Stirn. »Ich war schon ein paarmal mit ihm gemeinsam unterwegs, und er war immer so wie gestern. Deshalb dachte ich ja, dass ihr zwei euch bestimmt gut verstehen würdet. Ich hätte ihn nicht zu der Feier eingeladen, wenn ich ihn für einen eingebildeten Kotzbrocken halten würde.«

»Ja, gestern hatte ich auch einen ganz anderen Eindruck von ihm«, gab Jule zu. »Aber zu Beginn war natürlich noch das Bild präsent, das ich vom letzten Mal hatte.«

»Und deshalb hast du schnell mal einen angeblichen Freund aus dem Hut gezaubert, damit er gar nicht erst auf die Idee kommt, er könnte bei dir landen?«, vermutete Malin.

»So ungefähr. Wobei das teilweise Björns Idee war.«

»Björn hat einfach so freiwillig deinen Freund gespielt?«

»Also eigentlich …« Jetzt grinste Jule, denn diesen Teil fand sie selbst in ihrem angeschlagenen Zustand lustig. »Er hatte eine Wette mit seinen Kommilitonen laufen, wer es zuerst schafft, ein Mädel aufzureißen. Also uneigennützig hat er das nicht gemacht.«

»Ah, deshalb hast du also vor allen Leuten mit ihm geknutscht.« Auch Malin musste lachen. »Das war selbst für dich etwas auffällig.«

Jule zuckte mit den Schultern und sagte mit einem theatralischen Seufzen: »Was tut man nicht alles, um einem bedürftigen Studenten zu einer Flasche Schnaps zu verhelfen!«

»Er macht einen netten Eindruck.«

»Wer? Björn?«

Malin nickte.

»Ja, er ist nett«, stimmte Jule ihr zu. »Aber mehr auch nicht, falls du darauf hinauswillst.«

»Ich habe gar nichts gesagt«, wehrte Malin ab.

»Aber gedacht.« Jule kannte ihre Freundin gut genug, um zu wissen, dass sie ständig auf der Suche nach dem perfekten Mann für Jule war. Malin war einfach nicht für ein flatterhaftes Liebesleben gemacht. Für sie kamen nur feste Beziehungen infrage, und deshalb wünschte sie sich auch für ihre beste Freundin den perfekten Partner.

»Das war, als würde ich meinen Bruder küssen«, erklärte Jule, damit Malin sich nicht weiter in die Vorstellung hineinsteigerte, aus ihr und Björn könnte tatsächlich ein Paar werden. Leider war das ein schlechter Vergleich.

»Soweit ich mich erinnere, küsst Ruben ziemlich gut«, stellte Malin grinsend fest.

Jule verdrehte die Augen. Sie hatte nicht bedacht, dass die beiden in der Hinsicht eine – zwar äußerst kurze und unbedeutende, aber immerhin – Vorgeschichte hatten.

»Björn küsst auch ziemlich gut«, sagte sie. »Trotzdem fühlt es sich an, als würde ich meinen kleinen Bruder küssen.«

»Wie viel jünger ist er eigentlich?«, erkundigte Malin sich.

»Ungefähr zwei Jahre. Er schließt sein Studium gerade ab.«

»Und was hat er überhaupt studiert? Weißt du das? Wo du doch schon seit Jahren immer mal wieder einige Zeit mit ihm zusammen bist?« Inzwischen wirkte Malin, als fände sie das Ganze ziemlich lustig, was Jule sehr erleichterte. Sie hatte befürchtet, sich Vorwürfe anhören zu müssen, weil sie diese dämliche Aktion überhaupt erst begonnen hatte. Aber Malin war nicht der Typ, der andere für ihr Verhalten verurteilte.

»Er studiert IT und arbeitet nebenbei als Programmierer in einem Start-up«, erklärte Jule, als wüsste sie das schon seit einer Ewigkeit. Dabei war das eine der Informationen, mit der Björn sie auf dem Weg vom Glashaus zurück zur Wiese im Schnelldurchlauf gefüttert hatte.

»Und wie soll das jetzt weitergehen?«

Das war die große Frage. »Ich habe keine Ahnung«, gab Jule zu. »Wie stehen meine Chancen, dass ich Lasse nie wiedersehe?«

»Schlecht.«

Etwas anderes hatte sie nicht erwartet. Malin und Sven würden den Versuch, ihre Freundeskreise zu durchmischen, wohl kaum aufgeben, weil Jule und Lasse blöderweise einmal ein missglücktes Date gehabt hatten. »Missglückt« war außerdem der völlig falsche Ausdruck dafür. Jule hatte an dem Abend genau das bekommen, was sie erwartet oder sich erhofft hatte. Die Sache war nur die, dass sie unter normalen Umständen niemals auf diese Weise an ein Date herangegangen wäre.

»Kannst du ihm nicht wenigstens eine Chance geben?«, bat Malin. »Ich finde Lasse wirklich nett, und ich bin froh, dass ich mich mit Svens bestem Freund so gut verstehe. Aber es wäre ziemlich blöd, wenn ihr euch absolut nicht vertragt. Ich meine, hey, es ist Frühling! Sonne, Ausflüge … Müssen wir jetzt jedes Mal knobeln, ob wir etwas mit dir und Ruben oder Lasse und Ruben oder lieber doch nur mit dir unternehmen? Ich will mich eigentlich nicht dauernd zwischen euch entscheiden müssen.«

Jule verstand genau, was sie meinte. Nach dem langen Winter verspürte sie – wie vermutlich jeder Schwede – einen enormen Drang, Zeit im Freien zu verbringen. Und was lag da näher, als etwas mit seinen Freunden zu unternehmen und gemeinsam die Sonne zu genießen, solange sie sich zeigte?

Natürlich wollte Jule mit Malin Ausflüge machen, in einem Park auf einer Wiese liegen oder im Café sitzen und es sich gut gehen lassen. Dass Malin ihren Freund dabeihaben wollte, wann immer es möglich war – insbesondere, da er sich zeitweise im Ausland aufhielt –, war verständlich. Außerdem war Jule grundsätzlich der Ansicht, dass Unternehmungen in einer Gruppe viel mehr Spaß machten. Aber was Lasse betraf, befand sie sich in einer echten Zwickmühle. Wenn sie sich in Zukunft öfter begegneten, musste sie sich wirklich überlegen, wie sie aus der Nummer mit Björn wieder herauskam, ohne vor Lasse erbärmlich dazustehen.

Warum hatte sie die Situation nicht einfach auf erwachsene Art gelöst? Anstatt Lasse etwas vorzuspielen, hätte sie ihn zur Seite nehmen und ihn bitten können, dass er ihr Date nicht erwähnte. *Das* wäre die einzig vernünftige Art gewesen, um mit der Situation umzugehen. Leider war »vernünftig« nicht immer der erste Weg, der Jule in den Sinn kam. Meistens war sie impulsiv oder neigte dazu, vor einem Problem wegzulaufen. Das hatte sie nun wieder einmal davon …

Sie waren schweigend weitergegangen. Nach einigen Minuten erkundigte Jule sich vorsichtig: »Habt ihr denn schon irgendwas geplant?«

»Ehrlich gesagt, ja«, antwortete Malin ein wenig kleinlaut. »Sven hat übernächste Woche Geburtstag. Er hatte die Idee, ein Picknick zu machen, und meinte, das wäre eine gute Gelegenheit, mir seine Schwester vorzustellen. Und weil die sich gut mit Lasse versteht, wollte er den auch mitnehmen. Und dann hat er vorgeschlagen, wenn seine Schwester dabei ist, könnten wir auch meinen Bruder einladen. Magnus und Dilara hatten ohnehin vor, an dem Wochenende nach Stockholm zu kommen. Und dann hat er beschlossen, dass er gleich auch noch mit dir und Ruben feiern will, wenn er schon dabei ist. Ruben hat er gestern gefragt, der hat schon zugesagt.«

Bei jedem »und dann« waren Malins Gesten raumgreifender geworden. Jule konnte deutlich sehen, dass es ihr nicht nur um Sven und seinen Geburtstag ging, sondern darum, dass sie den Tag wirklich gerne im Kreis ihrer Freunde verbringen wollte. Sie wusste, es bedeutete Malin sehr viel, dass Sven sich auf Anhieb so gut mit ihren engsten Freunden und mit ihrem Bruder Magnus und dessen Lebensgefährtin Dilara verstanden hatte. Ihr Ex Adrian hatte sich wenig aus ihrem Freundeskreis gemacht und nie Interesse an gemeinsamen Unternehmungen gezeigt.

Jule seufzte tief. Malin war einer der wichtigsten Menschen in ihrem Leben. Sie konnte ihr einen Wunsch nur sehr schwer abschlagen. Insbesondere, wenn sie dafür so viel Verständnis hatte wie für diesen. »Das heißt also, ich sehe Lasse in ungefähr zwei Wochen wieder«, stellte sie fest. Ihr blieb wenigstens eine kleine Schonfrist, bevor sie der Tatsache ins Auge sehen musste, dass die Aktion mit Björn ausgesprochen unreif und dämlich gewesen war.

»Eigentlich«, begann Malin zögerlich und mit einem unbehaglichen Gesichtsausdruck, als hätte sie Angst vor Jules Reaktion, »eigentlich siehst du ihn am Dienstag wieder.«

»Am Dienstag?«, wiederholte Jule und hatte Mühe, ihr Entsetzen zu verbergen. »Was ist am Dienstag?«

»Nun ja, du hast doch gestern gesagt, du gehst mit mir zu diesem Probetraining, und ich habe mit Lasse einen Termin dafür vereinbart«, erklärte Malin und ergänzte schnell: »Gleich nachdem du losgegangen bist, um die Getränke zu holen. Also bevor ich mitbekommen habe, dass du ein Problem mit ihm hast.«

Jule wurde gleichzeitig heiß und kalt. Sie sollte mit Lasse ins Fitnessstudio gehen? Das Schlimme an dieser Vorstellung war nicht – oder nicht nur –, dass sie ihn so bald treffen sollte, sondern dass sie sich bei diesem Gedanken plötzlich sehr lebhaft an seinen Körper erinnerte. Es stimmte alles, was sie Malin über ihn berichtet hatte: Er war bei ihrem Date ein echter Kotzbrocken gewesen. Aber ein verdammt gut trainierter Kotzbrocken.

Als Jule ihm zum ersten Mal gegenübergestanden hatte, war sie von der Tatsache, dass er auf seinem Profilfoto wirklich selbst abgebildet war, völlig überrumpelt gewesen. Bis zu dem Moment hatte sie fest daran geglaubt, dass sich ihr Date als Glatzkopf mit Bierbauch erweisen würde, der sich hinter einem Foto von einem heißen Typen mit Waschbrettbauch versteckte, das er aus einer Bilddatenbank heruntergeladen hatte. Nein, Lars sah genau so aus wie auf dem Bild: groß, sehr sportlich, lässig gestylte blonde Haare, strahlend blaue Augen, ein umwerfendes Lächeln. Der Wow-Effekt hatte so lange angehalten, bis er zum ersten Mal den Mund aufgemacht hatte.

»Fitnessstudio … mit Lars«, stammelte Jule.

»Lars?«, entgegnete Malin verwundert.

»So hat er sich mir damals vorgestellt.«

»Komisch, mir hat er bei unserem ersten Treffen erzählt, dass ihn nur seine Mutter so nennt. Für alle anderen ist er einfach ›Lasse‹.« Malin ließ sich durch die Sache mit dem Namen leider nicht lange vom eigentlichen Thema ablenken. »Du kommst doch mit?«, bettelte sie. »Wenigstens zum Probetraining? Bitte, bitte, bitte! Ich will dort echt nicht allein hingehen.«

»Sven trainiert doch regelmäßig in dem Studio, geh einfach mit ihm!«, versuchte Jule, sich aus der Affäre zu ziehen.

»Schon, aber der hat seine eigenen Zeiten und stemmt einfach seine Gewichte. Für die Probetrainings haben sie bestimmte Termine, wenn das Studio nicht zu voll ist.«

Jule sah einen neuen Hoffnungsschimmer. »Vielleicht kann *ich* da ja gar nicht.«

»Ruben sagte, ihr hättet am Dienstag keine Aufträge zu erledigen, bei denen du unbedingt da sein müsstest.« Natürlich wusste Malin ganz genau, dass Jule sich den Großteil der Arbeit völlig frei einteilen konnte. Ihre Kernarbeit war die Buchhaltung; darüber hinaus half sie aus, wo immer es nötig war. Sie stand im Geschäft, wenn ihre Mutter und ihre ältere Schwester Élin im Verkauf Unterstützung brauchten, oder begleitete ihren großen Bruder Thorben zum Großmarkt. Meistens ging sie jedoch ihrem Vater und Ruben in den Glashäusern und im Freigelände bei der Pflege der Pflanzen und der Vorbereitung von Bestellungen zur Hand. Wenn Ruben sie am Dienstag nicht brauchte, dann konnte sie die Gärtnerei jederzeit für die eine oder andere Stunde verlassen.

Ihr fielen keine weiteren Ausflüchte mehr ein, daher gab sie sich geschlagen. »In Ordnung, ich gehe mit. Aber versuch dann bloß nicht, mich zu irgendeinem Partner-Abo oder so zu überreden! Nach diesem Probetraining gehst du ohne mich dahin!«

»Nach der Einführung mit Lasse können wir selbstständig trainieren. Er erklärt uns nur, wie alles funktioniert, und zeigt uns, welche Geräte besonders für uns geeignet sind«, erwiderte Malin mit einem Lächeln, für das Jule sie in dem Moment am liebsten verflucht hätte. Sie war sich sicher, dass ihre Freundin es gar nicht absichtlich einsetzte, doch wenn sie diesen Ausdruck hatte, dann konnte man ihr keinen Wunsch mehr abschlagen.

»Bringen wir erst mal den Dienstag hinter uns«, antwortete Jule düster. Sie war hin- und hergerissen zwischen dem Vorsatz, ihre Freundin dabei zu unterstützen, schnellstmöglich wieder fit zu werden, dem dringenden Wunsch, vor Lasse Reißaus zu nehmen, und der Erinnerung an seinen sexy Körper, auf dessen Anblick in Trainingsbekleidung sie trotz der verfänglichen Situation eine gewisse Vorfreude verspürte.

»Jetzt habe ich übrigens doch langsam Hunger«, bemerkte sie.

»Okay, dann gehen wir mal zurück und schauen nach, ob die Männer schon leben«, schlug Malin vor.

Sie änderten die Richtung, sodass sie auf Jules kleines Haus zusteuerten.

»Ruben musst du das Ganze auch noch erklären.«

Diese Feststellung rief in Jule wieder Unbehagen hervor. Sie hoffte inständig, dass ihr Bruder sie gar nicht erst auf das Thema ansprechen würde. Wenn er nicht gerade eine Chance witterte, sich auf Kosten seiner kleinen Schwester zu amüsieren, zeigte er an ihrem Liebesleben meistens wenig Interesse. Irgendwann hatte er einmal gemeint, er würde sich erst damit auseinandersetzen, ob er einen Mann für geeignet für Jule hielt, wenn sie es schaffte, länger als vier Wochen Interesse an ihm zu zeigen. Bisher war das nie der Fall gewesen.

Jule gab zu Malins Feststellung keinen Kommentar ab, sondern erkundigte sich stattdessen: »Und was sagst du Sven?«

Ihre Freundin zuckte mit den Schultern. »Die Geschichte, die ihr da aufgetischt habt, klang ja grundsätzlich recht glaubwürdig. Er ist nicht so neugierig, dass er mich jetzt bis ins Detail über eure Beziehung ausfragen wird. Ein paar vage Andeutungen werden schon reichen. Du musst dich trotzdem entscheiden, ob du das Ganze aufklärst oder ob du Björn einfach schnell loswirst und dann behauptest, du hättest eingesehen, dass das mit ihm eigentlich gar keine Zukunft hat.«

»Das wäre vermutlich die einfachste Variante, um aus der Nummer wieder herauszukommen, oder?«, überlegte Jule laut. Eigentlich musste sie nur behaupten, sie hätte – wieder einmal – einen fürchterlichen Streit mit Björn gehabt und nun wirklich die Nase voll von dem Idioten. Und dann könnte sie Gras über die Sache wachsen lassen. Falls Lasse auf die Idee kam, sie anzubaggern, wenn er erfuhr, dass sie Single war, würde sie schon eine andere Möglichkeit finden, um ihn fernzuhalten.

Lars Bergström tippte Jule später am Nachmittag in das Eingabefeld der Suchmaschine und drückte auf *Enter*. Es war völlig untypisch für sie, dass sie diese Abfrage nicht schon letzten Juni gestartet hatte. Normalerweise war das Internet ihre erste Anlaufstelle, wenn es darum ging, Informationen zu beschaffen. Auch wenn sie selten einen Mann zweimal traf, überprüfte sie nach ihren Dates aus reiner Neugierde, ob das, was ihr erzählt worden war, auch wirklich stimmte. Insbesondere, wenn sich ein Typ so verkaufte, wie Lars das gemacht hatte. Er hatte unter anderem behauptet, ein Fitnessstudio und mehrere Immobilien zu besitzen.

Ein Vorteil daran, in Schweden zu leben, war, dass es in diesem Land in Sachen Finanzen keine Geheimnisse gab. Wenn sie wollte, konnte sie sogar Lasses Steuererklärung anfordern, und das Finanzamt würde sie ihr aushändigen. So weit würde sie jedoch nicht gehen. Sie wollte nur herausfinden, ob er ein einfacher Fitnesstrainer war, der bei ihrem Date behauptet hatte, viel mehr zu sein, oder ob er damals ehrlich gewesen war.

Eine halbe Stunde später war Jule um einiges Wissen über Lars Henrik Bergström reicher. Sie kannte seine Wohnadresse und die Namen seiner Eltern und wusste, dass er ein Einzelkind war. Außerdem hatte ihre Recherche ergeben, dass er seine berufliche Situation zwar etwas aufgeblasen, prinzipiell aber die Wahrheit gesagt hatte. Er war Mitbesitzer eines Fitnessstudios in der Innenstadt. Jule war sich ziemlich sicher, den Namen bereits gehört zu haben. Der Laden war gerade groß im Kommen. Mit seinen neunundzwanzig Jahren war er der jüngste der drei Teilhaber und als Einziger auch als Trainer tätig.

Im Netz fanden sich durchgehend positive Bewertungen des Studios, insbesondere die persönliche Betreuung wurde hervorgehoben. Entgegen Malins Annahme, möglicherweise die einzige Frau im Studio zu sein, stammten viele der Rezensionen von weiblichen Usern. Jule fragte sich unwillkürlich, was genau die meinten, wenn sie die persönliche Betreuung lobten. Wenn Lasse sich bei seinen Kundinnen auch so gab wie damals ihr gegenüber, war es nicht ausgeschlossen, dass er ihnen hinter verschlossener Garderobentür den einen oder anderen Extra-Service bot.

Trotz dieser Erkenntnisse wagte Jule es nicht, einen neuen Versuch zu starten, sich um das Probetraining zu drücken. Außerdem verspürte sie eine gewisse Neugier, wie Lasse sich in seinem Arbeitsumfeld verhielt. Die zwei Bilder, die sie bisher von ihm hatte, passten rein gar nicht zusammen.

Sie ließ sich noch einmal durch den Kopf gehen, was ihr vom Vorabend in Erinnerung geblieben war. Zugegebenermaßen war das nicht viel. Björn hatte die Flasche Schnaps, die er bei seiner Wette gewonnen hatte, mit Jule geteilt, deshalb war sie ungewöhnlich früh betrunken gewesen.

Außerdem war sie Lasse die meiste Zeit aus dem Weg gegangen. Dennoch hatte sie seine großartige Singstimme bemerkt, die sie ziemlich überrascht hatte. Auch hatte er die Texte der meisten Lieder beherrscht. Ob er sich beim Singen absichtlich ins Zeug gelegt hatte, weil Björn im Studentenchor dabei gewesen war? Hatte Lasse sie mit seiner Stimme beeindrucken wollen?

Jule schob den Gedanken beiseite, denn er verwirrte sie nur noch mehr. Tatsache war, als Lars hatte er sich wie ein Arsch verhalten, und dennoch hatte Jule ihn wahnsinnig sexy und attraktiv gefunden. Als Lasse wirkte er nett, und sie fragte sich, ob ihn das weniger anziehend machte – oder erst recht.

Weniger – das redete sie sich zumindest ein. Seine Anziehungskraft hatte ganz bestimmt auf seinem selbstsicheren und von sich überzeugten Auftreten beruht. Sie war nicht an Lasse interessiert. Was sie damals gesucht hatte, das hatte sie von Lars bekommen, und damit hatte es sich.

Aber wenn Jule ganz ehrlich zu sich war, dann hegte sie mittlerweile leise Zweifel daran, dass Lasse wirklich der Casanova war, als den sie ihn kennengelernt hatte.

5. Mai

Am Dienstag musste Malin Jule förmlich ins Fitnessstudio schleifen. Jede Faser ihres Körpers wehrte sich gegen ein Wiedersehen mit Lasse, bei dem sie sich nicht in kürzester Zeit in den Alkohol flüchten konnte. Außerdem hatte sie im Vorfeld der Feier gar nicht gewusst, was sie erwartete.

Nun quälte sie sich aber schon seit Tagen mit der Frage, was sie nur tun sollte, wenn sie ihm gegenüberstand. Zu allem Überfluss hatte Malin auch noch einen Termin in aller Frühe vereinbart. Sie hatte es von hier aus nicht weit zu dem Radiosender, bei dem sie seit vier Monaten ein Praktikum machte, und hatte es daher für eine gute Idee gehalten, das Probetraining vor der Arbeit zu absolvieren.

Jule dagegen war nicht sonderlich begeistert davon gewesen, sich mitten in der Stoßzeit in die U-Bahn zu setzen. Noch dazu hatte sie unmittelbar nach dem Aufstehen keinerlei Hunger verspürt und daher nur einen Kaffee getrunken. Inzwischen bereute sie es jedoch, auf ihr Müsli verzichtet zu haben, und schon allein deshalb befand sie sich nicht gerade in der besten Stimmung.

Am Empfang saß ein hübsches Mädchen in Fitnesskleidung. Genau das hatte Jule erwartet, irgendwie folgte in der Branche doch alles dem gleichen Klischee. Die Männer sollten durch das Lächeln und die Kurven der weiblichen Angestellten motiviert werden, zum Training zu kommen, und die Frauen wollten alle aussehen wie sie.

Jule wusste allerdings, dass sie das nie tun würde. Das Mädchen hatte ungefähr Malins Statur und war somit einige Zentimeter kleiner als Jule, ihr Gesicht war schmaler, ihr ganzer Körperbau zarter. Jule war nicht dick, einfach etwas stämmiger und nicht so feingliedrig wie ihre Freundin. Aber sie betrieb regelmäßig Sport und war im Großen und Ganzen mit ihrer Figur sehr zufrieden, auch wenn sie niemals Modelmaße haben würde.

Während Malin, die im Gegensatz zu ihrer Freundin hellwach

und hochmotiviert war, die Anmeldung übernahm, ließ Jule den Blick durch den Raum schweifen. Er war modern, schlicht und sehr geschmackvoll eingerichtet. Überraschend fand Jule den Einsatz von natürlichen Materialien, die sie in einem Fitnessstudio nicht erwartet hätte. Aber es passte zum Marketingkonzept, das an den Wänden mit ästhetischen Bildern und kurzen Texten vorgestellt wurde. Jule hatte es bereits auf der Website nachgelesen. Es baute darauf auf, durch Bewegung mit seinem Körper in Einklang zu kommen. Dabei verzichtete es zwar auf esoterische Ansätze, setzte jedoch die Betonung auf Achtsamkeit und Körperbewusstsein. Dieses Studio hatte definitiv nicht zum Ziel, lauter Muskelprotze mit Testosteronüberschuss hervorzubringen. Es ging vielmehr darum, sich selbst und seinem Körper etwas Gutes zu tun. Dazu passte die Gestaltung des Eingangsbereichs, der durch Holz und Grünpflanzen den Eindruck einer Wohlfühloase vermittelte.

Möglicherweise hatte Sven seine Finger bei der Planung im Spiel gehabt. Soweit Jule das bisher beurteilen konnte, schien er als Innenarchitekt sehr begabt zu sein. Sie machte neugierig einen Schritt nach vorn, weil sie wissen wollte, was sich hinter einer Nische verbarg – und stand im nächsten Augenblick Lasse gegenüber. Lasse in Trainingskleidung, bestehend aus einer kurzen schwarzen Sporthose und einem türkisfarbenen Shirt, das zur Farbe seiner Augen passte und unter dem sich deutlich sein trainierter Oberkörper abzeichnete. Und leider handelte es sich dabei nicht um eine lebensgroße Pappfigur, sondern um ihn höchst persönlich.

»Äh, Entschuldigung«, stammelte Jule und wich automatisch einen Schritt zurück.

»Jule! *Hej!*« Sein Lächeln wirkte aufgesetzt. »Ist Malin auch schon da?«

»Äh, ja, da drüben.«

Verdammt, warum machte er sie nur so nervös?

Vielleicht deshalb, weil du ihm vor ein paar Tagen eine ordentliche Lügengeschichte aufgetischt hast? Und von eurem Date reden wir gar nicht.

Jule hätte schon wieder am liebsten die Flucht ergriffen, doch da trat Malin neben sie und begrüßte Lasse freudig. Diesmal lächelte er strahlend, was Jule seltsam missfiel. Lag es daran, dass er die Freundin seines besten Freundes auf diese Weise anlächelte oder dass er *ihre* beste Freundin so anlächelte?

Ehe sie sich darüber klar werden konnte, ob das überhaupt einen Unterschied machte, schlug Lasse vor: »Ich zeige euch zuerst die Umkleiden, und dann treffen wir uns im Trainingsraum, okay?«

Beide nickten und folgten ihm. Als die Tür zur Garderobe hinter ihnen ins Schloss gefallen war, bemerkte Malin kichernd: »Und ich dachte, Sven wäre gut gebaut. Aber wenn ich mir Lasse so anschaue, kann er einpacken.«

Obwohl Jule sich ziemlich sicher war, dass Sven kein Problem damit hatte, im direkten Vergleich den Kürzeren zu ziehen, fand sie diesen Kommentar total unpassend. »Darfst du überhaupt so genau hinsehen?«, fragte sie und knuffte ihre Freundin in die Seite.

Die kicherte immer noch und meinte: »Was er nicht weiß …«

»Du wirst doch jetzt nicht mit seinem besten Freund flirten!« Die Vorstellung widerstrebte Jule total, denn sie hielt Malin und Sven für ein absolutes Traumpaar. Aber war das wirklich der einzige Grund?

»Natürlich nicht«, versicherte Malin schnell und zog sich dabei ihr T-Shirt über den Kopf. »Aber du musst doch zugeben, dass Lasse in dem Shirt und der Trainingshose noch mal ein viel heißerer Anblick ist als in Jeans und warmer Jacke. Oder willst du etwa behaupten, dass du ihn gar nicht attraktiv findest?«

Auch Jule fing endlich an, sich umzuziehen, und war froh darüber, dass ihr Gesicht zumindest für kurze Zeit in ihrem Pullover verschwand, denn sie war sich ziemlich sicher, dass sie rot angelaufen war. »Natürlich hat er einen tollen Körperbau, das gehört doch zu seinem Job«, antwortete sie so neutral wie nur möglich.

»Und darüber hinaus ist dir das total egal«, sagte Malin mit einem winzigen Hauch von Provokation in der Stimme.

»Meine Idee war es nicht, zum Trainieren ausgerechnet hierherzukommen«, entgegnete Jule.

»Es ist aber nicht verboten, das Probetraining auch ein bisschen zu genießen«, erwiderte ihre Freundin zwinkernd, schlüpfte in ihren zweiten Turnschuh und verließ die Garderobe. Jule blieb gar nichts anderes übrig, als sich zu beeilen, damit sie ihren Trainer nicht zu lange warten ließen.

Von seinem Job verstand Lasse etwas, das musste Jule ihm schon wenige Minuten später zugestehen. Kaum hatten sie den Trainingsraum betreten, war er offensichtlich völlig in seinem Element. Wie bei ihrem Date redete er viel, diesmal jedoch ohne mit sich oder seinem Studio zu prahlen. Er führte sie zuerst durch den großen Raum, der durch Zwischenwände in einzelne Abteilungen unterteilt war.

Auch hier trug die Raumgestaltung dazu bei, dass Jule sich sofort wohlfühlte. Die Trainingsmöglichkeiten waren vielfältig, doch alle Bereiche waren so angelegt, dass eine gewisse Privatsphäre möglich war. Professionell und mit viel Fachwissen dahinter erklärte Lasse die verschiedenen Trainingsbereiche und die Besonderheiten der Geräte, die sie hier benutzten. Jule fand seine Ausführungen überraschend interessant. Sie war nicht zum ersten Mal in einem Fitnessstudio, aber bisher hatte sich noch niemand die Mühe gemacht, ihr zu erläutern, warum es wichtig war, einen Muskel auf diese oder jene Art zu trainieren.

Am Ende der Führung landeten sie in einem Bereich, in dem mehrere Geräte in einem Kreis aufgestellt waren.

»Das ist unser Zirkeltraining«, sagte Lasse. »Wir benutzen hier hydraulische Geräte, bei denen sich die Intensität automatisch an den Benutzer anpasst. Und genau deshalb seid ihr hier richtig. Dieses Training ist perfekt, um Malin und ihre Schulter fit zu machen.«

Während Jule die einzelnen Geräte der Reihe nach betrachtete, erläuterte er ihnen noch einige Details.

»So, dann legen wir mal los!«, verkündete er am Ende der theoretischen Ausführungen. »Wer möchte anfangen?«

Automatisch zeigte Jule auf Malin. »Sie wollte doch hierher.«

Erst an dem gekränkten Ausdruck, der für einen Moment über Lasses Gesicht huschte, merkte Jule, dass sie sich im Tonfall völlig vergriffen hatte. Sie hatte geklungen, als wäre sie wirklich nur unter Zwang da. Das stimmte zwar irgendwie, aber in den letzten Minuten hatte sie eigentlich angefangen, sich mit Malins Idee, hier gemeinsam zu trainieren, anzufreunden. Sie mochte die Atmosphäre, und Lasses Begeisterung war ein wenig ansteckend.

Doch jetzt wandte er sich demonstrativ von ihr ab und schenkte Malin seine volle Aufmerksamkeit – so als wollte er sie für ihren unpassenden Tonfall bestrafen. Ganz konnte Jule ihm das nicht verübeln. Daher stand sie einfach stumm und mit verschränkten Armen daneben, während Lasse ihre Freundin sehr sorgfältig in die Bedienung der ersten Geräte einwies, korrigierend eingriff, lobte und sie ermahnte, dass sie nicht vergessen durfte, auf die Signale ihrer Schulter zu achten.

Jule kämpfte gegen ihre zwiespältigen Gefühle. Trainer-Lasse war professionell, kompetent und sehr überzeugend. Er hatte jede einzelne Zwischenfrage geduldig beantwortet, und sie hatte im Laufe der Einführung den Eindruck gewonnen, dass das Marketingkonzept nicht nur eine Masche war, um Kunden anzulocken. Lasse schien es wirklich als seine Berufung zu betrachten, Menschen zu einem positiven Körpergefühl zu verhelfen. Das alles hier – das Konzept, die Ausstattung, die persönliche Betreuung – war ihm offensichtlich ein echtes Herzensanliegen. Bis jetzt hatte Jule geglaubt, er trainierte, um bei Frauen punkten zu können, und nutzte seinen Job, um auch genau an die Frauen heranzukommen, die seinem Ideal entsprachen. Doch nun hatte sie das Gefühl, dieses Bild korrigieren zu müssen.

Obwohl ihr Gehirn auf Hochtouren versuchte, die verschiedenen Eindrücke von Lasse miteinander zu vereinen, war Jule bemüht, sich auf das zu konzentrieren, was er Malin zeigte. Die Chemie zwischen den beiden stimmte offenbar wirklich, sie machten dauernd Witze und hatten an dieser Einführung beide sichtlich ihren Spaß. Wieder verspürte Jule ein ungutes Gefühl, das sich schleichend in ihrer Magengegend breitmachte. Malin sollte nicht mit Lasse flirten, sie hatte Sven, und der war perfekt für sie.

»Und? Bist du nur zur seelischen Unterstützung da, oder willst du jetzt doch etwas gegen deine Problemzonen tun?« Mit der Frage riss Lasse Jule aus ihren Gedanken.

Sie schnappte erbost nach Luft. Wollte er damit andeuten, dass sie ein paar Kilos zu viel hatte? Wobei von »andeuten« fast nicht die Rede sein konnte. Hatte er ihr gerade ins Gesicht gesagt, dass er sie dick fand?

Verärgert stemmte sie die Hände in die Hüften und baute sich vor ihm auf. »Und wo sind die deiner Meinung nach?«

Ihr Gegenangriff machte ihn verlegen. »Irgendwas gibt es doch bei jeder Frau, das sie nicht an sich mag«, meinte er ausweichend.

»Ich finde mich gut, so wie ich bin«, betonte Jule energisch.

Sie hatte diese Reaktion provoziert, deshalb bemühte sie sich, möglichst gelassen zu bleiben, während Lasse den Blick langsam über ihren Körper gleiten ließ. Plötzlich fühlte sie sich zurückversetzt an den heißen Sommerabend, als sie in einem kurzen Rock vor ihm gestanden hatte. Die enge Trainingshose überließ seiner Fantasie nicht viel weniger Spielraum als damals der Minirock.

Von einem Moment auf den nächsten schaltete sich der Fitnesstrainer in ihm wieder ein, und er erklärte: »Dieses Training eignet sich auch bestens dazu, die Form zu erhalten und dich für eure Klettertouren im Sommer fit zu machen.«

Jule fühlte sich immer noch vor den Kopf gestoßen, und ihr entfuhr ein leises Schnaufen, doch dann gab sie nach und trat an das erste Gerät heran.

»Du hast ja gesehen, wie Malin es gemacht hat.«

Während ihre Freundin an den Geräten trainierte, die Lasse für sie am geeignetsten hielt, probierte Jule eine Station nach der anderen aus. Er schenkte ihr allerdings höchstens halb so viel Aufmerksamkeit wie zuvor Malin. Zwar wich er ihr nicht von der Seite und wies sie darauf hin, wenn sie einen Fehler in der Bedienung machte, doch darüber hinaus verhielt er sich mehr höflich als freundlich. Ganz anders, wenn Malin ihm eine Frage stellte. Dann hellte sich seine Miene auf, und er gab ihr freundlich lächelnd eine Antwort.

Er hatte ein süßes Lächeln. Die Erkenntnis verwirrte Jule, weil sie ihn doch eigentlich schon einen ganzen Abend lang lächeln gesehen hatte, nur war es ihr damals arrogant und aufgesetzt vorgekommen. Es hatte gar nichts Herzliches an sich gehabt, und sein rechter Mundwinkel hatte schon gar nicht so verschmitzt gezuckt. Lag das daran, dass Malin ihm viel sympathischer und mit ihm auf einer Wellenlänge war? Oder daran, dass sie die Freundin seines Kumpels war und damit für ihn tabu? Oder war er normalerweise dieser freundliche Typ mit dem süßen Lächeln und hatte Jule etwas vorgespielt?

»*Hej*, Lasse!« Die schlanke Dunkelhaarige mit den endlos langen Beinen lenkte mit ihrer Begrüßung auch Jules Aufmerksamkeit auf sich. Lasse stand gerade neben Malin, um ihr zu zeigen, wie sie die Übung noch schonender für ihre Schulter durchführen konnte. Er blickte auf, und Jule war nah genug bei ihm, um zu bemerken, dass sich auf seiner Stirn die kleine Falte gebildet hatte.

»*Hej*, Sophia!«, grüßte er. »Du bist heute früh dran. Wenn du etwas brauchst, ruf mich! Ich habe hier noch ein Probetraining.«

Diese Sophia schenkte ihm ein breites Lächeln, aber Jule entging nicht, dass sie im Weitergehen Malin einen missbilligenden Blick zuwarf.

So viel zu ihrer Theorie, Lasse könnte gewissen Kundinnen einen Extra-Service bieten. Er hatte die Frau mit ihrem Vornamen begrüßt und kannte ihre Trainingszeiten. Sophia wiederum war offensichtlich nicht begeistert davon, dass seine Hand gerade auf Malins Schulter lag. In Jules Augen trug dieser kurze Zwischenfall jedenfalls nicht dazu bei, dass sie ihren Verdacht, Lars Bergström könnte reihenweise Kundinnen abschleppen, gänzlich fallen ließ.

Seltsamerweise trug die Anwesenheit dieser Sophia aber dazu bei, dass Lasse Jule gegenüber ein wenig auftaute. Die Frau war so frech, ihn ganze drei Mal zu rufen, weil sie angeblich Probleme mit dem Fahrrad hatte, auf dem sie sich aufwärmte. Dass er sich eigentlich auf zwei neue Kundinnen konzentrieren wollte, ignorierte sie völlig.

Beim ersten Mal entschuldigte Lasse sich nur knapp, beim zweiten Mal wirkte er schon etwas genervt, und beim dritten Mal sagte er direkt an Jule gewandt: »Es tut mir wirklich leid. Normalerweise versuche ich beim Probetraining, Unterbrechungen zu vermeiden. Das sollte eigentlich ganz allein eure Zeit sein.«

»Gewisse Kundinnen kann man wohl nicht einfach links liegen lassen.« Jules Tonfall bewegte sich auf einem schmalen Grat zwischen Verständnis und Provokation.

»Diese Kunden gibt es bestimmt in jeder Branche«, erwiderte er mit einem schiefen Lächeln und einem resignierten Schulterzucken.

»Ja, das stimmt wohl«, antwortete Jule, ehe ihr richtig bewusst wurde, dass sie soeben die ersten Sätze mit ihm gewechselt hatte, die sich ganz natürlich anfühlten.

»Wenn du die Übung weiterhin mit so wenig Elan durchführst, wird sie die Bingo-Wings nicht verhindern können«, bemerkte er da.

Jule schnappte erbost nach Luft.

Was maßte sich der arrogante Kerl eigentlich an? Nur weil er selbst den absolut perfekten Body besaß, brauchte er ihr nicht zu unterstellen, dass ihre Oberarme gleich schlaff wurden, wenn sie sich nicht zu hundert Prozent auf die Übung konzentrierte! Sie brauchte seine blöden Geräte doch gar nicht, um fit zu bleiben. Bis jetzt war sie gut ohne regelmäßiges Training im Fitnessstudio zurechtgekommen und hatte es noch jede Wand hoch geschafft, die sie sich vorgenommen hatte.

In ihrem Ärger bediente sie die Bizeps-Trizeps-Maschine mit deutlich mehr Schwung, was Lasse zu einem Lob veranlasste: »Super! So wird das etwas!«

Jule jedoch warf ihm einen Blick zu, der ihn eigentlich töten sollte, aber nicht nur dieses Ziel verfehlte, sondern auch sonst keinen besonderen Eindruck bei ihm hinterließ. Er grinste nur und wandte sich wieder einmal Malin zu.

»Hältst du das für eine gute Idee?«, fuhr Jule ihre Freundin an, als sie nach Trainingsende die Umkleide betraten.

Malin ignorierte ihren Tonfall. »Ja, klar, das ist doch genau das Richtige für mich. Und ich will meine Schulter wirklich so schnell wie möglich fit bekommen. Ich habe so lange keinen Sport mehr getrieben, diese Untätigkeit macht mich ganz fertig.« Sport war für sie einige Monate lang kein Thema gewesen, selbst als vonseiten der Ärzte nichts mehr dagegen gesprochen hatte. Sie hatte schlicht und einfach keinerlei Lust dazu verspürt. Deshalb freute Jule sich über diese Antwort, die ein weiterer Beweis dafür war, dass Malin auf dem besten Weg zu ihrem alten lebensfrohen Selbst war. Nur hatte sie eigentlich von etwas anderem geredet.

»Das meinte ich doch nicht!«, widersprach sie energisch.

»Was dann?«

»Dass du so mit Lasse flirtest!«, rief Jule aus. »Die Bemerkung über seinen Körperbau vorhin war ja noch irgendwie verständlich. Aber findest du nicht, dass das gerade zu weit ging?«

Malin sah sie mit großen Augen an und wirkte dabei, als hätte sie tatsächlich nicht die geringste Ahnung, was Jule meinte. »Wir haben doch nicht geflirtet«, behauptete sie. »Wir verstehen uns einfach nur gut. Daran ist doch nichts verwerflich. Sven stört es ja auch nicht, wenn wir miteinander blödeln. Im Gegenteil, den freut es total, dass wir uns so gut vertragen.«

»Also, ich bin nicht sicher, ob er es immer noch gut finden würde, wenn er euch da drin gesehen hätte«, beharrte Jule und verschränkte die Arme vor der Brust.

Malin wischte ihre Bedenken einfach beiseite. »Du bildest dir da was ein. Und im Übrigen macht es dir rein gar nichts aus, wenn ich mit Ruben herumalbere. Bist du dir sicher, dass dein Problem nicht woanders liegt?«

»Und wo?«

»Na, jedenfalls nicht bei Sven«, gab sie zwinkernd zurück und holte aus ihrem Spind ein Badetuch. »Hast du dir eigentlich schon überlegt, wie und wann du Lasse die Wahrheit über Björn sagst?«

Auf den abrupten Themenwechsel war Jule nicht gefasst gewesen. »Was geht es ihn denn überhaupt an, mit wem ich zusammen bin?«, murmelte sie verärgert.

Dafür erntete sie von Malin einen vielsagenden Blick, den sie unkommentiert stehen ließ. Stattdessen zog sie sich rasch um und verabschiedete sich, um zurück zur Gärtnerei zu fahren. Duschen konnte sie zu Hause. Das wusste auch ihre Freundin, daher schenkte sie ihrem plötzlichen Abgang keine weitere Beachtung. Schon halb in der Dusche winkte Malin ihr zu und kündigte an, sie am Abend anzurufen. Jule hatte wenig Hoffnung, dass sie dann *nicht* versuchen würde, sie zu weiteren Besuchen in diesem Fitnessstudio zu überreden.

Erst um halb zehn klingelte Jules Handy an diesem Abend. Sie war versucht, den Anruf gar nicht anzunehmen und am nächsten Tag zu behaupten, sie wäre früh ins Bett gegangen. Doch allein bei dem Gedanken stellte sich ihr schlechtes Gewissen ein. Sie wollte Malin nicht anlügen, bloß weil sie Angst vor einem Gespräch hatte, an dessen Ende sie möglicherweise zustimmte, Lasse in Zukunft regelmäßig zu treffen. Deshalb ließ sie sich mit einem Seufzen auf die Couch im Wohnzimmer fallen und drückte auf *Annehmen.*

»Hej, Malin«, grüßte sie und hoffte, dass ihre Stimme nicht verriet, wie unwohl sie sich fühlte.

Malins »Hej« ließ jedoch gar keinen Zweifel daran, dass es ihr gar nicht gut ging.

»Was ist los?«, fragte Jule alarmiert.

»Ach, nichts«, antwortete Malin. »Ich war nur bei Mama. Du kennst sie ja.«

Sie waren seit der ersten Klasse der Grundschule eng befreundet, daher wusste Jule nur zu genau über Malins komplizierte Familiensituation Bescheid. Ihr Vater, Oskar Forsberg, hatte seine Familie verlassen und in Amerika mit einer anderen Frau neu angefangen. Seit er vor einigen Jahren verstorben war, gab es zwischen den verbliebenen Familienmitgliedern jede Menge Spannungen.

Britta Forsberg hatte ihren Kindern jahrelang den Kontakt zu ihrem Schwager verboten, dabei war Onkel Gunnar für Malin und Magnus nach dem Verschwinden des Vaters ein besonders wichtiger Mensch gewesen. Doch Oskars Testament hatte einen Keil in die Familie getrieben, der sich erst aufgrund von Malins Unfall ein wenig gelockert hatte. Offene Fragen gab es dennoch genügend, die Antworten darauf interessierten auch Jule brennend.

»Hast du sie endlich darauf angesprochen, was es mit dem Streit mit Gunnar in seiner Kanzlei auf sich hatte?«, erkundigte sie sich. Um dieses Thema drückte Malin sich schon seit einigen Monaten herum, obwohl sie überzeugt war, dass der wahre Inhalt der Auseinandersetzung, die sie versehentlich belauscht hatte, viel Licht ins Dunkel bringen würde.

Malin stöhnte. »Dafür war heute absolut nicht der richtige Tag.«

»Wann ist der endlich?«

»Ach, ich weiß auch nicht. Bis jetzt wollte ich nichts sagen, weil ich froh darüber war, dass sie uns den Kontakt zu Onkel Gunnar nicht länger verbietet. Ich wollte den schlafenden Drachen nicht wecken. Aber heute habe ich das wohl aus Versehen gemacht.«

»Was war denn?«

Mit einem tiefen Seufzen erzählte Malin: »Sven konnte nicht mit zum Essen zu Mama kommen, darüber war sie ganz und gar nicht erfreut. Und dann ist mir rausgerutscht, dass wir morgen mit Onkel Gunnar verabredet sind. Beide. Du kannst dir ungefähr vorstellen, wie sie darauf reagiert hat.«

»Verstehe«, murmelte Jule. Sie hatte tatsächlich eine ziemlich genaue Vorstellung davon, wie Britta sich daraufhin darüber beklagt hatte, dass ihre Kinder sich nicht für sie interessierten und wie arm und einsam sie doch war. Dabei hatte Jule die Mutter ihrer Freundin eigentlich ursprünglich als lebenslustigen und kontaktfreudigen Menschen erlebt. Aber die Geschichte mit ihrem Ehemann und die Jahre als alleinerziehende Mutter hatten viel Verbitterung hinterlassen.

»Wie auch immer«, sagte Malin jetzt. »Darüber wollte ich gar nicht mit dir reden. Das kann ich alles zu Hause Sven erzählen. Immerhin war es seine Schuld, dass sie sich wieder einmal in Selbstmitleid gebadet hat. Dann muss er sich das auch anhören.«

Obwohl Brittas Befindlichkeiten nicht unbedingt Jules bevorzugtes Gesprächsthema waren, gab es ihr einen kleinen Stich. Als Malin noch mit Adrian zusammen gewesen war, war sie mit diesen Geschichten immer zu ihr gekommen. Lief Sven ihr gerade den Rang als Malins erste Anlaufstelle bei Problemen ab?

»Weißt du, mich ärgert Mamas Reaktion so, weil ich mich eigentlich wirklich gut gefühlt habe, als ich zu ihr gekommen bin«, sprach Malin unbeirrt weiter. »Nach dem Fitnessstudio heute war ich total energiegeladen. Das war echt großartig.«

Jule musste zugeben, dass ihre Freundin sich da eine sehr elegante Überleitung ausgedacht hatte.

»Ich will das unbedingt regelmäßig machen. Bist du sicher, dass du nicht mitkommen willst?«

Die Frage brachte Jule ein wenig zum Grinsen. Sie hatte doch gewusst, dass Malin das Thema nicht auf sich beruhen lassen würde.

»Wir könnten einen Tag ausmachen, an dem wir uns nach der

Arbeit zum Trainieren treffen. Und danach belohnen wir uns mit Essen oder Cocktails oder Kino oder so. Das wird dann unser fester Mädelsabend.«

»Einen Mädelsabend müssten wir aber nicht mit Schinderei im Fitnessstudio beginnen«, entgegnete Jule. »Wir können uns auch einfach so an einem bestimmten Wochentag treffen und gemeinsam ausgehen.«

»Ja, schon, aber wenn wir vorher trainiert haben, brauchen wir wegen des Popcorns im Kino kein schlechtes Gewissen zu haben.«

»Dann verzichte ich einfach auf Popcorn und Fitnessstudio«, konterte Jule.

»Ach, komm schon!«, bettelte Malin. »Zu zweit macht das Training doch viel mehr Spaß! Du hast es ja gesehen, wir können locker nebenbei plaudern. Dann merkst du die Anstrengung gar nicht.«

»Klar, und dann bediene ich das Gerät wieder zu lasch, und das Ganze bringt rein gar nichts gegen meine Bingo-Wings«, brummte Jule verärgert, weil ihr Lasses Kommentar wieder eingefallen war.

Malin fand den im Gegensatz zu ihr offenbar total lustig. »Das hat er doch nicht böse gemeint«, versicherte sie kichernd. »Und du musst zugeben, dass er die gewünschte Wirkung erzielt hat. Du hast dann echt einen Zahn zugelegt.«

»Der arrogante Kerl kann sich seine dämlichen Kommentare sparen!«, poltere Jule ungewollt aggressiv. »Was ist denn das für eine Taktik, um die Kunden anzutreiben? Vielleicht sollte er sich im Internet mal über ›positive Motivation‹ informieren!«

»Ich bin sicher, das erledigst du gern für ihn«, neckte Malin, weil sie genau wusste, dass Jule die Online-Suchmaschinen bei jeder Art von Problem befragte. »Du kannst ihm ja nächstes Mal die Zusammenfassung deiner umfangreichen Recherchen mitbringen.«

»Ha, ha«, machte Jule.

»Wenn du willst, finde ich über Sven heraus, wann Lasse normalerweise nicht im Studio ist. Ich will dort ja nicht seinetwegen hin, sondern wegen der Geräte.«

»Bist du dir da wirklich sicher?«, fragte Jule provokant. »Fitnessstudios gibt es wie Sand am Meer. Wir könnten uns auch ein anderes suchen.«

»Aber wieso sollte ich nicht in das von Lasse gehen?«, erwiderte Malin. »Er ist der beste Freund meines Freundes, wir verstehen uns gut, und die Geräte in seinem Studio sind optimal für mich, damit ich meine Schulter nicht überfordere. Ich will sie schließlich nicht gleich wieder kaputt machen.«

Für das letzte Argument hatte Jule Verständnis, für die davor weniger. »Aber Lasse hat diese Art des Trainings ja nicht erfunden«, warf sie ein. »Bestimmt gibt es das auch in anderen Studios.«

»Du hast wirklich ein ziemlich großes Problem mit ihm, oder?«, stellte Malin fest. »Magst du mir nicht erzählen, was genau bei diesem mysteriösen Date zwischen euch vorgefallen ist, dass du so gar nichts mit ihm zu tun haben willst?«

»Nein, eigentlich nicht«, antwortete Jule.

»Okay, aber können wir trotzdem ein paar Fragen klären?«

»Muss das sein?«

»Ich versuche nur, die ganze Situation zu verstehen. Du warst noch nie so seltsam, wenn es um einen Typen ging, mit dem du ein Date hattest. Jule, du hast dir innerhalb von zehn Minuten einen Fake-Freund organisiert! Was war denn das bitte für eine Panikreaktion?? Und das von dir, die du normalerweise total cool bist, wenn es um Männer geht. Hat er dir das Herz gebrochen?«

Es war typisch Malin, dass sie so eine romantische Vermutung anstellte. In ihrer Realität waren echte Gefühle der einzige Grund, um sich mit einem Mann einzulassen.

»Nein, natürlich nicht«, wehrte Jule sofort ab. »Wir haben uns doch nur einmal getroffen. Und wer glaubt schon an Liebe auf den ersten Blick? Das ist doch nur ein Mythos.«

Selbst übers Handy bekam sie mit, dass ihre Freundin mit dieser Antwort ganz und gar nicht zufrieden war.

»Aber ihr wart miteinander im Bett?«, hakte Malin nach.

Die Formulierung der Frage brachte Jule ein wenig in die Bredouille, und sie überlegte, wie sie das, was zwischen ihnen gelaufen war, diplomatisch ausdrücken konnte. Noch bevor ihr etwas einfiel, stellte Malin eine neue Vermutung auf. »Also war der Sex so schlecht?«

»Nein!«, sagte Jule automatisch. Ganz und gar nicht. Nur ungewöhnlich ... Bei der Erinnerung lief sie rot an, und sie war heilfroh, dass Malin sie gerade nicht sehen konnte.

»Also hattest du Sex mit ihm, obwohl er sich dir gegenüber wie ein arrogantes Arschloch verhalten hat«, fasste ihre Freundin die bisherigen Erkenntnisse zusammen. »Und jetzt ist es dir peinlich, dass du bei so einem Kotzbrocken schwach geworden bist, nur weil er den Körper eines jungen Gottes hat?«

Malin klang nicht, als glaubte sie an diese Theorie wirklich, trotzdem antwortete Jule: »Ja, so ungefähr.« Zumindest fand sie, dass das der Wahrheit bis jetzt am nächsten kam.

»Aber dass er das mit den Bingo-Wings nicht ernst gemeint hat, sondern dich nur damit provozieren wollte, hast du schon mitbekommen?«, fragte Malin.

Jule verstand den Zusammenhang nicht. »Was hat das mit unserem One-Night-Stand zu tun?«

»Du hast im ersten Moment ziemlich verletzt ausgesehen. Und ich dachte mir, vielleicht rührt dein seltsames Verhalten ja daher, dass du das Gefühl hast, für ihn nicht gut genug zu sein.«

Darüber musste Jule einen Moment nachdenken. »Nein, das ist es nicht«, versicherte sie dann. Die Bemerkung hatte sie geärgert. Aber sie wusste auch, dass die körperliche Anziehung bei ihrem Date absolut auf Gegenseitigkeit beruht hatte. Lars hatte ihr zu keinem Zeitpunkt das Gefühl gegeben, irgendwas an ihrem Körper wäre ihm nicht straff oder schön genug. Im Gegenteil. Sie hatte sich in seiner Gegenwart sehr begehrenswert gefühlt. Er hatte sie genau so gewollt, wie sie gewesen war. Genau hier lag das Problem.

»Ich werde nicht schlau aus dir«, bemerkte Malin verwundert. »So warst du wirklich noch nie.«

Jule meinte, etwas sagen zu müssen, was das alles für ihre Freundin irgendwie verständlich machte, deshalb antwortete sie: »Ich wollte mich davor auch noch nie mit einem Mann davon ablenken, dass einer der wichtigsten Menschen in meinem Leben gerade beinahe gestorben wäre.«

Malin schwieg einen Moment betreten. »Also habe ich euer Date vermasselt?«

»Du hast es verursacht. Und das war vielleicht nicht das Richtige in dieser Situation. Ich hatte einfach die falschen Motive für dieses Date.«

Mit dieser Erklärung gab Malin sich zufrieden und wechselte endlich das Thema. »Ich stehe übrigens schon seit zehn Minuten am Eingang zur U-Bahn. Ich werde da jetzt hinuntergehen, wahrscheinlich habe ich gleich keinen Empfang mehr.«

»Okay, alles klar.« Jule war fast ein wenig erleichtert, dieses Telefonat beenden zu können.

»Bitte denk noch einmal über das Fitnessstudio nach!«, bat Malin. »Du musst ja nicht gleich einen Jahresvertrag unterschreiben. Du hast es doch gehört, die bieten verschiedene Varianten an.«

Jule verdrehte die Augen angesichts dieser Hartnäckigkeit, aber sie versprach: »Ich lasse mir das noch mal durch den Kopf gehen.«

Nachdem sie aufgelegt hatte, waren es jedoch ganz andere Dinge, die ihr durch den Kopf spukten. Malin hatte die Erinnerung an das Date mit Lars zum Leben erweckt, und nun wurde Jule sie nicht mehr los.

8. Mai

Es dauerte noch drei Tage, bis Jule sich geschlagen gab und Malin eine Nachricht schickte, dass sie mit ihr ins Fitnessstudio gehen würde.

Allerdings stellte sie auch gleich klar, dass sie sich ganz sicher auf keine längere Abo-Variante als die für drei Monate einlassen würde. Außerdem war es ihr ein Bedürfnis anzumerken, dass ihr Meinungsumschwung nicht an Malins Hartnäckigkeit, sondern an Ruben lag. Der hatte sie nämlich den ganzen Vormittag damit aufgezogen, dass sie es nicht geschafft hatte, die Säcke mit Kompost, die sie für eine Lieferung fertig machen mussten, in die Schubkarre zu hieven, während er sie locker ohne Hilfsmittel zum Lastwagen trug. Diese Schmach konnte Jule nicht auf sich sitzen lassen. Sie würde ihrem Bruder schon beweisen, was sie mit ein bisschen konsequentem Training alles zustande brachte!

Jule steckte das Handy wieder ein und versiegelte den letzten Sack. Sie überlegte gerade, ob sie noch einmal versuchen sollte, ihn zu stemmen, oder ob es doch besser war, auf Ruben zu warten, als jemand sagte: »*Hej hej!* Brauchst du schon wieder Hilfe?«

»Björn!«, rief Jule überrascht aus. »Was machst du denn hier?« Er stand in Jeans und einem karierten Hemd vor ihr und hatte die Hände lässig in die Hosentaschen gesteckt.

»Wir müssen noch ein paar Dinge abholen, die vom Fest letzte Woche übrig geblieben sind«, erklärte er. »Da dachte ich mir, ich sage mal kurz *Hej*. Alles klar bei dir? Was ist aus deinem Typen geworden? Erfolgreich abgeschreckt?«

»Er ist nicht *mein* Typ«, korrigierte Jule. »Aber unser Schauspiel hat fürs Erste seinen Zweck erfüllt. Danke übrigens, dass du da mitgemacht hast.«

»Gern geschehen«, erwiderte er. »Hat Spaß gemacht. Und im-

merhin hat mir das Ganze auch eine Flasche Schnaps eingebracht.«
Er grinste übers ganze Gesicht.

»Wohl eher nur eine halbe«, bemerkte Jule. Sie hatte bei der Feier der Walpurgisnacht viel zu viel getrunken.

Björn lachte nur.

»Bei dir auch alles okay?«, erkundigte Jule sich.

»Ja, alles bestens. Im Job läuft es gut, die Uni dauert nicht mehr lange. Dann habe ich endlich wieder ein bisschen mehr Freizeit. Derzeit ist es etwas stressig, aber das ist schon okay so.«

»Falls du mal eine Pause brauchst und auf einen Kaffee gehen willst, weißt du ja, wo du mich findest.« Sie meinte dieses Angebot absolut ernst, denn sie mochte Björn und fühlte sich in seiner Gesellschaft ausgesprochen wohl.

»Du könntest mir natürlich auch deine Telefonnummer geben, dann müsste ich nicht jedes Mal erst hierherkommen, um dich zu fragen, ob du Zeit hast.«

»Gute Idee eigentlich.« Jule holte ihr Handy hervor und tauschte mit ihm Nummern aus.

»Okay, dann hören wir uns demnächst mal«, sagte Björn zum Abschied. »Ich muss jetzt los und Zeug in unser Auto laden.«

»Alles klar. Bis demnächst!« Er wandte sich um und verschwand zwischen den Glashäusern. Während Jule ihm nachwinkte, bemerkte sie Ruben, der sich aus der entgegengesetzten Richtung näherte.

»War das Björn?«, fragte er ohne Umschweife.

»Ja«, antwortete sie. »Was dagegen, Bruderherz?« Sie streckte ihm die Zunge heraus und fing demonstrativ an, das Werkzeug einzusammeln.

»Läuft da jetzt richtig was zwischen euch?«, erkundigte Ruben sich unbeirrt.

»Kann sein«, sagte sie vage.

»Und was ist mit Lasse?«

»Was soll mit dem sein?« Sie belud eine Schubkarre mit Eimern und Spaten, um alles in den Schuppen zu bringen.

»Tust du dem gegenüber weiterhin so, als wärst du schon eine Ewigkeit mit Björn zusammen? Und Sven? Wenn du das aufrecht

halten willst, solltest du dir eine wasserdichtere Geschichte zurechtlegen.«

Jule sah ihren Bruder verwundert an. Es irritierte sie, dass er sich
gar nicht über sie lustig machte und ihr nicht drohte, sie auffliegen
zu lassen. Er machte fast den Eindruck, als wollte er sichergehen,
dass Jule mit der Aktion keine Bauchlandung hinlegte.

»Wieso hast du bei der Feier mitgespielt?«, wollte sie wissen.
»Ich meine, du lässt ja eigentlich nie eine Gelegenheit aus, deine
Späße mit mir zu treiben.«

Ruben hob den Sack mit Kompost hoch und legte ihn sich über
die Schulter, wobei er sich ein überlegenes Grinsen nicht verkneifen
konnte, das Jule jedoch geflissentlich ignorierte. »Aber ich muss
doch meine kleine Schwester vor undurchsichtigen Typen beschützen«, erklärte er mit ungewohntem Ernst in der Stimme.

»Und willst du mich vor Björn auch beschützen?«, fragte sie
misstrauisch.

»Nein, warum sollte ich?«, entgegnete er. »Der ist ja nicht so undurchsichtig. Und bei ihm hast du offensichtlich alles im Griff.« Damit wandte er sich ab und verschwand in Richtung Vorplatz, um
den Lastwagen fertig zu beladen.

Jule blickte ihm verdutzt nach. Wieso hielt Ruben Lasse für undurchsichtig? Er kannte ihn erst seit der Walpurgisnacht-Feier, und
da hatten die beiden sich gut verstanden. Aus Jules Sicht gab es keinen Grund, warum ihr Bruder Lasse gegenüber so vorsichtig sein
sollte. Klar, sie hatte ihn gebeten, so zu tun, als wäre Björn seit Jahren ihr Freund, das könnte zu seiner Skepsis beigetragen haben.
Aber normalerweise machte Ruben sich selbst ein Bild von einem
Menschen, und es war ihm ziemlich egal, ob Jule seine Meinung teilte. Irgendwas daran war komisch.

Nachdem Jule das Werkzeug im Schuppen verstaut und sich gewaschen hatte, warf sie einen Blick auf ihr Handy. Wie erwartet war
inzwischen eine euphorische Antwort von Malin eingetroffen. Sie
endete mit der Frage: *Kommst du gleich heute mit?*

Das ging Jule ein wenig zu schnell. Außerdem fand sie, dass sie
sich in den letzten zwei Stunden körperlich schon genug verausgabt
hatte. Sie brauchte jetzt dringend eine Dusche und hatte eigentlich

keine Lust, sich danach gleich wieder ins Schwitzen zu bringen. Doch bevor sie das schreiben konnte, traf noch eine zweite Nachricht ein.

Lasse ist heute übrigens sicher nicht im Studio, er hat einen Termin mit Sven.

Beruflich oder privat?, fragte Jule aus reiner Neugierde.

Beruflich. Sie besprechen die Entwürfe für die neue Filiale.

Das Geschäft lief anscheinend gut, wenn sie dabei waren zu expandieren. Jule hatte bei ihrem Entschluss, demnächst ebenfalls zu Lasses Kunden zu gehören, allerdings immer noch ein wenig Bauchweh.

16 Uhr im Fitnessstudio und danach ein After-Workout-Bier?

Malin ließ einfach nicht locker. Wahrscheinlich wollte sie sichergehen, dass Jule ihre Entscheidung über das Wochenende nicht noch einmal überdachte.

Seufzend gab sie nach. *Also gut. Aber das Bier geht auf dich.*

Noch vor ein paar Monaten hätte Malin an dieser Stelle einen Rückzieher machen müssen, aber seit Sven bei ihr wohnte und die Hälfte ihrer Miete zahlte, konnte man sie nicht einmal mehr mit finanziellen Forderungen in Verlegenheit bringen. Zurück kamen ein Daumen nach oben und zwei Biergläser.

Obwohl Jule immer noch große Zweifel an ihrer Entscheidung hegte, begab sie sich in ihr Häuschen, um zu duschen und ihre Sportsachen zu packen. Was machte sie sich denn vor? Sie konnte Malin doch nie etwas abschlagen.

Jule traf pünktlich, aber mit einem unguten Gefühl im Magen vor dem Fitnessstudio ein. Malin wartete bereits und schob sie ohne Umschweife in den Eingangsbereich.

»Damit du nicht doch noch abhaust«, rechtfertigte sie sich.

Diesmal saß eine andere Frau am Empfang. Vom Typ her ähnelte sie dem Mädchen vom letzten Mal allerdings stark. »Ich bin Elena«, stellte sie sich vor. »Was kann ich für euch tun?«

»Wir waren am Dienstag zum Probetraining hier und würden uns gern einschreiben«, antwortete Malin.

»Alles klar, dann füllt das bitte aus!« Sie reichte jeder von ihnen ein Formular und einen Stift. »Und wenn mir eine von euch schon mal ihren Aktivierungscode gibt, kann ich inzwischen alles andere vorbereiten.«

Jule hatte keine Ahnung, was sie meinte, aber Malin zückte sofort ihr Handy. »Da, bitte!« Sie hielt Elena das Smartphone so hin, dass die den Code von ihrem Display ablesen und in den Computer eintippen konnte.

»Okay, da haben wir dich schon«, verkündete Elena gleich darauf. Während sie mit der Maus über den Bildschirm scrollte und ein paar Einstellungen vornahm, konzentrierte Jule sich auf das Formular.

»Und jetzt noch deinen Code, bitte«, wandte Elena sich an sie. Jule hatte nach wie vor keine Ahnung, wovon die Rede war, und sah ihr Gegenüber nur verwirrt an.

»Ach so, das habe ich dir ja gar nicht gesagt«, bemerkte da Malin. »Dein Formular fürs Probetraining habe ja ich ausgefüllt. Aber ich habe deine Telefonnummer hingeschrieben, also müsstest du den Code bekommen haben.«

»Wozu ist der gut?«, wollte Jule stirnrunzelnd wissen.

»Beim Probetraining speichern wir noch keine persönlichen Daten ab«, erklärte Elena bereitwillig. »Datenschutz. Erst bei der Einschreibung nehmen wir deine Daten auf.« Sie deutete auf das Formular, das zur Hälfte ausgefüllt vor ihr lag. »Damit wir sicher wissen, dass du es warst, die die Einführung absolviert hat, schicken wir dir einen Code zu. Einerseits stellen wir auf diese Art sicher, dass hier keiner ohne das nötige Vorwissen trainiert, andererseits kann der Trainer im System schon gewisse Dinge hinterlegen. Zum Beispiel, wenn du im Rahmen einer Aktion Anspruch auf einen Sonderrabatt hast, oder auch, wenn du aus gesundheitlichen Gründen nur auf gewissen Geräten trainieren solltest.«

Jule packte endlich ihr Smartphone aus und scrollte durch die Kurznachrichten. Da war keine dabei, die von einer unbekannten Nummer kam und einen Code enthielt. »Und der Code von Malin gilt bestimmt nicht für uns beide?«, fragte sie. »Wir waren doch gemeinsam hier.«

»Nein, jeder bekommt einen eigenen«, erwiderte Elena, wirkte inzwischen aber ein wenig verunsichert. »Ihr wart am Dienstag hier?«, hakte sie nach und klickte ein paarmal mit der Maus herum.

»Alles klar bei euch?«, erkundigte sich da eine männliche Stimme. Zum Glück war es nicht Lasse, sondern ein anderer Mann in Trainingskleidung. Auch er bot darin einen ziemlich heißen Anblick, doch Jule war wohl gerade zu verwirrt, um den auch zu genießen. Als Lasse zum ersten Mal in dem eng anliegenden Shirt vor ihr gestanden hatte, hatte sie Mühe gehabt, eine offensichtliche Reaktion zu unterdrücken.

»Ah, Mark, gut, dass du da bist.« Elena erklärte ihrem Kollegen schnell die Situation.

»Da musst du den Chef fragen«, meinte der dazu. »Lasse verschickt doch die Codes.«

»Aber von wo aus? Haben wir hier irgendwo einen Verlauf, wann welcher Code verschickt wurde?«

»Keine Ahnung.« Mark zuckte mit den Schultern. »Vielleicht einfach von seinem Handy.«

Als Jule diese Vermutung hörte, wurde ihr gleichzeitig heiß und kalt. Wenn Lasse dafür wirklich sein eigenes Handy oder zumindest seine eigene Mobilfunknummer benutzte, dann wusste sie, warum sie diesen mysteriösen Code nicht erhalten hatte. Doch das konnte sie seinen Mitarbeitern unmöglich verraten. Im Gegenteil, lieber wollte sie mit aller Kraft verhindern, dass irgendjemand herausfand, wieso die Nachricht verloren gegangen war. Sie hoffte inständig, dass die beiden ihr nicht auf die Spur kamen, aber zum Glück wirkte Mark nicht gerade so, als hätte er großes Interesse daran, das Rätsel zu lösen.

Malin hatte ihr Formular inzwischen fertig ausgefüllt und es Elena zurückgegeben. Die nahm es dankend an, sagte dabei jedoch halb an ihren Kollegen gewandt: »Das heißt, ohne den Chef kann ich die Anmeldung nicht durchführen? Kommt der heute überhaupt noch einmal rein? Was mache ich jetzt?«

»Vielleicht ist das ein Zeichen.« Jule war um Gelassenheit bemüht, obwohl ihr eigentlich gerade ein wenig schlecht war. Schnippisch – zumindest hoffte sie, so zu klingen – fügte sie noch hinzu:

»Siehst du, Malin, das Universum will einfach nicht, dass ich mit dir ins Fitnessstudio gehe.«

Sie drehte sich zu Malin um, doch die stand gar nicht mehr neben ihr. Jule sah sich suchend um und entdeckte sie telefonierend in der Nähe des Eingangs.

»Mach mal die eine Anmeldung fertig!«, riet Mark seiner Kollegin, ehe er durch eine Tür verschwand. Jule fand den Ratschlag nicht sehr hilfreich, aber Elena war offensichtlich froh darüber, etwas Nützliches tun zu können, und fing an, Malins persönliche Daten ins System einzutragen.

Jule stand daneben und kam sich total fehl am Platz vor. Am liebsten hätte sie das Problem mit dem Code wirklich als Zeichen von oben betrachtet und das Fitnessstudio auf der Stelle wieder verlassen. Aber das wäre noch peinlicher, als ihr die Situation ohnehin schon war. Sie musste sich irgendwie anders aus der Sache herauswinden.

»Ha, ich habe ihn!« Malin tauchte plötzlich wieder neben Jule auf und zeigte Elena wie schon zuvor das Display ihres Smartphones. Die machte einen sehr erleichterten Eindruck, als sie anfing, den Code abzutippen.

»Da haben wir es«, stellte sie erfreut fest und fügte geschäftig hinzu: »Alles gut, jetzt kann ich dich anmelden. Wenn ihr wollt, könnt ihr euch inzwischen schon umziehen. Ich mache eure Keys fertig und zeige euch dann, wie ihr euch in das System einloggt, wenn ihr zum Training kommt.«

Jule war zu verwirrt, um zu reagieren, doch Malin nahm sie an der Hand und zog sie den Gang hinunter zu der Umkleide. Nachdem die Tür hinter ihnen ins Schloss gefallen war, versicherte sie sich kurz, dass sie allein waren, dann baute sie sich vor Jule auf.

»Lasse ist also der Typ, dessen Handynummer du blockiert hattest«, stellte sie triumphierend fest.

»Was?«, entgegnete Jule gespielt ahnungslos.

»Leugnen ist zwecklos. Dein geschockter Blick hat dich verraten! Du hast mir während der Sache mit Sven erzählt, dass du dich mit dem Blockieren von Handynummern deshalb auskennst, weil du einmal einen lästigen Typen gesperrt hast. Nachrichten von blockierten Nummern kommen beim Sender nicht an, wie wir beide inzwischen gelernt haben. Du hast Lasses Nachricht mit dem Code nicht erhalten. Und du verhältst dich extrem seltsam, seit Sven ihn dir vorgestellt hat. Logische Schlussfolgerung: Lasse hat nach eurem Date versucht, dich zu erreichen, du warst aber so genervt, dass du seine Nummer blockiert hast. Und das ist dir jetzt natürlich peinlich, seit sich herausgestellt hat, dass er Svens bester Freund ist. Rätsel gelöst.«

Jule betrachtete einige Sekunden mit großem Interesse ihre Fußspitzen. Auf eine gewisse Art war sie erleichtert, ertappt worden zu sein. Malins Gedankengänge deckten zwar nur einen Teil der Ereignisse ab, waren jedoch grundsätzlich richtig.

»Also hast du den Code herausbekommen, indem du Lasse angerufen und danach gefragt hast?«, vermutete sie. »Das heißt, er weiß spätestens jetzt, dass ich ihn blockiert habe?«

»Ich habe Sven angerufen«, stellte Malin richtig. »Die zwei sitzen ja gerade beisammen und besprechen Pläne. Und ich habe behauptet, du hättest den Code sofort gelöscht, weil du eigentlich gar nicht vorhattest, nach dem Probetraining noch einmal herzukommen.«

»Oh, okay.« Trotz dieser Antwort wollte sich bei Jule nicht so recht Erleichterung einstellen.

»Weißt du, jetzt ergibt die Geschichte langsam Sinn«, fuhr Malin unbeirrt fort. »Dass Lasse sich dir gegenüber wie ein Arsch verhalten haben sollte, das konnte ich von Anfang an nicht ganz glauben. Das Gegenteil war also der Fall, er war dir zu anhänglich. Das passt viel besser. Er ist definitiv der Typ, der ein Mädel, das er nett findet, nach einem Date wieder anrufen würde. Du dagegen wolltest schon von mehr als einem Mann nach einem One-Night-Stand nichts mehr wissen. Dumm gelaufen, dass sich eure Wege noch einmal gekreuzt haben.«

Ein wenig verärgert verschränkte Jule die Arme vor der Brust. »Diese Schadenfreude steht dir nicht«, brummte sie.

Malin dagegen hatte beste Laune. »Ha, aber jetzt siehst du vielleicht einmal ein, dass du nicht ewig so weitermachen kannst! Bestimmt will dir das Universum mitteilen, dass es langsam an der Zeit wäre, dich an einen einzelnen Mann zu binden, anstatt ständig nur wie ein Schmetterling von einer Blüte zur nächsten zu flattern.«

»Du klingst ja gerade so, als würde ich jedes Wochenende mit einem anderen Kerl ins Bett gehen«, beschwerte Jule sich und hatte Mühe, ihre aufsteigende Wut nicht in einem Schwall auf Malin abzuladen. »Wenn du es genau wissen willst: Seit Lasse hatte ich überhaupt kein Date mehr. Ich war nämlich monatelang hauptsächlich damit beschäftigt, mich um meine beste Freundin zu kümmern, damit die endlich über den ganzen Scheiß hinwegkommt, der ihr passiert ist!«

Malin stutzte. »Ist das wirklich wahr? Euer Date muss doch fast ein Jahr her sein.«

»Ist es auch. Aber wie schon gesagt: Ich hatte Wichtigeres zu tun, als von Blüte zu Blüte zu flattern.« Sie funkelte ihre Freundin verärgert an. Malin gab schnell klein bei.

»Es tut mir leid«, entschuldigte sie sich betreten. »Ich wollte dir wirklich nichts unterstellen. Ich meinte doch nur …«

»Schon gut«, unterbrach Jule sie und machte eine wegwerfende Handbewegung. Malins Rückzieher bewirkte, dass ihre Wut so schnell verrauchte, wie sie in ihr aufgestiegen war. »Vergiss es, ich weiß schon, wie du es gemeint hast. Du hast doch schon davon geträumt, dass ich auch meinen Traumprinzen finde, als du noch mit Adrian zusammen warst.«

»Hey, aber jetzt verstehe ich wenigstens, warum das mit dir und Lasse kompliziert ist«, erwiderte Malin sichtlich um Harmonie zwischen ihnen bemüht und streichelte dabei über Jules Unterarm. »Ich will ganz bestimmt nicht, dass wir uns seinetwegen zerstreiten. Wenn ich mich zwischen dir und Lasse entscheiden müsste, hätte er nicht den Funken einer Chance. Da ziehe ich lieber eine klare Linie durch Svens und meinen Freundeskreis und erspare dir weitere Treffen mit Lasse.«

Jule seufzte. »Ach, lass gut sein. Ich komme damit schon zurecht. Ich will einfach nur nicht, dass er sich jetzt irgendwelche Hoffnungen macht, weil wir dauernd beide mit euch herumhängen.« Ob das gelogen war oder nicht, konnte sie selbst gar nicht richtig beurteilen. Sie wusste eigentlich nicht, was sie in Bezug auf Lasse wollte oder nicht.

»Na ja, im Moment glaubt er ja noch, du wärst in festen Händen«, warf Malin ein. »Vielleicht ist das ja nicht so schlecht.«

Jule sah ihre Freundin überrascht an. »Willst du damit sagen, ich sollte die Fake-Beziehung mit Björn weiter aufrechterhalten?«

»Ich denke, es wäre zumindest nicht verkehrt, wenn Lasse weiterhin glauben würde, es gäbe einen triftigen Grund, warum er keine echte Chance bei dir hatte. Wenn er deine Ablehnung nicht persönlich nimmt, fällt es ihm vielleicht leichter, darüber hinwegzusehen und sich mit dir anzufreunden.«

Nachdenklich stimmte Jule zu und merkte, dass sich der Knoten in ihrem Bauch ein wenig löste. »Wir sollten uns endlich für unser Training fertig machen«, stellte sie fest und fühlte sich plötzlich total motiviert.

Malin strahlte erleichtert. »Na, dann legen wir mal los!«

16. Mai

Tut mir total leid – ich bin schwach geworden und habe Sven die Wahrheit über Björn erzählt. Aber er hat versprochen, Lasse nicht zu verraten, dass du ihn gerade erst kennengelernt hast. Und wir werden weiterhin mitspielen, egal, wie du die Sache angehst!!! Vielleicht ist es ja gar nicht so schlecht, Sven als Mitwisser zu haben.

Malins Nachricht lag Jule ziemlich im Magen, als sie an Svens Geburtstag zusammen mit Ruben auf das schmiedeeiserne Nordtor des Hagapark zusteuerte. Die allerbeste Freundin der Welt hatte es gerade einmal eine Woche lang geschafft, Jules Geheimnis zu bewahren. Richtig böse konnte sie ihr deshalb aber nicht sein. Malin war einfach eine ehrliche Haut. Und vielleicht hatte sie ja recht damit, dass sich Sven als Mitwisser als nützlich erweisen würde.

Irgendwie erleichterte es Jule auch, dass sie ihn nicht mehr anlügen musste. Im Vorfeld seiner Feier hatte sie sich um Kopf und Kragen geredet, warum sie es für keine besonders gute Idee hielt, dass sie Björn mitbringen sollte. Zumindest das würde ihr in Zukunft erspart bleiben.

Die Sonne tat ihr Übriges dazu, dass Jules Stimmung sich mit jedem Schritt besserte. Das Wetter war perfekt für ein Picknick im Grünen. Im Hagapark hatte Jule ihre halbe Kindheit verbracht, bis ihre Eltern sich einen Lebenstraum erfüllt und die Gärtnerei in Bromma übernommen hatten. In ihrer Grundschulzeit, als sie noch in Solna gewohnt hatten, hatte sie hier viele, viele Stunden zusammen mit Malin, Ruben und Magnus verbracht. Ihre älteren Geschwister Élin und Thorben waren meistens eher unfreiwillig mit von der Partie gewesen, weil sie auf die jüngeren Kinder aufpassen sollten.

Für Jule war der Park damals ein riesengroßer Abenteuerspielplatz gewesen, inzwischen kam sie nur noch selten hierher. Umso mehr freute es sie, dass Sven diesen Ort für seine Geburtstagsfeier ausgewählt hatte.

Sie kamen an den Kupferzelten vorbei, deren Bemalung in der Frühlingssonne strahlte, und blieben kurz stehen, um den Blick über die große Wiese hinunter in Richtung See schweifen zu lassen. Als kleines Mädchen hatte Jule es geliebt, den Hügel hinunterzurollen, bis ihr schwindelig war.

»Weißt du noch, wie Magnus damals …«, begann Ruben, konnte aber nicht weitersprechen, weil er gleichzeitig zu lachen angefangen hatte. »Im Winter … da vorne … bei der Kuppe …«, japste er.

Jule erinnerte sich noch genau an den legendären Unfall mit dem Schlitten und schüttelte sich ebenfalls vor lauter Lachen. Zum Glück war Magnus mit dem Schrecken davongekommen und hatte sich bei seinem spektakulären Überschlag nicht verletzt.

»Und wie du beim Entenfüttern am Ufer …« Auch sie kam nicht weiter. Thorben hatte Ruben damals gerade noch rechtzeitig aus dem Wasser gezogen. Jule hatte heulend danebengestanden, weil sie gedacht hatte, ihr Bruder würde ertrinken. Rückblickend fand sie es furchtbar witzig, wie Ruben auf dem nassen Felsen ausgerutscht und kopfüber im Wasser gelandet war.

»Oh Mann, erinnere mich bloß nicht daran«, brummte er jetzt. »Die Standpauke habe ich heute noch im Ohr.«

Sie setzten sich wieder in Bewegung und schlenderten an den Schlossruinen vorbei, wo sie vor allem im Frühling oft gespielt hatten. Dann hatte Jule sich vorgestellt, sie wäre Ronja Räubertochter, die allein in den Wald zieht. Bis heute verband sie mit ihrer liebsten Kinderbuchheldin die Liebe zur Natur, aber sie hatte im Alter von neun oder zehn Jahren aufgehört, den Frühling mit einem lauten Schrei zu begrüßen. Jetzt atmete Jule die warme Frühlingsluft ein und schmunzelte über die Erinnerung an die unbeschwerten Kindertage.

Sie umrundeten Schloss Haga, den Wohnsitz von Kronprinzessin Victoria und ihrer Familie. Malin hatte Jule ein Foto mit einem Hinweis auf den Treffpunkt geschickt, den Jule sofort erkannt hatte. Der Ekotemplet, ein Pavillon, der einmal als Lusthaus und Outdoor-

Speisesaal gedient hatte, lag hinter dem Schloss auf einem kleinen Hügel.

Ruben und Jule hatten mit dem Schwelgen in Kindheitserinnerungen so viel Zeit vertrödelt, dass sie als Letzte am Ziel ankamen. Zuerst begrüßten sie das Geburtstagskind und gratulierten ihm. Sven stellte ihnen sogleich seine Schwester Jana vor.

Über sie wusste Jule von Malin bis jetzt nur, dass sie drei Jahre älter als ihr Bruder und von Beruf Erzieherin war. Sie hatte große Ähnlichkeit mit Sven, sowohl in den Gesichtszügen als auch der Statur. Das bedeutete, dass sie Jule um einige Zentimeter, Malin sogar um einen ganzen Kopf überragte. Wie auch bei Sven hatte Jule das Gefühl, man würde in einer Umarmung von Jana völlig verschwinden. Durch ihre fröhliche Art war sie ihr auf Anhieb sympathisch.

»Da, für dich!« Malin drückte Jule ein Glas Sekt in die Hand. »Jetzt stoßen wir erst einmal auf das Geburtstagskind an, und wenn wir ausgetrunken haben, suchen wir uns einen guten Picknickplatz.«

Alle folgten ihrer Aufforderung, und mit klingenden Gläsern ließen sie Sven hochleben und brachten ihm ein Geburtstagsständchen, das bei ihm allerdings ein gequältes Grinsen verursachte. Jule schob die Schuld dafür auf Ruben, der eigentlich ein guter Sänger war, aber absichtlich ein paar falsche Töne einstreute. Ganz bestimmt lag es nicht an Lasse, dessen Singstimme ihr auch heute positiv auffiel.

Jule hatte noch gar keine Gelegenheit gehabt, die übrigen Gäste zu begrüßen, das holte sie nach dem Ständchen schnell nach. Über das Wiedersehen mit Magnus und Dilara freute sie sich ganz besonders, denn seit Malins Bruder vor einigen Jahren nach Oslo gezogen war, trafen sie sich nur noch selten. Zuletzt hatten sie sich vor zwei Monaten bei Malins Wohnungseinweihungsparty gesehen.

Davor, Lasse begrüßen zu müssen, hätte Jule sich gern gedrückt, deshalb blieb sie extra lange bei Magnus und Dilara stehen und verwickelte sie in ein angeregtes Gespräch. Doch irgendwann sah sie ein, dass es sehr unhöflich war, zu ihm nicht wenigstens kurz *Hej* zu sagen. Er stand zwei Meter von ihnen entfernt und unterhielt sich lebhaft mit Ruben.

Jule konnte nicht hören, worüber sich die beiden so intensiv austauschten, nachdem sie gerade einmal einen Abend miteinander verbracht hatten. Es gefiel ihr nicht, dass Ruben Lasse gegenüber so freundlich und offen war – wenngleich das einfach seinem Wesen entsprach. Hatte er nicht neulich erst behauptet, ihn undurchsichtig zu finden? Jetzt gerade machte er gar nicht den Eindruck, als hätte er irgendein Problem mit ihm. So viel zum Thema »kleine Schwester beschützen«.

Endlich rang Jule sich dazu durch, auf Lasse zuzugehen. »Wir haben uns ja noch gar nicht begrüßt«, sagte sie mit einem Lächeln, das hoffentlich freundlich und nicht völlig verkrampft aussah. »*Hej*, Lasse!«

Er wandte sich zu ihr um und machte dabei den Eindruck, als hätte sie ihn bei etwas Wichtigem unterbrochen. Dabei hatte Jule bei den letzten Sätzen mitbekommen, dass die zwei über Fußball sprachen. Der war ja nun wirklich nicht so bedeutend, dass man keine kurze Höflichkeitspause einlegen konnte.

»*Hej*, Jule!« Das war alles, mehr kam ihm nicht über die Lippen. Er lächelte auch nicht.

Sie beschloss, guten Willen zu zeigen und es mit Small Talk zu versuchen. »Wir haben echtes Glück mit dem Wetter, findest du nicht auch?«

Keinerlei Reaktion.

»Es könnte nur nachher schwierig werden, einen guten Platz zu finden, weil heute irgendwie jeder die Idee hatte, sich im Park auf eine Decke zu legen und sich die Sonne auf den Bauch scheinen zu lassen.«

War das ein Nicken, oder hatte er nur mit dem Kopf eine lästige Fliege verscheucht? Jule warf Ruben einen Hilfe suchenden Blick zu, aber der beobachtete stumm und anscheinend sogar amüsiert, wie seine kleine Schwester vergeblich versuchte, seinen Gesprächspartner dazu zu bringen, sich auch mit ihr zu unterhalten. Das weckte ihren Trotz, und sie redete einfach weiter.

»Der Hagapark ist aber auch wirklich einer der schönsten Orte, um einen sonnigen Tag zu verbringen. Als Kinder waren wir dauernd hier und haben Verstecken gespielt und Schatzsuche und Fußball.«

Beim Stichwort »Fußball« machte Lasse endlich den Mund auf. »Genau, das wollte ich noch sagen.« Und damit wandte er sich Ruben zu und setzte ihr Gespräch an dem Punkt fort, an dem Jule es unterbrochen hatte. Dass sie immer noch neben ihm stand, ignorierte er völlig.

Jule hörte ihm einige Sekunden fassungslos zu, dann drehte sie sich verärgert um. Am liebsten hätte sie einen beeindruckenden Abgang hingelegt, mit selbstbewusstem Hüftschwung und stolz zurückgeworfenen Haaren. Aber Lasses abweisende Haltung traf sie überraschend hart, und sie musste vielmehr gegen aufsteigende Tränen ankämpfen. Dabei fand sie diese Reaktion absolut lächerlich. Was kümmerte es sie, ob Lasse mit ihr redete oder nicht? Der Kerl konnte ihr gestohlen bleiben, und sie würde sich den Nachmittag bestimmt nicht von ihm verderben lassen.

Zum Glück forderte Malin in dem Moment alle auf auszutrinken und bat die Männer, dabei zu helfen, die drei großen Picknickkörbe zu tragen, die sie mitgebracht hatten.

Jule war froh über die Ablenkung und verstaute die Sektgläser in einem der Körbe. Auf dem Weg zu der großen Wiese unterhalb der Kupferzelte entdeckte sie einen Glascontainer und nahm Malin die leeren Sektflaschen ab, um sie gleich zu entsorgen. Aber eigentlich wollte sie sich so nur einen kurzen Moment verschaffen, um durchzuatmen und sich wieder zu fangen. Deshalb ließ sie sich Zeit und überließ es ihren Freunden, ohne sie einen Picknickplatz auszusuchen.

Sie beobachtete die Diskussion aus einiger Entfernung und versuchte zu verstehen, warum Lasse mit ihr kaum ein Wort gesprochen hatte, nun aber offensichtlich wortreich und mit großen Gesten alle von seiner Wahl überzeugen wollte. Er konnte sich gegen Sven durchsetzen, und Jule bemühte sich zu ignorieren, dass sie sich darüber freute. Auch sie wollte lieber in der Nähe des Wassers picknicken als oben am Hügel. Doch aus Trotz setzte sie eine missbilligende Miene auf, als sie wieder zu ihren Freunden stieß.

Um Lasse nicht direkt anzusehen und vielleicht aus Versehen zuzugeben, dass er eine sehr schöne Stelle ausgesucht hatte, packte Jule sofort tatkräftig bei der Einrichtung des Picknickplatzes an. Zusammen mit Dilara breitete sie die Decken aus und half Malin dabei, all die Köstlichkeiten auszupacken, die sie mitgebracht hatte. Da gab es hausgemachtes Knäckebrot, Krabbensalat, *Köttbullar*, Käsekuchen, kleine Pasteten, in Dreiecke geschnittene Sandwiches und als Geburtstagstorte eine *Prinzesstårta*, die ausnahmsweise mit hellblauem Marzipan überzogen war.

»Ist nicht alles selbst gemacht«, gestand Malin. »Mama hat mir geholfen, sonst wäre ich überfordert gewesen.«

Jule legte grinsend den Arm um ihre Freundin und konnte sich die Bemerkung nicht verkneifen: »Mein Schatz, vor einem Jahr hätte ich dir nicht einmal geglaubt, dass du die Sandwiches selbst belegt hast, geschweige denn irgendwas von den anderen Dingen eigenhändig gekocht hast.«

»Hey, das war eigentlich mein Stichwort«, protestierte Sven lachend und zog Malin sanft von Jule weg. »Von verkohlter Fertigpizza bis hierher war es ein weiter Weg, den du echt beeindruckend schnell gemeistert hast.« Er gab seiner Freundin einen zärtlichen Kuss und bedankte sich dafür, dass sie das alles vorbereitet hatte.

Malin schmiegte sich strahlend an ihn, und schon wieder war da dieser kleine Hauch von Neid in Jules Bauch. Obwohl sie bisher immer behauptet hatte, sich nichts aus festen Beziehungen zu machen, verspürte sie in dem Moment ein wenig Sehnsucht nach einem Menschen, der sie so in den Armen hielt wie Sven Malin.

»Wo hast du denn deinen Freund gelassen?«, erkundigte sich in diesem Augenblick ausgerechnet Lasse.

Jule war von der Frage völlig überrumpelt und antwortete viel zu hektisch: »Björn muss arbeiten.«

»Am Wochenende?« Er sah sie skeptisch an.

Wie auch schon zuvor fing Jule zu plappern an. »Die Deadline für sein Projekt sitzt ihm im Nacken, und wegen der Uni kann er nicht so viel Zeit ins Programmieren stecken, wie er eigentlich müsste. Deshalb bleibt ihm nichts anderes übrig, als am Wochenende zu arbeiten.« Sie fing sich wieder und zuckte betont gelassen mit den Schultern, um zu unterstreichen, dass sie damit rein gar kein Problem hatte.

Lasse nickte nur. Viel mehr Reaktion hatte Jule auch gar nicht erwartet. Sie fragte sich allerdings, ob er sich ihr gegenüber absichtlich so wortkarg gab, weil er ihr damit etwas sagen wollte, oder ob er ihr einfach wirklich nichts zu sagen hatte. Denn eines stand fest: Sie war die Einzige, bei der er sich so verhielt.

Obwohl sie sich am entgegengesetzten Ende der Decken niederließ, bekam sie mit, dass Lasse sich mit allen Gästen gut unterhielt – sogar mit Magnus und Dilara, die er erst vor einer halben Stunde kennengelernt hatte. Es konnte also nicht daran liegen, dass er Jule am wenigsten kannte und ein wenig Zeit brauchte, bevor er neuen Menschen gegenüber auftaute. Dafür hätte sie ja Verständnis gehabt. Nicht jeder tat sich leicht damit, auf andere zuzugehen und ein Gespräch zu eröffnen. Aber erstens hatte Lars bei ihrem Date in einer Tour über sich und seine Firma und seine Immobilien und sein sündhaft teures Mountainbike und Segeltouren und andere protzige Dinge geredet – da hatte er keine Schwierigkeiten gehabt, in Jules Gegenwart den Mund aufzubekommen. Und zweitens hatten sie sich im Laufe des Abends so intensiv kennengelernt, dass in ihrem Fall nun wirklich nicht die Rede von einer unbekannten Person sein konnte.

Jule beobachtete Lasse unauffällig, doch je länger sie das tat und dabei über sein Verhalten grübelte, desto schlechter wurde ihre Laune. Verärgert biss sie von ihrem Sandwich ab und kaute energisch darauf herum. Das erinnerte sie an seine dämliche Bemerkung im Fitnessstudio, mit der er sie dazu gebracht hatte, intensiver zu trainieren. Der Typ war wirklich gut darin, sie auf die Palme zu bringen.

Als hätte sie ihre Gedanken gelesen, erkundigte sich in dem Moment Dilara bei Jana: »Trainierst du auch in Lasses Fitnessstudio?« Sie hatten sich mittlerweile in zwei Grüppchen geteilt, die Männer saßen oder lagen auf der einen Decke, die Frauen auf der anderen.

»Wenn ich auch noch ins Fitnessstudio gehen würde, würde ich daherkommen wie eine Walküre«, erwiderte Jana schmunzelnd. »Ich bin schon groß und breit genug, ohne dass ich extra Muskeln aufbaue. Sonst sehe ich aus wie Sven. Bei einem Mann ist das ja sexy, aber eine Frau mit so einer Statur macht Männern doch nur Angst.«

Jule schmunzelte über Janas Selbstironie, die sie wahnsinnig sympathisch fand, obwohl sie die kritische Sichtweise ihrer Figur nicht teilte. Jana war zwar groß und hatte für eine Frau relativ breite Schultern, aber trotzdem schöne weibliche Rundungen.

»Jetzt überlegt sogar schon meine Mama, ob sie sich für ein Probetraining anmelden soll«, berichtete Malin, und Jule entgegnete entsetzt:

»Was? Du hättest mich gar nicht als Begleitung gebraucht? Britta wäre ganz freiwillig mitgegangen?! Wenn ich das gewusst hätte!«

»Ich habe ihr erst gestern während der Vorbereitungen davon erzählt«, verteidigte Malin sich sofort. »Und ich hatte echt nicht damit gerechnet, dass sie das interessieren könnte. Aber sie war total offen. Anscheinend hat sie schon von Kolleginnen gehört, wie toll sie das Training mit den hydraulischen Geräten finden.«

»Dann hättest du dich eben einfach zwei Wochen später angemeldet!«, beharrte Jule. »Auf die wäre es auch nicht mehr angekommen. Und ich hätte mir das alles erspart!«

»Ach, jetzt tu nicht so, als würdest du das Training an sich blöd finden! Wir wissen doch alle, dass du nicht mit dem Studio, sondern mit dem Besitzer ein Problem hast!« Malin streckte ihr die Zunge heraus.

Erschrocken hob Jule den Blick und versicherte sich, dass keiner der Männer die Bemerkung mitbekommen hatte. Zum Glück waren die vier in irgendeine Diskussion vertieft und schenkten dem Gespräch der Frauen keinerlei Beachtung.

»Was für ein Problem habt ihr beide eigentlich?«, wollte Jana wissen. »Mir ist auch schon aufgefallen, dass du nicht gerade ein Fan von ihm bist.«

»Er hat behauptet, sie würde Bingo-Wings bekommen«, erklärte Malin total ernst, brachte damit aber Dilara und Jana dazu, lauthals loszuprusten.

»Dieser Blödmann soll einfach seine Klappe halten«, brummte Jule genervt. »Nur weil er bloß aus Muskelmasse besteht, braucht er nicht so zu reden.«

»Zu seiner Verteidigung muss ich sagen, dass sie danach ungefähr mit hundertfacher Intensität trainiert hat«, bemerkte Malin, was Jule erst recht ärgerte. »Ich glaube, er hat einfach sehr schnell kapiert, wie man mit Jule umgehen muss, damit sie einen Zahn zulegt.«

Jule wollte protestieren, musste jedoch insgeheim zugeben, dass ihre beste Freundin damit absolut recht hatte. Wenn man ihr unterstellte, dass sie etwas nicht konnte, dann weckte das ihren Ehrgeiz erst recht. Sie bezweifelte allerdings, dass Lasse das wirklich durchschaut hatte. Er hatte das mit den Bingo-Wings bestimmt nur gesagt, um sie zu ärgern, und nicht, um sie zu motivieren.

»Wie auch immer.« Malin legte versöhnlich die Hand auf Jules Knie. »Ich bin dir wirklich, wirklich dankbar, dass du dich dazu hast überreden lassen, mit mir zu diesem Probetraining zu gehen. Und ich freue mich total, dass du dich auch eingeschrieben hast. Die Vorstellung, regelmäßig mit meiner Mama ins Fitnessstudio zu gehen, ist nämlich nicht einmal annähernd so reizvoll wie die, mich mit dir zum Trainieren zu verabreden.« Sie lächelte schon wieder dieses süße Lächeln, das bewirkte, dass man ihr einfach nicht böse sein konnte.

»Das Training an sich ist ja ganz okay«, lenkte Jule ein. »Aber vielleicht schmiere ich Sven in Zukunft, damit er immer, wenn wir ins Fitnessstudio wollen, mit Lasse auf ein Bier geht.«

»Das könnte aber auf Dauer teuer werden«, warf Dilara ein.

»Mir doch egal. Hauptsache, ich muss mir das nächste Mal nicht wieder einen blöden Spruch über eine Problemzone anhören.«

»Als hättest du Problemzonen!«, meinte Jana und sammelte mit der Bemerkung bei Jule weitere Pluspunkte.

»Er findet sicher welche, wenn er genau hinschaut«, erwiderte sie.

»Aber was so ein *Mr. Perfect* von uns denkt, kann uns völlig egal sein, Schwester!«, erklärte Jana und streckte die Faust aus.

Mit einem breiten Grinsen gab Jule ihr einen Fist-Bump. »Genau, Schwester!«

»Wenn ich mir die Jungs so anschaue«, bemerkte Dilara nachdenklich, »dann ist wohl Magnus der, der am dringendsten ein bisschen Training nötig hätte.«

Jule nutzte die Gelegenheit für einen ausführlichen Blick in

Richtung Nachbardecke. Die Beobachtung ließ sich nicht ganz bestreiten. Wie Malin immer betonte, sah ihr Bruder im Gesicht zwar aus wie ein Model, unter seiner Kleidung steckte aber der Körper eines Wissenschaftlers. Ruben machte sich nicht viel aus Krafttraining, doch durch die körperliche Arbeit in der Gärtnerei war er ohnehin ziemlich muskulös. Sven war trotzdem deutlich breiter als er, aber das lag einfach an seinen Anlagen. Er war schon von Haus aus ein riesengroßer Teddybär. Und von Lasse brauchte man gar nicht erst zu reden. Er war nicht so stämmig gebaut wie sein Freund, dafür war vermutlich jeder Muskel in seinem Körper austrainiert.

»Obwohl … vielleicht auch gut so«, fuhr Dilara fort. »Wenn Magnus nicht so schüchtern wäre, könnte ich mich sonst vor lauter Konkurrenz gar nicht erwehren. Jetzt schauen ihm wenigstens nicht alle Kolleginnen auf den Hintern, wenn er an ihnen vorbeigeht.« Sie kicherte, sichtlich amüsiert von der Vorstellung.

»Wenn Lasse nicht so schüchtern wäre, könnte er jedes Wochenende eine andere abschleppen«, meinte Jana dazu.

Jule verschluckte sich an ihrem Cider. »Lasse – schüchtern?«, fragte sie hustend.

»Der bekommt doch kaum den Mund auf, wenn ihm eine Frau gefällt«, behauptete Jana.

Jule meinte, sie müsste sich verhört haben. Bei ihrem Date war Lars ganz und gar nicht schweigsam gewesen. Er hatte geredet wie ein Wasserfall und geprahlt, als gäbe es kein Morgen. Der Typ war alles andere, nur nicht schüchtern gewesen.

Oder traf der Umkehrschluss zu und Jule hatte ihm nicht gefallen? War das seine Masche? Weil er zu schüchtern war, um mit Frauen auszugehen, die er wirklich mochte, traf er sich mit solchen, die ihn eigentlich rein gar nicht interessierten, einfach nur, um mal wieder jemanden abzuschleppen?

Bei dem Gedanken fühlte Jule sich plötzlich ganz schäbig. Dabei war sie doch eigentlich mit genau den gleichen Motiven zu dem Date gegangen. Sie hatte einen Mann für eine Nacht gesucht. Allerdings war sie wild entschlossen gewesen, die Aktion sofort abzubrechen, wenn sich das Blind Date als unattraktiv erwies. Dabei hatte sie sich aber nicht nur auf körperliche Faktoren bezogen. Tatsächlich war sie kurz davor gewesen, die Reißleine zu ziehen, weil Lars ihr mit seiner Angeberei wirklich unsympathisch gewesen war. Am Ende hatte die körperliche Anziehung jedoch gesiegt.

Ihm war das andersherum anscheinend gar nicht so wichtig gewesen. Er hatte nur irgendeine Frau gesucht, die den Zweck erfüllte – ihn nicht so nervös zu machen, dass er kein Wort mehr herausbrachte, damit er es schaffte, am Ende des Abends bei ihr zu landen.

»Beruhigend zu wissen, dass auch ein Typ, der auf den ersten Blick so perfekt wirkt, seine Schwächen hat«, meinte Dilara. »Sonst wäre er ja wirklich zu gut, um wahr zu sein.«

»Dir könnte das aber völlig egal sein«, neckte Malin sie mit strengem Blick.

»Ist es auch«, versicherte Dilara lachend. »Ich habe meinen Superman schon gefunden, und für mich zählen seine inneren Werte mehr als seine Muskeln.«

Noch so ein perfektes Paar.

Langsam fiel es Jule immer schwerer, sich nicht anmerken zu lassen, dass sie Leute, die den richtigen Partner bereits gefunden hatten, zumindest ein kleines bisschen beneidete. Jahrelang hatte sie betont, dass sie die Suche nach einem Mann, der zu ihr passte, viel zu sehr genoss, als dass sie sich gleich mit dem erstbesten in eine Beziehung stürzen wollte. In letzter Zeit sehnte sie sich immer wieder nach jemandem, der einfach da war, den sie nicht erst finden musste, wenn sie das Bedürfnis nach menschlicher Nähe verspürte.

Sie gab es ungern zu, aber Malin hatte wohl recht, wenn sie behauptete, dass es auch für sie an der Zeit war, sich Gedanken über eine feste Partnerschaft zu machen.

Doch jetzt war nicht der Zeitpunkt dafür. Sie saß zusammen mit liebenswerten Menschen bei strahlendem Sonnenschein an diesem wunderbaren Frühlingstag auf einer Wiese und sollte das alles genießen. Heute war ein Tag zum Feiern und Spaßhaben, nicht zum Trübsalblasen. Deshalb schob Jule ihre geheimen Sehnsüchte energisch zur Seite und widmete ihre ganze Aufmerksamkeit der Unterhaltung mit Malin, Dilara und Jana.

Sie blieben bis zum Abend im Park, aßen viel zu viel und ließen sich die Sonne auf die überfüllten Bäuche scheinen, bis die Frischluft sie müde machte. Als es langsam kühler wurde, packten sie ihre Sachen zusammen und trugen sie gemeinsam zum Parkeingang, wo sich ihre Wege trennten.

Jule drückte zum Abschied der Reihe nach alle an sich. Jana versicherte sie ganz besonders, wie schön der Tag gewesen war und wie sehr sie sich darüber freute, sie kennengelernt zu haben.

Zuletzt stand Jule vor Lasse. Sie war unschlüssig, ob sie ihn aus Trotz ebenso wie alle anderen umarmen und sich überschwänglich bedanken sollte. Ihre innere Stimme protestierte heftig gegen diese Idee: *Er hat dich die ganze Zeit über ignoriert! Mit ihm hattest du doch gar keinen tollen Nachmittag!*

Aber gerade das stachelte Jule noch weiter an. Sie war in bester Stimmung, und sie würde sich die nicht von Lasse kaputt machen lassen. Entschlossen stellte sie sich auf die Zehenspitzen und drückte ihm auf jede Wange einen schnellen Kuss. Mit Genugtuung nahm sie wahr, wie perplex ihn das machte. Diesmal brachte er offensichtlich vor lauter Überraschung nur ein knappes »Mach's gut!« heraus.

Doch so richtig konnte Jule diesen Triumph nicht genießen. Sie hatte bei der kurzen Berührung Lasses Geruch wahrgenommen und seine Bartstoppeln auf ihren Lippen gespürt. Ein wenig zu schnell trat sie einen Schritt zurück, denn sie fühlte sich, als hätte sie sich verbrannt.

Verdammt noch mal, egal, wie arrogant, unnahbar oder unhöflich der Typ sich gab, körperlich wirkte er auf Jule immer noch anziehend.

22. Mai

»Britta!« Es überraschte Jule einigermaßen, am folgenden Freitag beim Betreten des Fitnessstudios im Eingangsbereich plötzlich Malins Mutter gegenüberzustehen. Malin hatte zwar angedeutet, dass sie großes Interesse an dem Training gezeigt hatte, aber Jule hätte nie im Leben erwartet, dass sie auch wirklich herkommen würde.

»*Hej*, Jule, wie schön, dich hier zu sehen«, erwiderte Britta gut gelaunt.

»Trainierst du jetzt auch hier?«, fragte Jule vorsichtig.

»Malin hat am Freitag so begeistert geschildert, wie gut ihr das Training tut, dass ich gleich einen Termin vereinbart habe. Und ich muss sagen, sie hat nicht zu viel versprochen.«

»Mama! *Hej*! Wie war's?« Malin war durch die Glasschiebetür getreten.

»Ganz großartig«, schwärmte Britta. »Dieser Freund von deinem Sven ist ein ausgesprochen netter Kerl. Und so gut aussehend.« Sie zwinkerte den Mädchen vergnügt zu.

Ihre Tochter zuckte zusammen und entgegnete schockiert: »Mama, du wirst doch jetzt nicht …?«

»Ach was.« Britta machte eine wegwerfende Handbewegung. »Das habe ich hinter mir. Aber er wäre doch etwas für dich, Jule, oder nicht?«

Jule lief rot an und schüttelte energisch den Kopf. Hoffentlich kam Britta jetzt nicht auch noch auf die Idee, sie verkuppeln zu wollen. Es reichte vollkommen, dass ihre Tochter diese romantischen Vorstellungen hatte, wie es wäre, wenn sie mit Sven und Jule mit Lasse … Bevor sie den Gedanken zu Ende gebracht hatte, trat er zu allem Überfluss höchstpersönlich an sie heran. Wenn man vom Teufel spricht …

Wie immer begrüßte er Malin mit einem breiten Lächeln, zu Jule dagegen sagte er kühl: »*Hej!*«

Sie nickte ihm nur zu und hoffte, dass ihr Gesicht inzwischen wenigstens wieder seine gewöhnliche Farbe angenommen hatte.

»Ich wollte dir nur noch schnell etwas sagen«, wandte er sich an Britta. »Wenn du dich dann anmeldest, bekommst du noch einen zweiten Code zugeschickt. Mit dem kannst du dir ein kleines Willkommensgeschenk abholen.«

Damit ließ er sie auch schon wieder allein.

»Hey, wieso habe ich kein Willkommensgeschenk bekommen?«, rief Jule ihm nach, bevor sie wusste, was sie da tat.

Er blieb stehen, drehte sich zu ihr um und meinte schulterzuckend: »Das hat man davon, wenn man meine Nachrichten ›aus Versehen löscht‹.« Er malte sogar die Gänsefüßchen in die Luft.

Sofort schoss Jule das Blut wieder ins Gesicht, und sie war froh, dass er nach dieser Antwort einfach weiterging.

»Er hat kapiert, dass ich ihn blockiert habe, oder?«, fragte sie Malin.

»Ehrlich gesagt glaube ich inzwischen, dass er es die ganze Zeit wusste«, erwiderte die. »Er ist bei solchen Dingen deutlich mehr auf Zack als Sven. Wenn der mit seinem Handyproblem zu ihm anstatt zu seiner Ex gegangen wäre, wären ein paar Dinge anders gekommen.«

»Man kann Handynummern blockieren?«, mischte Britta sich überrascht ein. »Dann bekommt man keine Nachrichten mehr von der Nummer?«

Die Mädchen nickten.

»Und Anrufe kommen auch nicht durch?«, hakte sie nach.

Wieder bestätigten das beide mit einem Nicken.

»Wenn ich das gewusst hätte, hätte ich Gunnars Telefonnummer einfach blockiert, anstatt jahrelang seine Nachrichten zu löschen und seine Anrufe zu ignorieren.«

»Onkel Gunnar hat die ganze Zeit über versucht, mit dir zu reden, und du hast ihn ignoriert?«, fragte Malin mit weit aufgerissenen Augen. Das war tatsächlich ein ganz neuer Aspekt in dieser Angelegenheit.

»Er war sehr hartnäckig«, bestätigte Britta.

»Aber wieso hast du dir dann nicht wenigstens einmal angehört, was er zu sagen hatte?«, wollte Malin offensichtlich schockiert wissen.

»Weil das, was er getan hat, einfach unverzeihlich war«, antwortete ihre Mutter kryptisch, hatte dabei jedoch ein leichtes Lächeln auf den Lippen. Sie winkte ihnen noch einmal gut gelaunt zu und verließ das Fitnessstudio.

Jule blickte ihr aus mehreren Gründen verwundert nach, bis sie aus ihrem Sichtfeld verschwunden war. Diese Enthüllung zwischen Tür und Angel irritierte sie ebenso wie Brittas gesamtes Auftreten. Sie sah Malin an und stellte verblüfft fest: »In so guter Stimmung habe ich sie seit einer Ewigkeit nicht erlebt. Das kann aber nicht bloß am Training liegen. Und schon gar nicht am Trainer.«

Auch Malin hatte zuerst ganz verdattert ausgesehen, doch nun zuckte sie grinsend mit den Schultern. »Wer weiß. Ich habe auch immer gute Laune, wenn ich mit Lasse zusammen bin.«

Genervt verdrehte Jule die Augen. Sie wusste ganz genau, dass ihre Freundin das nur gesagt hatte, um sie zu provozieren.

»Da glaube ich eher an einen Trainingseffekt«, brummte sie und stapfte einfach davon in Richtung Garderobe.

Sie wäre Lasse gern aus dem Weg gegangen, aber diesmal tat er ihr nicht den Gefallen, sich nicht im Trainingsraum blicken zu lassen.

»Was machen die Bingo-Wings?«, erkundigte er sich zuerst leichthin im Vorbeigehen, was Malin offenbar sehr amüsierte, Jule dagegen dazu brachte, sich vorzustellen, dass sie mit ihrem Blick Löcher in seinen Rücken schießen konnte.

Beim zweiten Mal bemerkte er, nachdem er sie eine halbe Minute lang beobachtet hatte: »Also Britta hat da vorhin mehr Wiederholungen geschafft.« Jule streckte ihm die Zunge heraus, legte jedoch auch diesmal ungewollt einen Zahn zu, was ihm ein leichtes Grinsen entlockte.

Mit dem dritten Kommentar schoss er den Vogel ab, und Jule war kurz davor, ihm vor lauter Wut ins Gesicht zu springen. Sie mühte sich gerade an der Adduktoren-Abduktoren-Maschine ab, die alles andere als ihr Favorit war. Die beiden Teile gleichmäßig mit ihren Beinen zusammenzudrücken, fiel ihr ziemlich schwer, sie fand keinen richtigen Rhythmus. Lasse bemerkte es und kam näher. Er beugte sich zu ihr herunter und sagte ganz nah an ihrem Ohr, sodass nur sie es hören konnte: »Hier musst du die Beine gar nicht so breit machen.«

Wäre es nicht so schwer gewesen, aus diesem Gerät aufzustehen, geschweige denn wütend aufzuspringen, hätte der Mistkerl etwas erleben können. Es kostete sie ihre gesamte Selbstbeherrschung, ihm nicht vor allen anderen Leuten, die hier trainierten, wüste Beschimpfungen nachzurufen. Er aber verschwand einfach um die nächste Ecke und ließ sich nicht mehr blicken, bis die Mädels den Trainingsraum verließen.

Als sie später die Garderobe betraten, bemerkte Malin spitz: »Heute war Lasse dir gegenüber ja richtig gesprächig.«

Diesmal versuchte Jule, ihre beste Freundin mit Blicken zu töten. Doch die lachte darüber nur. »Schau mich nicht so an! Ich kann ja nichts dafür. Aber es ist doch irgendwie ein gutes Zeichen, dass er sich über dich lustig macht. Das heißt, er taut langsam auf. Vielleicht könnt ihr die Geschichte zwischen euch bald einmal abhaken und einfach Freunde werden. Dazu müsstest du allerdings aufhören, ihm jeden blöden Scherz so extrem übel zu nehmen. Wenn Ruben so was zu dir sagt, reagierst du ja auch nicht so empfindlich.«

»Das ist etwas ganz anderes«, behauptete Jule. »Ruben ist mein Bruder, der hat quasi die Lizenz, Witze auf meine Kosten zu machen. Und ich habe die Lizenz zum Kontern. Was Lasse macht, ist einfach nur fies und unhöflich und unprofessionell und überhaupt.«

»Vor allem ›überhaupt‹«, neckte Malin sie. »Komm schon, Jule, entspann dich ein bisschen! Dann merkst du, dass er das wirklich nicht böse meint. Es ist so, wie Jana gesagt hat. Er ist total schüchtern, und das überspielt er mit Witzen.«

Jule blinzelte ungläubig. Also zumindest bei seiner letzten Bemerkung konnte von einem Verlegenheitswitz nicht die Rede sein. Das war einfach nur boshaft und abwertend gewesen. Aber sie hatte keine Lust, für Malin zu wiederholen, was er ihr zugeflüstert hatte, um ihr zu illustrieren, dass er nicht schüchtern, sondern einfach ein Arsch war.

»Jule, sein ganzes Verhalten ist auch eine Reaktion auf deines«, fuhr Malin fort. »Allein dein Gesichtsausdruck, wenn nur von ihm die Rede ist, und deine Körperhaltung. Du bist die ganze Zeit auf Gefechtsposition. Wenn ich dich nicht so gut kennen würde, würde ich mich auch vor dir fürchten.«

Skeptisch zog Jule die Augenbrauen zusammen. »*Auch?* Willst du etwa behaupten, Lasse hätte Angst vor mir?«

»Also ich hätte zumindest an seiner Stelle eine Heidenangst vor dir, wenn du mich bei jeder Begegnung ansehen würdest, als wolltest du mich am liebsten fressen. Und ich meine ›fressen‹ im Sinn von ›haps und tot‹ und nicht im Sinn von ›vernaschen‹.«

»Das mache ich doch gar nicht!«, protestierte Jule. »Ich bin vielleicht etwas kühl, aber mehr auch nicht.«

»Ich würde sagen, ›frostig‹ trifft es besser. Wir bewegen uns nahe dem Gefrierpunkt.«

»Das stimmt doch gar nicht!«

»Nicht? Dann beweis es mir! Wenn wir Lasse auf dem Weg nach draußen noch einmal treffen, schenkst du ihm dein freundlichstes Lächeln, verabschiedest dich von ihm und wünschst ihm einen schönen Abend. Und du klingst dabei nicht, also wolltest du ergänzen ›in der Hölle‹.«

»Das ist überhaupt kein Problem«, versicherte Jule.

»Okay, na dann.« Malin zuckte mit den Schultern. »Dann ist ja alles bestens, und Lasse hat überhaupt keinen Grund, in deiner Gegenwart so nervös zu werden, dass er dauernd blöde Witze machen muss.«

Jule konnte immer noch nicht glauben, dass das wirklich der Grund sein sollte, warum sich Lasse ihr gegenüber so verhielt. Sie war doch ganz und gar nicht Furcht einflößend. Das war nur wieder eine Masche von Malin, mit der sie ein ganz bestimmtes Verhalten provozieren wollte, weil sie wusste, dass Jule zu Trotzreaktionen neigte. Bestimmt wollte sie ihr ein schlechtes Gewissen einreden, damit sie einlenkte und einen Schritt auf Lasse zumachte. Aber sie hatte es doch schon versucht! Bei Svens Feier hatte sie sich um ein Gespräch mit ihm bemüht, und er hatte es einfach abgeblockt. Danach hatte er den restlichen Tag lang nur noch zwei Sätze zu ihr gesagt.

Er! Okay, sie hatte dann auch kein Interesse mehr daran gezeigt, mit ihm zu sprechen, aber angefangen hatte doch wohl er.

Malin kommentierte ihr Schweigen mit einem tiefen Seufzen. »Ach, Jule. Wir hätten wirklich nur gern, dass sich unsere beiden besten Freunde verstehen. Was auch immer zwischen euch passiert ist, kann echt nicht so schlimm gewesen sein, dass ihr da nicht drüber hinwegkommen könnt. Ihr seid erwachsen – redet miteinander! Klärt das, lasst es hinter euch, und dann können wir alle miteinander ganz friedlich diesen Frühling genießen.«

»So einfach, wie du glaubst, ist das aber nicht«, murmelte Jule und verschwand im Duschraum.

Unter der Dusche entspannte sie sich. Das warme Wasser umfloss ihren Körper und schien dabei auch ihre Gedanken zu reinigen. Es gefiel ihr nicht, wie sehr sie jeder Besuch im Fitnessstudio durcheinanderbrachte und welchen Einfluss das auf ihre Beziehung zu Malin hatte. Sie wollte sich nicht dauernd mit ihrer besten Freundin streiten – schon gar nicht wegen eines Mannes.

Aber seit Lasse in ihr Leben getreten war, hatten die sonst freundschaftlich-liebevollen Sticheleien zwischen ihnen einen neuen Charakter angenommen. Malins Bemerkungen verletzten Jule, und das durfte eigentlich nicht sein. Früher hatte sie jeden noch so fiesen Kommentar einfach gelassen gekontert. Ihre Freundschaft hatte das ausgehalten. Mehr noch, sie fand, genau das war das Besondere an ihrer Beziehung: Egal, was eine von ihnen sagte, sie konnte sicher sein, die andere würde es richtig verstehen und sich davon nicht getroffen fühlen.

Es liegt an dir, dass es jetzt nicht mehr so läuft.

Insgeheim wusste Jule das. Lasses Auftauchen hatte sie aus ihrer gewohnten Bahn geworfen, und sie schaffte es einfach nicht mehr dorthin zurück.

Vielleicht solltest du mal über deinen Schatten springen ...

Und was tun?

Sie kannte die Antwort auf die Frage. Sie musste einen Schritt in Richtung Normalität setzen, etwas, das ihr selbst und ihm und allen zeigte, dass sie bereit war, ihn in ihrem Freundeskreis zu akzeptieren. Solange sie sich benahm wie ein kleines Kind, stand sie sich nur selbst im Weg.

Entschlossen drehte sie den Hahn zu, trocknete sich rasch ab und zog sich an. Ihre Haare waren feucht, doch sie band sie einfach am Oberkopf zu einem lockeren Knoten zusammen.

»Ich warte vorne!«, rief sie Malin zu, die gerade erst aus der Dusche stieg. Dann verließ sie schnurstracks die Garderobe.

Lasse saß selbst am Empfang, arbeitete aber so konzentriert am Computer, dass er sie kaum wahrnahm. Sie rauschte an ihm vorbei und ließ sich in der Lounge im Eingangsbereich in einem Sessel nieder, von dem aus sie ihn im Blick hatte. Dann packte sie ihr Smartphone aus und scrollte durch ihr Telefonbuch. Noch einmal zögerte sie kurz, bevor sie den Eintrag *Lars Bergström* aufrief und seine Nummer entsperrte. Einen Moment horchte sie in sich hinein, ob das irgendwas verändert hatte. Weil es noch nicht genug zu sein schien, besserte sie auch den Namen auf *Lasse* aus. Kaum hatte sie das erledigt, traf eine neue Nachricht bei ihr ein. Absender: *Lasse Bergström.*

Zuerst war Jule irritiert. Eigentlich sollte man Nachrichten, die während der Blockade geschickt worden waren, doch gar nicht erhalten. Zumindest war es bei Malin so gewesen, und all ihre Internetrecherchen hatten dasselbe behauptet. Verwundert klickte sie auf den Eingang und las die Uhrzeit.

Automatisch hob sie den Kopf und sah Lasse an, dessen Blick ebenfalls auf sie gerichtet war. Er musste die Nachricht unmittelbar nach Aufhebung der Blockade abgeschickt haben und wartete nun offensichtlich auf eine Reaktion.

Jule wandte sich wieder ihrem Smartphone zu und las, was da stand: *Nur weiter so! Du bist auf einem guten Weg! Als Motivation, regelmäßig zum Training zu kommen, haben wir ein kleines Geschenk für Dich vorbereitet. Hol es Dir mit dieser SMS am Empfang ab!*

Zuerst meldete sich Jules Widerwillen. Dass Lasse ihr das geschickt hatte, um auszutesten, ob sie seine Nummer immer noch blockiert hatte, war offensichtlich. Bestimmt wollte er mit der Nachricht eine Reaktion provozieren. Doch wenn etwas noch größer war als ihr Trotz, dann war es ihre Neugierde. Sie erhob sich mit einem Ruck und steuerte zielstrebig auf den Empfang zu.

Ihre Stimme weigerte sich, bei der Aktion mitzumachen, aber ihre Hand streckte Lasse das Smartphone mit der geöffneten Nachricht entgegen.

»Sieh an«, bemerkte er mit einem leichten Grinsen, in dem ein kleiner Hauch Triumph mitschwang. Jule gelang es jedoch nicht, es unsympathisch zu finden. Er bückte sich und wühlte unter dem Tisch herum. Mehrmals legte er etwas zurück, bis er das Gesuchte gefunden hatte und es Jule reichte.

Sie war völlig ohne Erwartungen an das »kleine Geschenk« herangegangen und betrachtete es nun entsprechend unvoreingenommen. Es handelte sich dabei um ein Handy-Tattoo in Form eines goldenen Diamanten, der sich in der grafischen Linie des Studios immer wieder fand. Es war an einer Karte befestigt, auf deren Rückseite ansprechend gestaltet ein Text abgedruckt war: *Der Diamant steht für deine Schönheit. Bringe mit einem Lächeln dein inneres Strahlen nach außen!*

Jule merkte, dass sie beim Lesen unwillkürlich zu lächeln anfing. Die Karte war aber auch wirklich hübsch und hatte Potenzial, einen Platz an der Pinnwand in ihrer Küche zu bekommen, wo sie Dinge aufbewahrte, die sie besonders schön oder motivierend fand.

»Es funktioniert ja sogar bei dir«, stellte Lasse fest und klang dabei zum ersten Mal an diesem Tag kein bisschen gehässig.

Jule hielt es für angemessen, darauf etwas ebenso Freundliches zu antworten, doch es fiel ihr ganz schön schwer zu sagen: »Danke, das ist ein nettes Geschenk.«

»Bekomme ich das auch?« Malin war unbemerkt neben ihr aufgetaucht und hatte ihr Smartphone in der Hand. Lasse wartete gar nicht darauf, bis auch sie ihm die Nachricht zeigte. Er wusste ja ohnehin, dass er sie ihr gerade geschickt hat.

»Aber sicher«, antwortete er. Diesmal griff er nur ein einziges Mal in das Fach unter dem Tisch, warf einen kurzen Blick auf die Karte, murmelte: »Das passt«, und reichte sie Malin.

Die nahm das Geschenk freudig an. »Oh, das ist ja schön. Danke!« Aber dann bat sie Jule: »Können wir gehen? Ich habe solchen Hunger.«

»Ja, klar.« Sie verabschiedeten sich schnell von Lasse, und Jule ließ sich einfach von ihrer Freundin mitziehen, denn ihr Magen knurrte ebenfalls. Und dagegen, von Lasse wegzukommen, würde sie sich bestimmt nicht wehren.

Doch als sie ihm den Rücken zugewandt hatten, fiel ihr Blick auf Malins Diamanten-Karte, und sie nahm sie ihr aus der Hand, um die Aufschrift zu lesen: *Der Diamant steht für Deine Stärke. Du kannst alles schaffen, was Du Dir vorgenommen hast!*

Jule erstarrte für einen Moment. Ja, das passte wirklich zu Malin. Aber es bedeutete gleichzeitig, dass es verschiedene Varianten dieses Geschenks gab. Und Lasse hatte bei ihr nicht das Erstbeste genommen. Sie drehte sich noch einmal zu ihm um, hob ihre Karte ein wenig an und warf ihm einen fragenden Blick zu.

Lasse nickte fast unmerklich und lächelte.

Jules Knie wurden weich, und sie gab schnellstens ihrem Fluchtinstinkt nach.

In der gemütlichen Sportsbar gleich um die Ecke waren sie in den letzten Wochen nach dem Training schon zwei Mal gewesen. Bisher hatten sie nur etwas getrunken, doch diesmal gönnten sich beide einen Burger zum Abendessen.

Während sie auf ihre Bestellung warteten, machte Malin sich daran, den Diamantsticker auf ihr Smartphone zu kleben. »Das ist eine total nette Idee«, meinte sie. »Ist erstens ein Hingucker und erinnert dich zweitens daran, etwas für dich zu tun.«

»Ja, wirklich nett«, stimmte Jule halbherzig zu. In Wahrheit war sie von dem Give-away deutlich begeisterter, als sie zugeben wollte. Dennoch fühlte ihr Magen sich flau an, wenn sie ihre Karte betrachtete.

»Oh, bei dir steht ja was anderes«, stellte in dem Moment auch Malin fest und drehte die Karte so, dass sie den Text entziffern konnte. »Na, wenn da das Universum nicht seine Finger im Spiel hatte«, kommentierte sie mit einem breiten Grinsen.

»Das war nicht das Universum«, widersprach Jule.

»Ach was? Nicht? Schiebst du solche Dinge sonst nicht immer auf das Universum, das uns angeblich etwas mitteilen will?«

»Das war nicht das Universum«, erklärte sie noch einmal. »Das war Lasse. Er hat es gezielt ausgesucht.«

»Ooohhhh«, machte Malin, und an ihrem Gesicht konnte Jule ablesen, dass davon sogar sie mit all ihren romantischen Ideen für ihre beste Freundin und den besten Freund ihres Freundes völlig überrascht war. »Wow!«

»Warum hat er das gemacht?«, fragte Jule und fühlte sich plötzlich sehr unsicher. Lasse brachte sie so durcheinander, dass sie langsam wirklich nicht mehr wusste, wie sie damit umgehen sollte. Erst am Wochenende hatte sie sich erfolgreich eingeredet, dass er sich mit ihr verabredet hatte, weil er sie *eben nicht* anziehend fand. Jetzt sagte er ihr – zwar nicht direkt, aber mit einer ganz eindeutigen Geste –, dass er sie schön fand. Das passte doch vorne und hinten nicht zusammen! Sie konnte diesen Typen einfach nicht fassen, seinen wahren Charakter, sein Wesen.

Bei ihrem Date hatte sie sich eine ganz eindeutige Meinung von ihm gebildet. Die war nicht gerade positiv ausgefallen, denn sie hatte ihn für einen eingebildeten Casanova gehalten. Dieses Bild hatte aber schon sein Profil bei der Dating-Plattform vermittelt und war ein Grund gewesen, warum sie ihn für ihren Plan ausgewählt hatte. Ihr einziges Ziel an diesem Abend war es gewesen, einen Mann zu treffen, der ihr dabei helfen konnte, die unendliche Traurigkeit und Angst zu bekämpfen, die sie gequält hatte, seit sie Magnus' Anruf angenommen hatte. Er hatte sie zum ersten Mal seit über drei Jahren angerufen – das hatte ja gar nichts Gutes bedeuten können.

Von diesem Moment an hatte Jule sich wie ferngesteuert durch den Alltag bewegt. Nach drei Tagen aber wollte sie sich wieder spüren, wollte das Leben spüren, sich beweisen, dass es noch nicht vorbei war. Malin hatte die kritischen Stunden überlebt, die Ärzte äußerten sich mittlerweile zuversichtlich, dass sie es schaffen würde – im besten Fall sogar ohne bleibende Schäden. Deshalb wollte Jule die negativen Gefühle aus ihrem System verbannen, um Platz für positive zu schaffen, von denen sie sicher war, dass sie davon in den nächsten Monaten eine Menge brauchen würde. Und Lars vermittelte den Eindruck, als wäre er dafür der passende Mann. Sie wollte nicht reden – jedenfalls nicht über die Dinge, die sie bewegten –, deshalb war seine angeberische Tour an dem Abend genau das Richtige für sie gewesen. Jedoch nur an diesem Abend. Danach wollte sie mit diesem überheblichen Kerl nichts mehr zu tun haben. Ganz egal, wie prickelnd die Nacht mit ihm gewesen war.

Aber seit sie ihm wieder begegnet war, lernte sie Seiten an ihm kennen, die sie nicht erwartet hatte – und das, obwohl sie sich doch so dagegen wehrte, ihn überhaupt näher kennenzulernen. Es half nichts, Lasse – Lars – war für sie ein Symbol für eine Zeit, die einfach nie wiederkommen durfte. Vermutlich sträubte sich deshalb alles in Jule dagegen, ihn auch nur annähernd nett zu finden, auch wenn ihr alle versicherten, dass er das war – nur nicht zu ihr.

Bis gerade eben jedenfalls. Offenbar waren beide zum selben Zeitpunkt zu der Erkenntnis gelangt, dass sie erwachsen waren und sich auch so verhalten sollten. Jule war sich jedoch nicht sicher, was sie von dem Ergebnis dieses Versuchs halten sollte.

»Nun, du hörst das vermutlich nicht gern«, sagte Malin endlich, »aber wahrscheinlich wollte er dir schlicht und einfach ein Kompliment machen.«

»Du hast schon gehört, was er davor beim Training zu mir gesagt hat?«, entgegnete Jule. »Er hört nicht auf, darauf herumzureiten, dass ich seiner Meinung nach schlaffe Oberarme habe!« Dass er noch eine deutlich fiesere Bemerkung gemacht hatte, verkniff Jule sich allerdings zu erwähnen. Wenn sie die für Malin wiederholte, würde das nur wieder Fragen zu ihrem Date aufwerfen.

»Jule? So was nennt man einen Running Gag! Wenn Ruben dich dauernd mit den gleichen Sachen aufzieht, konterst du doch auch einfach, und dann liefert ihr euch ein hitziges Wortgefecht, bis der Erste vor lauter Lachen aufgibt. So bist du nämlich normalerweise! Aber bei Lasse nimmst du jeden Satz total persönlich. Das passt gar nicht zu dir!«

Jule kaute nachdenklich auf ihrer Unterlippe. Malin hatte mit jedem Wort recht. Das war nicht sie, das war nicht ihre Art. Doch damit lieferte sie nur einen neuerlichen Beweis dafür, wie durcheinander sie war.

»Es war übrigens sehr süß, wie ihr beide da vorhin am Empfang miteinander umgegangen seid«, erklärte Malin. »›Miteinander geredet habt‹, wäre übertrieben. Aber ihr habt zum ersten Mal ausgesehen, als könntet ihr über das hinwegsehen, was auch immer da zwischen euch war.«

»Ja«, antwortete Jule nur. »Hat sich auch kurz so angefühlt.«

»Nur kurz?«

»Bis …« Sie deutete unschlüssig auf ihre Karte.

»Bis dir bewusst geworden ist, dass er dir absichtlich ein Kompliment gemacht hat?«

Jule nickte.

»Du willst wirklich nicht, dass er sich Hoffnungen macht, oder?«

Sie wusste nicht, ob die richtige Antwort auf diese Frage ein Nicken oder ein Kopfschütteln war, deshalb wurde es irgendwas dazwischen.

»Aber gegen Freunde-Sein spricht doch nichts?« Malin ergriff ihre Hand und drückte sie leicht.

»Nein, eigentlich nicht.«

»Dann solltest du das einmal versuchen! Und vielleicht löst sich mit der Zeit ja auch dieser Knoten aus eurer Vergangenheit.«

Jule seufzte tief. »Vielleicht.«

Zum Glück brachte in dem Moment der Kellner ihr Essen, denn Jule hatte das Gefühl, erst einmal über eine Menge nachdenken zu müssen.

23. Mai

Besonders weit war Jule mit ihren Überlegungen noch nicht gekommen, als am Tag darauf Björn ein Foto von mehreren Paletten Bier schickte, unter dem der Satz stand: *Wie spontan bist du? Lust auf eine Party heute Abend?*

Jule hielt das für eine ausgezeichnete Idee. Sie machte sich gar nichts vor: Natürlich lief sie in gewisser Weise vor ihren eigenen Gedanken und Gefühlen weg, die sie verunsicherten. Sie wusste einfach nicht, wie sie sich Lasse gegenüber verhalten sollte, und glaubte auch nicht daran, dass sich dieser Knoten in ihrem Bauch in naher Zukunft lösen würde.

Lasse – oder eher Lars – stand für etwas, das sie verdrängen wollte. So viel gestand Jule sich ein. Doch obwohl ihre innere Stimme durchaus Zweifel anmeldete, ob Verdrängung in diesem Fall die richtige Reaktion war, sagte sie sich, dass sie das Recht dazu hatte, Dinge aus ihrer Vergangenheit in der Vergangenheit zu belassen.

Nur stellte es leider ein eindeutiges Problem dar, dass dieses eine »Ding«, das vergangen war und bleiben sollte, in letzter Zeit des Öfteren sehr lebhaft in Gestalt eines gut aussehenden jungen Mannes vor ihr stand, der zu allem Überfluss neuerdings seine charmante Seite aufblitzen ließ. Sie hatte das Gefühl, dass es in den nächsten Wochen immer schwieriger werden könnte, Lasse – und damit auch Lars – auf Distanz zu halten.

Deshalb bereitete es ihr fast ein wenig Genugtuung, ihre Freunde an diesem Samstagabend versetzen zu können. Malin hatte eine Chat-Gruppe eingerichtet, in der neben ihr und Sven auch Ruben, Jana und Lasse dabei waren. In die postete sie die Frage: *Wer hat Lust auf einen Kinoabend?*

Es tat Jule ein wenig leid, eine Chance auf ein Treffen mit Jana zu verpassen. Aber auf der anderen Seite war sie froh, völlig ehrlich antworten zu können: *Bin mit Björn auf einer Party.*

Lasse schrieb erst eine Stunde später, dass er ins Kino mitkommen würde. Da fragte Jule sich zwar kurz, was er gemacht hätte, wenn sie zuvor zugesagt hätte, aber sie schob diesen Gedanken genau wie jeden anderen an ihn energisch zur Seite. Heute würde sie mit Björn und seinen Freunden feiern und Spaß haben und den Lasse-Knoten in ihrem Bauch einfach wegtanzen.

Die Party fand im Haus von Björns Eltern statt. Die waren übers Wochenende weggefahren und hatten ihm erlaubt, die Gelegenheit zu nutzen, um seinen Studienabschluss zu feiern. Mittlerweile war das Ende seines letzten Studienjahres zum Greifen nahe. Spätestens Anfang Juni schlossen alle Hochschulen ihre Türen für den Sommer.

Björns Familie lebte im selben Stadtteil wie Jules in einer Villa nahe am Wasser. Diese Ecke kannte Jule hauptsächlich vom anderen Ufer aus, denn gegenüber auf der Insel Kärsö lag ein Naturreservat, in dem sie gerne ihre Runden drehte. Mitunter blickte sie von dort aus nicht ohne Neid auf die Häuser, die einen direkten Zugang zum Wasser hatten – ganz für sich allein. In Schweden war es zwar nicht schwer, einen Platz an einem Gewässer zu finden, wo man ungestört war und baden konnte, aber so ein ganz eigener Zugang direkt vor der Haustür, das war doch noch etwas anderes.

Jule stellte sich vor, wie es wäre, ganz nach Lust und Laune hinter seinem Haus vom Steg springen zu können. Vielleicht besaß Björns Familie ja sogar eine eigene Sauna direkt am Wasser. Das wäre für Jule der ultimative Luxus.

Von drinnen drangen bereits laute Musik und Partygeräusche an Jules Ohr, als sie an der Tür klingelte. Sie fragte sich, ob das überhaupt nötig war oder ob sie nicht vielleicht einfach eintreten sollte. Vermutlich konnte man die Türglocke wegen des Lärms gar nicht hören. Aber noch bevor sie sich entschieden hatte, die Klinke zu drücken, wurde die Tür von innen geöffnet. Björn befand sich in bester Partystimmung und begrüßte sie mit einer stürmischen Umarmung.

»Wie cool, dass du wirklich gekommen bist! Fühl dich wie zu Hause!« Er führte sie durchs Haus, zeigte ihr den mit Getränken gut gefüllten Kühlschrank in der Küche, das Büfett mit Essen vom Lieferservice und die Toilette.

»Oben ist auch noch eine«, verriet er ihr leise. »Aber die benutz bitte nur im äußersten Notfall! Eigentlich habe ich allen gesagt, dass das obere Stockwerk tabu ist. Ich muss das Haus wieder halbwegs in Ordnung bringen, bevor meine Eltern zurückkommen, und habe keinen Bock, auf beiden Etagen putzen zu müssen. Ach ja, und im Haus herrscht Rauchverbot.«

Jule fragte sich, ob Björn das jedem so sagte. Falls ja, bewirkte er damit möglicherweise genau das Gegenteil.

»Jetzt der Garten.« Er nahm sie einfach an der Hand und zog sie mit sich durch ein geräumiges Wohnzimmer, in dem es sich ein paar Leute auf der Couch gemütlich gemacht hatten oder in kleinen Gruppen beisammenstanden. Es herrschte ein deutlicher Überschuss an Männern, der für Jule erklärte, wieso Björn auf die Idee gekommen war, sie spontan einzuladen. Jeder von ihnen hatte eine Bierdose oder einen Becher in der Hand und schien in bester Stimmung zu sein.

Durch eine Glastür gelangten sie ins Freie. Wie Jule schon vermutet hatte, fand sie sich auf einer Terrasse wieder, die in einen gepflegten Garten überging. Auch hier erklang aus großen Boxen Musik, und die Holzfläche bot genug Platz zum Tanzen.

Jule ließ den Blick über die Wiese schweifen, auf der sich weitere Gäste tummelten, und entdeckte unten am Wasser neben dem Steg tatsächlich ein Häuschen, das verdächtig nach einer Sauna aussah. In dem Moment öffnete sich die Tür, und drei nackte Männer und zwei Frauen rannten über den Steg und sprangen ins Wasser.

»Die Sauna ist eingeheizt«, erklärte Björn überflüssigerweise. »Du kannst sie jederzeit gern benutzen. Nur vom Boot sollen wir uns fernhalten.«

Erst jetzt bemerkte sie das Segelboot, das auf der anderen Seite des Stegs lag. Björn kam definitiv nicht aus einer armen Familie.

»Soll ich dir noch ein paar Leute vorstellen?«, bot er an. »Vermutlich kennst du bis jetzt noch keinen, oder?«

Damit lag er richtig, bisher hatte Jule noch keine bekannten Gesichter gesehen. Doch dadurch würde sie sich nicht davon abhalten lassen, Spaß zu haben.

»Klar, stell mir ein paar vor!«, sagte sie nur.

Björn nahm sich die Zeit, zusammen mit Jule von einem Grüppchen zum anderen zu schlendern und sie mit Leuten bekannt zu machen, bis er sicher war, dass sie Anschluss gefunden hatte. Bis zu dem Zeitpunkt hatte er dreimal die Geschichte erzählt, dass er Jules Fake-Freund war und sie gelegentlich zum Spaß miteinander knutschten. Dank Jules Schlagfertigkeit kam sie schon in der ersten Runde recht schnell mit Björns Freunden ins Gespräch, dennoch zog er sie von dort wieder weg.

»Glaub mir, das ist nur zu deinem Besten«, erklärte er und wählte diesmal eine Gruppe, die nicht nur aus Männern bestand. Hier war relativ schnell klar, dass sie störten, deshalb führte er sie weiter. Beim dritten Versuch entdeckte Jule überraschenderweise ein bekanntes Gesicht: Lara, die jüngere Schwester einer Studienkollegin, mit der sie früher häufig ausgegangen war. Sie hatten sich nicht mehr gesehen, seit Jule ihren Abschluss gemacht hatte, daher herrschte zwischen ihnen kein Mangel an Gesprächsthemen. So blieb Jule bei Lara und ihren Freunden hängen, und Björn kümmerte sich wieder um seine anderen Gäste.

Als die Dämmerung einsetzte, wurde es deutlich kühler, und die Party verlagerte sich langsam in das Innere des Hauses. Drinnen war es laut, heiß und stickig, aber die Stimmung war großartig. Es wurde getanzt, gelacht, und der Alkohol floss in Strömen. Jule hatte den Verdacht, dass die meisten Gäste ihren eigenen Vorrat an Getränken mitgebracht hatten, denn Björn hätte unter seinem Namen im staatlichen Alkoholgeschäft nie im Leben solche Mengen einkaufen können.

Gegen eins kam es Jule vor, als würde die Stimmung kippen. Inzwischen waren die meisten Gäste total betrunken, und Jule nutzte ihr vermeintliches Insiderwissen, um sich zu der Toilette im oberen Stockwerk zu schleichen. Sie war selbst nicht mehr ganz nüchtern, aber bei Weitem nicht so sternhagelvoll wie die Typen, die die Tür zum Badezimmer im unteren Stock blockierten und sich gegenseitig anpöbelten. Jule machte einen großen Bogen um sie und stieg die Treppe hinauf.

Da Björn ihr die Information vorenthalten hatte, wo die Toilette genau zu finden war, blieb ihr nichts anderes übrig, als eine Tür nach der anderen zu öffnen. Hinter der ersten lag ein Arbeitszimmer, hinter der zweiten ein Bad, aber ohne Toilette. Hinter der dritten Tür – offenbar das Elternschlafzimmer – überraschte Jule ein Paar, das sich gerade halb nackt und stöhnend im Bett wälzte. So schnell und lautlos wie möglich schloss sie die Tür wieder. Aber die beiden waren ohnehin zu beschäftigt, um sie zu bemerken.

Endlich fand sie die Toilette, die allerdings ganz und gar nicht so wirkte, als wäre sie die Erste, die auf die Idee gekommen war, sie zu benutzen. Jule erledigte ihr Geschäft, dann sah sie zu, dass sie hier schnellstens wieder herauskam.

Aus reiner Neugier warf sie einen Blick in das nächste Zimmer, dessen Tür nur angelehnt war. Wahrscheinlich war es das von Björn, aber so genau konnte sie das nicht erkennen, weil ihre ganze Aufmerksamkeit plötzlich dem Geruch galt, der durch den Spalt in den Flur drang. Nicht nur, dass die Leute im Zimmer sich nicht an das Rauchverbot im Haus hielten – das, was sie rauchten, war eindeutig illegaler Natur. Jule trat den Rückzug ins untere Stockwerk an.

Vermutlich lag es daran, dass sie langsam müde wurde, irgendwie war es ihr plötzlich viel zu laut und zu heiß, und sie beschloss, frische Luft schnappen zu gehen. Auf der Terrasse trat sie in Glasscherben und war heilfroh, dass keine davon durch die Sohle ihrer Sneakers drang. Ihr wurde aber gleichzeitig bewusst, dass sie etliche Leute gesehen hatte, die barfuß herumliefen, und sie machte sich ernsthafte Sorgen, dass sich von denen jemand Schnittwunden zuziehen könnte.

Da hörte sie laute Rufe und Gelächter vom Wasser her. Zuerst dachte sie, ein paar Verrückte hätten einen nächtlichen Saunagang eingelegt, doch dann bemerkte sie im Mondschein, dass der Mast des Segelboots gefährlich schwankte. In dem Moment rauschte Björn schimpfend an ihr vorbei.

»Da ist alles voller Scherben!«, rief sie ihm nach.

Er fuhr herum und sah dabei total gehetzt und gestresst aus. »Was?«

»Die Terrasse ist voller Glasscherben«, wiederholte sie.

»Was? Auch das noch. Verdammte Scheiße, ich muss diese Idioten vom Boot holen, bevor sie es versenken. Kannst du inzwischen aufpassen, dass sich niemand schneidet? Schnittwunden fehlen mir gerade noch. Als wäre die Schlägerei noch nicht genug gewesen.«

»Schlägerei?« Davon hatte Jule nichts mitbekommen.

Aber Björn winkte nur ab, bat noch einmal: »Pass bitte auf!«, und rannte hinunter zum Wasser.

Es dauerte eine ganze Weile, bis er es geschafft hatte, auch den letzten Betrunkenen dazu zu bringen, an Land zu kommen, und wieder zum Haus zurückhetzte. Jule hatte die Scherben inzwischen vorsichtig mit den Füßen zur Seite geschoben, konnte die Gefahr für die Leute, die Björn nun teils splitterfasernackt folgten, damit aber nur reduzieren, nicht beseitigen.

»Die Party ist total außer Kontrolle geraten«, stellte er verzweifelt fest, als er Jule erreichte. »Ich habe gerade den Eindruck, du und ich, wir sind die Einzigen, die hier überhaupt noch klar denken können.«

»Die Typen, die in deinem Zimmer kiffen, und die zwei, die im Bett deiner Eltern vögeln, sind sicher nicht mehr ganz zurechnungsfähig«, erwiderte Jule.

Nun stand Björn das Entsetzen endgültig ins Gesicht geschrieben. »Bitte sag, dass das ein Scherz war!«

»Könnte ich, aber du würdest es spätestens dann merken, wenn deine Eltern sich über den Geruch oder ihre zerwühlten Laken wundern würden.«

»Verdammte Scheiße«, fluchte er. »Diese Party hier zu machen war eine echt beschissene Idee. Ich muss irgendwie diese Leute wieder loswerden. Zwei Drittel davon habe ich noch nie gesehen. Das ist alles total eskaliert.« Er raufte sich die Haare, und Jule hatte echtes Mitleid mit ihm.

»Vielleicht hast du Glück und ein Nachbar fühlt sich so gestört, dass er die Polizei informiert.«

»Die einen Nachbarn sind mit meiner Familie gemeinsam fortgefahren, und die anderen bekommen wegen der vielen Bäume zwischen den Grundstücken den Lärm wahrscheinlich gar nicht richtig mit.«

»Dann musst du selbst die Polizei rufen«, schlug Jule vor.

»Das kann ich doch nicht machen. Ich meine, es ist meine Party. Wie erbärmlich wäre das denn?«

»Ziemlich. Aber die Frage ist, ob dir das nicht gerade egal sein sollte. Bevor die das Haus zerlegen oder sich irgendwer ernsthaft verletzt, wäre es besser, die Notbremse zu ziehen.«

Björn zögerte so lange, bis Jule nur mehr einen Ausweg sah. Sie holte ihr Handy aus der Tasche und seufzte. »Zum Glück hast du diese spaßbefreite Uni-Absolventin eingeladen, die kein Verständnis dafür hat, dass man zu Semesterende bis zum Abwinken abfeiern muss«, murmelte sie ironisch. Damit zog sie sich in die hintere Ecke der Terrasse zurück, wählte die Nummer der Polizei und meldete sich mit ihrer besten Imitation einer besorgten älteren Dame, die sich vom Lärm in der Nachbarschaft in ihrer Nachtruhe gestört fühlte.

Kurz nach zwei Uhr stand Jule im Flur neben Björn und sah zu, wie die Beamten den letzten halb nackten Studenten aus dem Haus geleiteten. Er hatte seine Hose nicht mehr gefunden, daher trug er nur Boxershorts und hielt sein nasses T-Shirt in der Hand.

An Björn gewandt deutete der Polizist auf Jule und fragte: »Sie gehört zu dir?«

Der Gastgeber war inzwischen nervlich so am Ende, dass er nicht gleich reagierte, deshalb legte Jule schnell den Arm um seine Hüfte und versicherte: »Ja, ich gehöre zu ihm.«

Der Beamte nahm die Behauptung mit einem Nicken zur Kenntnis und verabschiedete sich.

»Und jetzt?« Björn sah Jule Hilfe suchend an. »Wenn meine Eltern das Chaos sehen, bin ich tot.« Sie ließ den Blick durch den Eingangsbereich schweifen. Sogar hier standen überall leere Flaschen, Becher und Bierdosen herum.

Zum Glück waren die Polizisten ziemlich entspannt gewesen und hatten ihnen erklärt, dass sie die Party beenden mussten, bevor sich jemand ernsthaft verletzte, ohne dabei darauf einzugehen, welche Unmengen an Alkohol hier konsumiert worden waren und woher sie kamen. Lediglich den Geruch nach Marihuana hatten sie kommentiert, es aber bei einer Verwarnung belassen. Vermutlich gingen sie davon aus, dass Björn schon genug Schwierigkeiten mit seinen Eltern bekommen würde, wenn die ihr Haus am nächsten Tag in diesem Zustand vorfanden.

»Dann sollten sie es besser nicht sehen«, meinte Jule. »Wo hast du Müllsäcke?«

»In der Küche«, erwiderte Björn und brauchte vor Verwunderung ein paar Sekunden, ehe er ihr dorthin folgte. »Was hast du vor?«

»Erst einmal das ganze Leergut einsammeln. Von dem Dosenpfand kannst du wahrscheinlich die nächste Party finanzieren. Und dann sollten wir die schlimmsten Bereiche putzen. Und morgen früh kontrollierst du am besten gleich, ob mit dem Boot und der Sauna alles okay ist. Ach ja, die Scherben sollten wir uns auch schnellstens vornehmen. Kann man auf der Terrasse mehr Licht machen, damit wir möglichst wenige übersehen?«

»Wir?«, fragte Björn verdutzt.

Jule hatte unterdessen die Rolle Müllsäcke gefunden, die er in weiser Voraussicht in der Küche bereitgelegt hatte. Sie riss einen davon ab und drückte ihn Björn in die Hand. »Ja, wir. Zu zweit schaffen wir es vielleicht, dass du heute Nacht noch ein paar Stunden schlafen kannst und nicht durchmachen musst, um deinen frühzeitigen Tod durch einen elterlichen Wutanfall zu verhindern.« Sie zwinkerte ihm zu, nahm sich ebenfalls einen Müllsack und fing an, die leeren Dosen einzusammeln. »Du kümmerst dich um alles, was Müll ist!«, befahl sie dem immer noch völlig verdatterten Björn.

»Warum machst du das?«, wollte er wissen, während er sich endlich langsam in Bewegung setzte und die ersten leeren Plastikbecher in den Sack stopfte.

Jule zuckte mit den Schultern. »Weil ich jetzt ohnehin nicht schlafen könnte, so aufgedreht, wie ich bin. Da kann ich mich auch gleich nützlich machen.«

Fast zwei Stunden später lagen im Flur mehrere prall gefüllte schwarze Müllsäcke, die sie nach Inhalt in zwei Gruppen geteilt hatten. Die auf der linken Seite waren voller Müll, die auf der rechten voll mit Leergut.

»Kannst du mich morgen abholen, wenn du in den Supermarkt fährst?«, fragte Jule grinsend. »Das wird sicher lustig, wenn wir eine Stunde lang den Rückgabe-Automaten blockieren. Und ich werfe da so gerne Dinge hinein. Ich probiere immer aus, wie schnell ich das Gerät füttern kann, bis es aufgibt.«

Björns Lachen klang ein wenig hysterisch. »Du hast echt einen seltsamen Humor«, stellte er fest. »Und überhaupt, stimmt irgendwas mit dir nicht, wenn es dir solchen Spaß macht, hinter so vielen Verrückten wegzuräumen.«

»Heißt das in deiner Sprache ›Danke‹?«

Er seufzte tief. »Ja, ich schätze, das heißt es. Danke, du hast mir das Leben gerettet.«

Gemeinsam betraten sie die Küche, um sie einem letzten Check zu unterziehen. Es war noch immer nicht richtig sauber, und Björn tat gut daran, bei Tageslicht noch einmal den Staubsauger zu schwingen und den Boden zu wischen, aber es sah nicht mehr aus, als wäre hier eine Horde Wilder eingefallen.

Das Gleiche galt für das Wohnzimmer und alle anderen Bereiche des unteren Stockwerks. Auch oben hatten sie die Toilette geputzt, das Bett von Björns Eltern frisch bezogen und alle Fenster geöffnet, um den verräterischen Geruch loszuwerden.

Björn warf einen Blick in den Kühlschrank und holte eine halb volle Flasche Tonic und einen Rest Gin heraus. »Wie wäre es, wenn wir uns den als Belohnung genehmigen?«

Jule nickte und griff nach zwei sauberen Bechern. Björn füllte sie, und dann folgte er Jule ins Wohnzimmer, wo er erschöpft auf die Couch sank. Sie reichte ihm einen der Drinks und setzte sich neben ihn. Er stieß mit ihr an und sagte: »Auf die coolste Frau, die mir je begegnet ist!«

»Und wer ist das?«, erkundigte sie sich kichernd. Sie war plötzlich völlig überdreht von all dem Adrenalin, das in den letzten Stunden durch ihren Körper geschossen war und sie trotz der späten Stunde wach und auf den Beinen gehalten hatte.

»Ohne dich wäre ich verloren gewesen«, stellte Björn fest. »Diese Party war die dümmste Idee meines Lebens.«

»Hey, aber es hat doch echt Spaß gemacht«, erwiderte Jule und meinte das völlig ernst. Sie hatte sich gut amüsiert, bis alles außer Kontrolle geraten war. »Sieh es positiv: Du hast sie rechtzeitig vom Boot geholt, bevor sie es zum Kentern gebracht haben, niemand hat sich an den Scherben schwere Verletzungen zugezogen, und ich werde das Bild von dem betrunkenen Pärchen, das es im Bett deiner Eltern treibt, sicher auch irgendwann wieder loswerden.«

Lachend legte Björn den Arm um Jule und zog sie näher an sich heran. »Hoffentlich wirst du das.«

Er stellte seinen Becher auf dem Beistelltisch ab und zog sein Handy aus der Hosentasche. »Ich muss das dokumentieren«, murmelte er und stellte die Kamera auf Selfie-Modus.

Man sah ihnen auf dem Foto die wilde Party deutlich an, aber beide grinsten so breit, dass es in Kombination mit Jules Becher wirkte, als wären sie noch mittendrin. Björn nahm sein Getränk in eine Hand und das Smartphone in die andere, und sie schossen noch eine Reihe Bilder, auf denen sie Grimassen schnitten oder taten, als würden sie sich gleich küssen.

»Schick mir die!«, forderte Jule ihn auf, und als ihr eigenes Smartphone anfing zu vibrieren, postete sie ihre Lieblingsbilder sofort in ihren Status.

»Willst du hierbleiben?«, erkundigte Björn sich, während sie das tat. »Dann müsste ich dich morgen auf dem Weg zum Supermarkt nicht extra einsammeln.« Er zwinkerte ihr belustigt zu. Inzwischen hatte er sich deutlich entspannt.

»Danke für das Angebot, aber ich gehe lieber nach Hause. So weit ist es nicht. Und wenn ich es mir recht überlege, reicht mir von dir und dem Leergutautomaten vielleicht doch ein Video.« Sie gähnte herzhaft.

»Soll ich dich nach Hause begleiten?«, bot er an.

»Nicht nötig. Du willst sicher auch ins Bett.«

»Ehrlich gesagt, bin ich so überdreht, dass mir so ein Spaziergang wahrscheinlich guttun würde. Vielleicht kann ich danach halb-wegs schlafen. Wenn ich mich jetzt hinlege, bleibe ich garantiert wach und schaue dauernd auf die Uhr, wann es Zeit ist, das Zeug wegzubringen.«

»Du hast doch den ganzen Tag dafür zur Verfügung«, meinte Jule.

»Außer, irgendwer von den Nachbarn hat den Polizeieinsatz mitbekommen und meine Eltern angerufen, und mein Stiefvater fährt gleich nach dem Frühstück los, um mir ordentlich was zu er-zählen.«

»Vielleicht ruft er einfach an.«

»Du kennst meinen Stiefvater nicht. Wenn der Angst um sein Boot hat, ist er schneller da, als du bis drei zählen kannst.«

»Hoffentlich haben die Wahnsinnigen nichts kaputt gemacht.«

»Das hoffe ich auch.« Er seufzte, dann wiederholte er sein Ange-bot. »Also, soll ich dich begleiten?«

»Okay, von mir aus«, gab Jule nun nach und erhob sich schwer-fällig von der Couch. »Sollen wir gleich ein paar von den Säcken mitnehmen und in die nächste Tonne werfen?«

Bis zum Eingang der Gärtnerei brauchten sie nur eine Viertelstunde. Obwohl die Sonne gerade wieder aufging, war Jule eigentlich recht froh über den Begleitschutz. Unterwegs war ihr der Gedanke ge-kommen, dass sich ein paar der betrunkenen Partygäste noch im Viertel herumtreiben könnten.

Björn betrachtete die rote Scheibe, die sich langsam über den Horizont schob, einige Sekunden schweigend, dann bemerkte er: »Ich könnte mir das Boot gleich ansehen und dann erst schlafen ge-hen.«

»Mach das, aber pass gut auf dich auf!«, mahnte Jule. »Nicht, dass du dann absäufst, weil du vor lauter Müdigkeit ausrutschst oder so.«

»Keine Angst, ich bin vorsichtig«, versprach er. »Ich muss nur wirklich wissen, ob irgendwas kaputt ist, damit ich halbwegs ruhig schlafen kann.«

Jule nickte verständnisvoll. »Na dann … gute Nacht oder so.«

»Gute Nacht! Und danke für alles! Du warst echt meine Rettung.«

»Hat irgendwie Spaß gemacht. Außerdem habe ich jetzt einen Punkt auf meiner Bucket-List abgehakt: Einmal im Leben die Polizei holen, damit sie eine Party beendet. Ich hatte allerdings vor, das eher mit zweiundfünfzig zu machen als mit fünfundzwanzig.« Sie grinste schief, und auch Björn musste lachen. Dann umarmten sie sich zum Abschied, und Jule sah ihm noch zu, wie er um die Ecke verschwand, bevor sie das Tor aufsperrte und sich am Haus ihrer Eltern vorbei in ihr eigenes Heim schlich.

Zehn Minuten später hatte sie sich notdürftig abgeschminkt und umgezogen und fiel völlig erledigt ins Bett. Ein frecher Sonnenstrahl bahnte sich trotz der Rollos seinen Weg in ihr Schlafzimmer, aber Jule zog sich entschlossen die Decke über den Kopf und schloss die Augen.

24. Mai

Das Eintreffen eines Videos auf ihrem Smartphone weckte Jule am frühen Nachmittag. Schlaftrunken spielte sie es ab und musste sofort schmunzeln. Björn hatte sich dabei gefilmt, wie er die letzten Dosen in den Leergutautomaten steckte, und wollte nun wissen, ob er sich die beachtliche Summe als Bon ausgeben lassen oder spenden sollte.

Wenn keine Schäden: spenden, tippte Jule verschlafen.

Björn antwortete mit einem Daumen nach oben.

Boot okay?

Irgend so ein Volltrottel hat aufs Deck gekotzt, aber sonst alles in Ordnung.

Also hatte Björn noch Erbrochenes vom Deck schrubben müssen, bevor er ins Bett gegangen war? Jule beneidete ihn darum rein gar nicht. Die beiden Toiletten zu putzen hatte ihr völlig gereicht. Warum mussten Männer eigentlich im Stehen pinkeln, wenn sie zu betrunken waren, um die Muschel zu treffen?

Die Erinnerung an die nächtliche Putzaktion bewirkte, dass Jule sich furchtbar verschwitzt und schmutzig fühlte, und sie rollte sich aus dem Bett, um sich eine ausgiebige Dusche zu gönnen. Die hätte sie auch nach der Party nötig gehabt, dank der Putzaktion allerdings erst recht.

Als sie nach einer Viertelstunde ihre Küche betrat, fühlte sie sich deutlich frischer. Sie war immer noch ziemlich müde, aber wenigstens roch sie jetzt wieder gut. Jule kochte Kaffee, füllte eine Schüssel mit Müsli und machte es sich damit auf der Rattan-Couch auf ihrer Terrasse gemütlich. Da traf eine neue Nachricht ein.

In der Annahme, dass sie von Björn kam, fing sie an zu lesen und brauchte deshalb in ihrem verkaterten Zustand einige Sekunden, bis ihr klar wurde, dass sie eigentlich von Malin kam.

Bist du nach deiner wilden Party schon ausgeschlafen, oder warst du gar nicht im Bett? Wir haben spontan das Boot Richtung Drott-

ningholm genommen und wollen von dort aus weiter auf Kärsö. Lust,
uns da zu treffen?

Jule wollte nachhaken, wer alles »wir« war, aber Malin beantwortete die Frage, indem sie ein Foto von sich zusammen mit Sven und Jana an Deck des Ausflugsbootes schickte. Kein Lasse also. Jules Lust, sich den dreien anzuschließen, verdoppelte sich auf der Stelle.

Kärsö war von ihrem Stadtteil aus über eine Brücke zu erreichen. Der Fußmarsch dorthin war bei starkem Verkehr etwas unangenehm, aber die Insel selbst war ein toller Ort zum Entspannen. Sie war zu großen Teilen mit Wald bedeckt, dazwischen lagen Wiesen und am Ufer die für die Schären typischen Felsen. An einem warmen Tag liebte Jule es, sich dort einfach ein ruhiges Plätzchen zu suchen und die Sonne zu genießen. Und was ihren heutigen Zustand betraf, so fand sie diese Vorstellung ausgesprochen verlockend. Sie würde für den restlichen Tag ohnehin nicht mehr zu allzu viel fähig sein, da konnte sie ihn wenigstens dazu nutzen, ihre Vitamin-D-Speicher aufzufüllen.

Komme.

Für eine ausführlichere Antwort reichte es gerade nicht, sie war zu sehr mit Gähnen beschäftigt. Aber das Tolle an Malin war, dass sie in einer Situation wie dieser auch gar nicht mehr von ihr erwartete.

Super! Ich schreibe dir dann, wo du uns findest.

Mit einem Daumen nach oben beendete Jule die Unterhaltung.

Während sie ihren Kaffee schlürfte, erwachten langsam weitere Gehirnwindungen zum Leben, und sie überlegte, ob sie auf dem Weg zu der Insel einen Umweg zu Björn machen sollte. Das Haus seiner Eltern lag nur einen Katzensprung von der Brücke entfernt. Ein paar Schluck später verwarf sie die Idee wieder. Was, wenn seine Eltern inzwischen zurück waren und ihm gerade die Hölle heißmachten, weil er mit seiner Party einen Polizeieinsatz verursacht hatte?

Sie wartete, bis ihr Sprachzentrum meldete, dass es nun auch vollständig wach war, dann schrieb sie ihm.

Wie ist die Lage bei dir? Anscheinend lebst du noch. Wie sauer
sind deine Eltern?

Die Antwort traf ein paar Minuten später ein.

Halb so wild. Irgendwelche Nachbarn haben sie tatsächlich verständigt, und sie sind heimgekommen, als ich gerade aus dem Supermarkt zurück war. Waren dann eher verwundert, dass das Haus gar nicht so schlimm ausschaut, wie sie erwartet hatten. Dass eine Party Spuren hinterlassen würde, damit hatten sie gerechnet. Die Erklärung zum frisch bezogenen Bett wäre beinahe etwas peinlich geworden.

Was hast du ihnen gesagt?

Dass ich es zwei Mädels angeboten habe, die zu viel getrunken hatten. Bin bei meiner Mutter sogar fast als Held davongekommen.

Na hoffentlich taucht nicht auf einmal unterm Bett ein gebrauchter Gummi auf.

Darauf antwortete Björn mit einem panischen Emoticon und dem Satz: *Ich schaue sofort nach.*

Doch Jule war sich nicht sicher, ob er das wirklich tat, denn gleich darauf traf eine weitere Nachricht ein: *Hey, ich schulde dir wirklich was. Wie wär's irgendwann diese Woche mit einem Essen? Du suchst das Lokal aus, ich zahle.*

Das wird teuer.

Jule schrieb das nur aus Spaß, ihr fiel auf die Schnelle gar kein gehobenes Lokal ein, in dem sie gerne essen würde. Sie bevorzugte gemütliche Restaurants mit bodenständigen Gerichten.

Das kann ich mir schon leisten. Also? Wann?

Ein Nein stand offenbar gar nicht zur Diskussion, daher blätterte Jule durch ihren Kalender, um die Termine für diese Woche zu checken. Montag war ihr zu früh, wahrscheinlich würde ihr die gestrige Party da noch nachhängen. Am Dienstag würde Malin sie vermutlich wieder ins Fitnesscenter schleppen wollen. Zumindest hatte sie neulich angedeutet, dass sie zweimal pro Woche hingehen wollte, um schnellere Erfolge zu erzielen. Dienstag und Freitag boten sich dafür an. Aber wenn Jule mit Björn verabredet war, hätte sie natürlich eine gute Ausrede.

Dienstag?

Das ist leider der einzige Tag, an dem ich nicht kann.

Jule nahm die Antwort mit einem leichten Schulterzucken zur Kenntnis. Einen Versuch war es wert gewesen.

Sie einigten sich auf Mittwoch, und Jule machte auch gleich einen Vorschlag für ein Restaurant. In dem kleinen Lokal in Gamla Stan war sie vor ein paar Monaten mit Malin, Ruben und Sven gewesen, und sie hatte die Atmosphäre als sehr gemütlich und das Essen als absolut köstlich in Erinnerung.

Kenne ich, mag ich, einverstanden. Ich reserviere einen Tisch für zwei.

Dahinter folgte ein Zwinker-Smiley, und Jule fragte sich, was der zu bedeuten hatte. Betrachtete Björn dieses Essen als Date? Oder eben nicht, und ihm war bewusst, dass es dennoch danach aussehen würde? Wäre es so schlimm, wenn er es als Date sehen würde?

Jule seufzte. Björn war zwar jünger als sie, aber abgesehen davon fiel ihr rein gar nichts ein, was gegen eine Beziehung mit ihm sprach. Und was waren schon knapp zwei Jahre, wenn man sich gut verstand? Er war nett und lustig und gut aussehend und überhaupt irgendwie alles, was sie von einem Mann erwartete. In seiner Gesellschaft fühlte Jule sich pudelwohl. Aber leider verursachte er in ihrem Bauch nicht einmal den kleinsten Flügelschlag eines Schmetterlings. Von Frühlingsgefühlen konnte keine Rede sein. Jule wollte wirklich gern mit ihm befreundet sein, doch darüber hinaus empfand sie rein gar nichts für ihn.

Vielleicht würden sich die Emotionen noch einstellen? An Liebe auf den ersten Blick glaubte Jule schließlich absolut nicht. Ihre Eltern waren ein ganzes Jahr befreundet gewesen, bevor sich zwischen ihnen die ersten romantischen Gefühle entwickelt hatten, und mit der Zeit war daraus die ganz große Liebe erwachsen.

So ähnlich stellte Jule sich das auch für sich vor. Liebe brauchte einen guten Boden, ein Samenkorn und viel Pflege, damit daraus etwas Dauerhaftes entstehen konnte. Wenn der Samen auf dem falschen Untergrund landete, ging er zwar möglicherweise ganz schnell auf, doch dann fiel er bald den Elementen zum Opfer. Genau das war zwischen Lars und ihr passiert. Ihre körperliche Anziehung war auf dem völlig falschen Boden gelandet, einmal kurz aufgeblüht und dann von Wind und Wetter zerstört worden oder zertrampelt oder ausgerissen. Jedenfalls hatte diese Pflanze keine Zukunft. Aber zwischen Björn und ihr konnte vielleicht mit der Zeit eine wachsen.

Jule merkte, dass der Anblick der Blumenfelder vor ihrem Haus sie ganz philosophisch gemacht hatte, und sie schmunzelte über die Gedanken und Metaphern. Ganz von der Hand zu weisen waren sie jedoch nicht. Blumen und Liebe ließen sich recht gut vergleichen.

Sie trank den letzten Schluck aus ihrer Tasse und erhob sich, um das Geschirr in die Küche zu bringen. Dann verschwand sie im Schlafzimmer und suchte nach passender Kleidung für den kleinen Ausflug. In Jogginghose und ausgewaschenem T-Shirt wollte sie nicht aus dem Haus gehen, da hielt sie es ganz mit Karl Lagerfeld. Und sie hatte ganz bestimmt nicht vor, die Kontrolle über ihr Leben so schnell abzugeben.

Jule entschied sich für Shorts, ein Top mit Spaghettiträgern und einen gestrickten Pullover mit weitem Ausschnitt. Die Haare band sie am Oberkopf zu einem lockeren Knoten zusammen. Auf Make-up verzichtete sie heute gänzlich, in der freien Natur waren Rouge und Lidstrich überflüssig. Sie packte noch etwas zu trinken und eine Packung Kekse in ihren kleinen Rucksack, schlüpfte in bequeme Turnschuhe und machte sich auf den Weg.

Obwohl sie immer noch ziemlich müde war, tat die Bewegung richtig gut. Auf dem ersten Teil der Strecke war sie direkt neben der Straße unterwegs, aber nachdem sie in Richtung Naturreservat eingebogen war, verbesserte sich auch die Luftqualität deutlich, und sie nahm einen tiefen Atemzug.

Gerade als sie an dem kleinen Lokal vorbeikam, in dem sie mit ihrer Familie manchmal zu Mittag aß, wenn ihre Mutter keine Zeit hatte, für alle zu kochen, gab Jules Handy einen Ton von sich. Malin schickte eine Beschreibung, wo sie zu finden waren. Jule kannte die beschriebene Stelle gut, daher steckte sie das Telefon sofort wieder ein. Sie würde den Weg auch ohne Anweisungen finden.

Zuerst schlenderte sie ohne Eile die – abgesehen von der Brücke, die direkt auf die nächste Insel weiterführte – einzige asphaltierte Straße der Insel entlang, dann bog sie beim Parkplatz nach rechts in den kleinen Wald ab. Bereits nach ein paar Minuten erreichte sie das Ufer mit den großen Felsen, die von der Frühlingssonne erwärmt wurden und zum Verweilen einluden.

Ein Stück weiter hinten entdeckte Jule Malin, die überraschenderweise ganz allein auf dem Steinboden saß und über das Wasser in Richtung Schloss Drottningholm blickte, das auf der nächsten Insel lag.

»*Hej*«, grüßte Jule und ließ sich neben ihr nieder. »Wo sind alle?«

»*Hej!*«, sagte auch Malin und lächelte erfreut. »Die klettern irgendwo da vorne herum. Ich traue mich noch nicht so richtig. Wenn ich auf den nassen Felsen den Halt verliere, beleidige ich meine Schulter vielleicht. Oder gehe unfreiwillig baden.«

An einem anderen Tag wäre Jule versucht gewesen, Malin hier zurückzulassen und stattdessen mit Sven und Jana über die Felsen zu kraxeln. Doch heute hielt sie es für die bessere Idee, sich neben ihrer Freundin auszustrecken und einfach die Sonne zu genießen.

»Das muss ja gestern eine wilde Party gewesen sein«, bemerkte Malin. »Wie lange ging das denn noch? Die Fotos hast du gegen vier gepostet, oder?«

»So ungefähr. Aber Björn und ich waren schon die Letzten.«

»Nur ihr beide?« Malin sah sie vielsagend an.

»Nicht, was du denkst«, wehrte Jule ab, musste jedoch gleichzeitig grinsen, weil sie an die Situation dachte, in der die Fotos entstanden waren. Da waren sie beide total überdreht gewesen.

»Wo hast du geschlafen?«, fragte Malin misstrauisch. »Hast du überhaupt geschlafen? Oder warum genau grinst du gerade so?«

Mit einem Seufzen entschied Jule, dass es das Einfachste war, ihrer Freundin schnell die ganze Geschichte zu erzählen, bevor sie sich in wilden Spekulationen verlor. Sie setzte sich auf und fasste knapp zusammen, was sich auf der Party zugetragen hatte.

»Du hast dich wirklich am Telefon als besorgte Nachbarin ausgegeben, um alle rauswerfen zu lassen?« Malin hörte gar nicht mehr zu kichern auf. »Mein Liebe, du wirst alt.«

»Einmal im Leben muss man so was machen«, behauptete Jule und streckte sich wieder auf dem Felsen aus.

»Ja, aber ausgerechnet du!«, rief Malin amüsiert aus. »Jule Nilsson, das größte Partygirl unseres Jahrgangs. Im ersten Uni-Jahr hast du keine Party ausgelassen, von der du Wind bekommen hast. Manchmal warst du an einem Samstagabend sogar auf mehreren.

Und jetzt das! Ich bin schockiert.« Sie klang allerdings alles andere als schockiert, denn sie konnte noch immer nicht zu lachen aufhören.

»Was ist so schockierend?«, erkundigte sich in dem Moment Sven, der zusammen mit seiner Schwester die steilere Seite ihres Felsens erklomm. Während sie sich begrüßten, erklärte Malin mit so viel Ernst in der Stimme, wie sie aufbringen konnte: »Jule hat Björns Party durch die Polizei beenden lassen.«

»Also *das* ist wirklich schockierend«, befanden Sven und Jana einstimmig, doch Jule verteidigte sich sofort: »Ich habe ihm nur geholfen, das Chaos zu beenden. Die hätten die Bude sonst auseinandergenommen! Oder zumindest das Boot versenkt. Das war quasi Notwehr!«

Malin fasste die Geschichte noch einmal für die Neuankömmlinge zusammen, musste sich aber vor lauter Lachen an mehreren Stellen unterbrechen. So lustig wie ihre Freundin hatte Jule es gar nicht empfunden, dieses Pärchen beim Sex zu erwischen.

»Und was genau läuft jetzt zwischen dir und Björn?«, wollte Sven am Ende der Schilderung von Jule wissen.

»Nichts. Wir gehen am Mittwoch zusammen essen.«

Jana wiederholte den Satz, dann fragte sie in die Runde: »Klingt das nur in meinen Ohren nach einem Widerspruch?«

»Wir haben nichts miteinander«, betonte Jule noch einmal. »Er lädt mich nur aus Dankbarkeit zum Essen ein. Er war nämlich wirklich froh darüber, dass ich die Polizei angerufen habe.«

»Ganz sicher kannst du dir da erst sein, wenn er dich nicht mit der Rechnung sitzen lässt«, meinte Sven nüchtern.

Jule machte nur »Ha, ha« und schloss demonstrativ die Augen.

»Hey, aber er ist doch süß«, stellte Malin in einem versöhnlichen Ton fest.

»Ja, ist er«, bestätigte Jule.

»Ist er dir zu jung?«

Das Alter war für Jule eigentlich nebensächlich, deshalb zuckte sie nur mit den Schultern.

»Oder ist das Problem, dass du eigentlich auf einen anderen Typen abfährst?«

Schockiert von Malins Mutmaßung riss Jule die Augen auf. »Nein«, sagte sie betont und fügte gespielt ahnungslos hinzu: »Wen meinst du?«

»Du weißt genau, wen ich meine«, neckte ihre Freundin sie. »Aber wenn du den auch nicht so heiß findest, dass dir seine Gesellschaft unangenehm ist, dann hast du ja sicher kein Problem damit, am Dienstag wieder mit mir trainieren zu gehen.«

Damit hatte Jule gerechnet, doch bisher hatte sie die Tatsache ignoriert, dass dienstags die Wahrscheinlichkeit, Lasse im Fitnessstudio zu begegnen, ziemlich hoch war. Wenn sie sich nun gegen den Vorschlag wehrte, befeuerte sie damit Malins Verdacht, sie hätte irgendwelche Gefühle für Lasse. Ihr blieb gar nichts anderes übrig, als möglichst gelassen zu behaupten: »Natürlich nicht. Wann treffen wir uns?«

Zu ihrer Erleichterung antwortete Malin: »Ich kann diesmal erst um fünf.«

Je später sie dran waren, desto größer schätzte Jule ihre Chancen ein, dass Lasse bereits Feierabend gemacht hatte. Zumindest, wenn er für Probetrainings öfter Termine in aller Frühe vergab.

»Ihr könntet natürlich einfach am Donnerstag hingehen, da ist Lasse nie im Studio.«

Jule ärgerte sich maßlos darüber, wie deutlich sie auf Svens Enthüllung reagierte. »Das sagst du mir erst jetzt?«, platzte es aus ihr heraus, und auch ihre Körpersprache verriet eindeutig, wie erfreut sie über diese Erkenntnis war.

Sven zuckte gelassen mit den Schultern, aber seine Lippen umspielte ein leichtes Grinsen, an dem Jule erkannte, dass er sich über sie lustig machte. »Bis jetzt dachte ich ja, du hättest kein Problem damit, ihm beim Training über den Weg zu laufen.«

Jule schnaubte verächtlich, gab ihm darauf jedoch keine Antwort.

»Also, irgendwie würde mich schon interessieren, was wirklich zwischen euch gelaufen ist«, bemerkte Sven nach einer kurzen Stille, in der Jule wieder demonstrativ die Augen geschlossen hatte. »Es ist ja nicht so, als würdest nur du dich so anstellen. Er verhält sich ja in Bezug auf dich genauso seltsam.«

Jule öffnete überrascht ein Auge. »Tut er das?«

Sven nickte, und auch Jana bestätigte: »Ja, absolut. Ich habe mich letztens nur ganz harmlos und wirklich völlig ohne Hintergedanken bei ihm erkundigt, woher ihr beide euch kennt, da ist er knallrot angelaufen und hat nur noch wirres Zeug gestammelt.«

»Hat er das?«, fragte Jule misstrauisch.

»Bei meiner Geburtstagsfeier hat er keine drei Sätze mit dir geredet«, ergänzte Sven. »Und er ist dir dauernd aus dem Weg gegangen. Das ist normal nicht seine Art. Es kommt vor, dass er Frauen gegenüber schüchtern und zurückhaltend ist, aber das Problem hat er eher, wenn er mit einer allein reden soll, die er gerade erst kennengelernt hat. In einer Gruppe macht ihm das nichts aus. Und dass er jemanden absichtlich links liegen lässt, das kenne ich überhaupt nicht von ihm.«

Jule fing an, auf ihrer Unterlippe zu kauen.

Konnte es sein, dass es stimmte, was die beiden da berichteten? War Lasse die Situation ebenso peinlich wie ihr, und deshalb schwankte sein Verhalten ihr gegenüber zwischen unhöflich, gemein und irgendwie doch nett?

Sie gestand ihm nur widerwillig zu, dass er ein Recht hatte, genauso verwirrt wie sie selbst zu sein. Er war schließlich bei ihrem Date auch dabei gewesen und hatte damals eine völlig andere Jule – eben Julia – erlebt. Vermutlich versuchte er (genau wie sie) die ganze Zeit, seine Erinnerungen an den Abend mit ihren Begegnungen der letzten Wochen zusammenzubringen. Auch aus seiner Sicht mussten sich da zwangsläufig eine Menge Widersprüche ergeben.

Obwohl Sven ihr diese Dinge vermutlich nur verraten hatte, um aus ihrer Reaktion seine Schlüsse zu ziehen, war Jule ihm in diesem Moment unendlich dankbar dafür, denn er hatte damit den Knoten in ihrem Bauch deutlich gelockert. Es würde noch eine Weile dauern, bis er sich vollständig lösen konnte, aber das Bewusstsein, dass Lasse vermutlich mit dem gleichen Knoten herumlief, machte die Situation für Jule leichter.

Zumindest nahm sie sich vor, seine Handlungen und Kommentare in Zukunft unter dem Gesichtspunkt zu betrachten, dass auch er nur auf der Suche nach einem Weg war, wie sie ihren Freunden zuliebe zu einem normalen Umgang finden konnten. Ohne dass das schrägste Date, das Jule – und möglicherweise auch er – je gehabt hatte, ständig zwischen ihnen stand.

»So habe ich das noch nie betrachtet«, gab sie nach einer Weile zu. »Ich dachte, er könnte sich nicht entscheiden, ob er mich noch einmal anbaggern soll oder nicht.«

Zu ihrem Entsetzen schmunzelte Sven an der Stelle und murmelte: »Na ja, das vielleicht auch.« Mit der Bemerkung vergrößerte er ihre Unsicherheit wieder. Doch dann fügte er hinzu: »Aber spätestens seit den Fotos von letzter Nacht glaubt er dir sicher, dass es dir mit Björn ernst ist.«

Jule war versucht, ihr Handy auszupacken und sich anzusehen, was sie mitten in der Nacht gepostet hatte. Ließ ihre Erinnerung sie im Stich, und hatte sie irgendwas veröffentlicht, was man besser nicht herzeigen sollte?

»Was für Fotos?«, wollte Jana wissen.

»In ihrem Status«, erklärte Malin und holte ihr Smartphone aus der Tasche. Sie zeigte Jana die Bilder, und Jule beobachtete ihre Reaktion darauf.

»Voll süß, ihr zwei«, kommentierte sie zu ihrer Erleichterung lediglich. »Der Typ ist wirklich nicht übel. Wie alt ist er noch mal, hast du gesagt?«

»Zu jung für dich, Schwesterherz«, brummte Sven lachend. »Der macht ja deinen Kindergartenkindern Konkurrenz.«

»Ach was, der hat doch schon Bartwuchs«, wischte Jana seine Bedenken einfach beiseite.

Jule hatte gehofft, wenigstens einen Funken Eifersucht zu verspüren, weil Jana so auf Björn reagierte, doch in ihrem Inneren rührte sich rein gar nichts. Nachdenklich nahm sie Malin das Smartphone aus der Hand und wischte von einem Foto zum nächsten. Sie wirkten darauf sehr vertraut und, ja, irgendwie süß. Obwohl sie nur so getan hatten, als wollten sie sich küssen, sahen die Bilder mehr danach aus, als wären sie auf halbem Weg zu einem echten Kuss entstanden.

Warum hatte man eigentlich so gar keinen Einfluss darauf, für wen man romantische Gefühle entwickelte? Jule konnte sich vorstellen, dass eine Beziehung mit Björn richtig Spaß machen würde. Sie waren total auf einer Wellenlänge. Aber ganz ohne körperliche Anziehung etwas mit ihm anfangen? Das wäre ihm gegenüber doch nicht fair. Und fest stand: Jule mochte ihn zu sehr, als dass sie ihm absichtlich das Herz brechen wollte.

Allerdings hatte die Reaktion ihrer Freunde auf die Fotos sie auf eine Idee gebracht, die sie sich noch genauer durch den Kopf gehen lassen und in einer ruhigen Minute mit Björn besprechen wollte.

Aber fürs Erste wollte sie vor allem eines, nämlich das Thema wechseln. Sie gab Malin ihr Telefon zurück und fragte in die Runde: »Welchen Film habt ihr euch gestern eigentlich angesehen?«

26. Mai

In der U-Bahn las Jule Malins Nachricht, dass sie sich verspäten würde. Wäre das Wetter besser gewesen, hätte sie deshalb auf dem letzten Stück zum Fitnessstudio einen langen Umweg gemacht. Doch es regnete, und Jule hatte trotz Gummistiefel, Regenjacke und Schirm keine Lust, sich länger als unbedingt notwendig im Freien aufzuhalten.

Sie überlegte, die Zeit in der U-Bahn-Station totzuschlagen, aber das erschien ihr ziemlich erbärmlich, wenn sie stattdessen in einem gemütlichen Lounge-Sessel sitzen und in einer Zeitschrift blättern konnte. Daher marschierte sie auf dem schnellsten Weg zum Fitnessstudio und war richtig froh, als die Schiebetüren auseinanderglitten und sie endlich wieder im Warmen und Trockenen war.

Elena saß am Empfang und winkte ihr freundlich zu. Jule stellte ihren Schirm umständlich in einem Schirmständer neben dem Eingang ab und schälte sich aus ihrer nassen Regenjacke.

»Du kannst sie gleich dort hinhängen!«, rief Elena ihr zu und deutete auf einige Haken an der Wand zu ihrer Linken, wo bereits mehrere tropfnasse Jacken hingen.

Jule hängte ihre dazu, dann ließ sie sich in den nächstbesten Sessel fallen und atmete einmal tief durch. Kaum zu glauben, dass sie sich erst vor zwei Tagen einen ordentlichen Sonnenbrand auf den Beinen geholt hatte, weil sie den ganzen Nachmittag in der prallen Sonne gelegen hatte. Um diese Zeit des Jahres neigte sie vor lauter Sonnenhunger immer dazu, die Kraft der UV-Strahlen zu unterschätzen.

Jule griff nach der erstbesten Modezeitschrift und wollte die Wartezeit auf Malin dazu nutzen, sich über die Trends für den Sommer zu informieren, doch sie kam nicht weit. Sie hatte erst bis Seite vierzehn geblättert, als Lasse sich ihr gegenüber hinsetzte und sie mit den Worten »*Hej,* Partygirl!« begrüßte.

Jule blickte auf und war total überrascht, dass er sie sogar freundlich anlächelte.

»*Hej*«, erwiderte sie zögerlich und wusste nicht, was sie sonst noch sagen sollte. Ein wenig hatte ihr wohl sein Lächeln die Sprache verschlagen, denn es reichte bis zu seinen blauen Augen und verlieh ihm insgesamt eine Ausstrahlung, die sie im ersten Moment einfach verblüffte. Wie konnte es sein, dass ein ehrlich gemeintes Lächeln so einen Unterschied machte? Das arrogante, das er während ihres Dates die meiste Zeit aufgesetzt hatte, hatte eine ganz andere Wirkung erzielt. Jetzt sah Jule ihn an und fand ihn einfach nur sehr charmant und anziehend.

»Irgendwie siehst du ein bisschen mitgenommen aus«, stellte er fest, ohne dabei abwertend zu klingen. Vielmehr war sein Tonfall besorgt. »Liegt das nur am Regen, oder sitzt dir das Wochenende noch so in den Knochen?«

»Ach, so eine Party stecke ich doch locker weg«, behauptete Jule und ertappte sich dabei, wie sie eine Haarsträhne um ihren Finger wickelte. Moment mal, flirtete sie etwa mit Lasse, nur weil er sie einmal mit seinem Lächeln beeindruckt hatte? Von ihrem eigenen Verhalten irritiert, fügte sie zurückhaltender hinzu: »Aber der Regen nervt.«

Lasse warf einen Blick aus dem Fenster. »Stimmt, jetzt könnte es langsam wieder aufhören. Zwei Tage sind genug.« Das Wetter hatte am Sonntagabend umgeschlagen, unmittelbar nachdem Jule von dem Ausflug nach Kärsö zurückgekommen war.

»Und wie war dein Wochenende?«, erkundigte Jule sich. Sie hatte sich vorgenommen, sich ihm gegenüber möglichst normal zu verhalten. »Normal« im Sinne von so, wie sie sich gegenüber jedem anderen Bekannten verhalten würde, der ihr gelegentlich über den Weg lief. Also nicht flirtend. Der kleine Ausrutscher von gerade eben verwirrte sie immer noch.

»Ganz cool«, antwortete er, und Jule deutete seinen Ton und seine entspannte Körperhaltung so, dass er sich das Gleiche vorgenommen hatte wie sie und um einen freundschaftlichen Umgang bemüht war. Sie merkte auch, dass sie zum ersten Mal nicht jedes Wort, das er sagte, in die Waagschale legte, sondern bereit war, ihm zuzugestehen, dass die Situation zwischen ihnen auch ihn verunsicherte. »Am Sonntag habe ich das schöne Wetter für eine kleine Tour mit dem Mountainbike genutzt.«

»Kann man in Stockholm mountainbiken?«, erkundigte Jule sich ehrlich interessiert. »Ich meine, echte Berge haben wir hier ja nicht, nur Hügel.«

»Die tun es auch«, versicherte er. »Ich war im Nackareservat. Kennst du das? Südöstlich von Södermalm. Dort gibt es eine tolle Strecke. Nicht allzu lang, aber streckenweise durchaus anspruchsvoll. Die fahre ich gern, wenn ich nur ein paar Stunden Zeit habe. Und bei dir draußen gibt es auch eine, die ist sogar ziemlich schwer.«

»Bei mir draußen?« Für einen Moment war Jule irritiert, doch dann fiel ihr ein, dass Lasse ja ganz genau wusste, wo sie wohnte. Er brachte sie heute völlig durcheinander.

»Der Großteil liegt im Lovö Naturreservat. Aber der Startpunkt ist auf deiner Seite der Brücke, beim Bahnhof.«

»Irgendwie hatte ich Mountainbiken hier in der Stadt bisher nie so auf dem Schirm«, stellte Jule fest. »Dabei gibt es ja sogar ein paar gute Kletterrouten.«

»Wo zum Beispiel?«

»Das Nackareservat ist auch zum Klettern eine gute Adresse«, meinte sie schmunzelnd. Scheinbar hatten sie eine Vorliebe für dieselbe Ecke der Stadt, wenn auch um unterschiedliche Sportarten auszuüben.

»Das heißt, ich bin vielleicht schon mal an dir vorbeigeradelt, während du gerade irgendeine Wand erklommen hast?«

Jule nickte fast unmerklich. Das war tatsächlich möglich. Wenn Malin und sie keine Zeit hatten, um zu einer der Kletterrouten im Umland zu fahren, dann waren die Wände in diesem Stadtteil ihre erste Wahl. Im Winter kletterten sie in einer Halle in Södermalm, der Gegend, in der Malin seit einigen Monaten wohnte. Allerdings fiel Jule jetzt auf, dass sie ohne ihre Freundin faul geworden war. Sie war in diesem Winter vielleicht drei oder vier Mal da gewesen. Aber ohne Malin machte das Klettern höchstens halb so viel Spaß.

»Vielleicht können wir das ja mal verbinden, wenn Malin wieder richtig fit ist«, schlug Lasse vor. »Ihr zwei klettert, Sven und ich machen eine Mountainbike-Tour, und dann treffen wir uns zu einem wohlverdienten Bier.«

»Vielleicht.« Jule erlaubte sich ein ermunterndes Lächeln. Die Vorstellung gefiel ihr. Also vor allem der Teil, wo sie wieder mit Malin gemeinsam in einer Wand hing. Aber auch der Rest schreckte sie nicht mehr ganz so sehr ab, nachdem sie hier schon einige Minuten lang mit Lasse saß und sich mit ihm unterhielt, ohne dass ihr Fluchtinstinkt sie davongejagt hätte. Und irgendwie gefiel ihr auch das kleine Kribbeln in ihrem Bauch, das sein Lächeln ausgelöst hatte.

Was hatte Malin beim Probetraining gemeint? Es war nicht verboten, es zu genießen, dass man sich in der Gesellschaft eines gut aussehenden Mannes befand – sogar, wenn man in festen Händen war. Also brauchte Jule als Single rein gar kein schlechtes Gewissen zu haben, weil ihr Körper auf Lasses unbestrittene Attraktivität reagierte. Sie durfte sich nur nicht wieder dazu verleiten lassen, Signale auszusenden, die er als Flirten interpretieren könnte. Vielleicht war es besser, wenn sie sich auf ihre Hände setzte, damit sie nicht noch einmal unbewusst anfing, verführerisch mit ihren Haaren zu spielen.

»Da kommt Malin«, bemerkte er in dem Moment, und Jule wandte sich zur Tür um. Tatsächlich war ihre Freundin gerade durch die Schiebetür getreten und versuchte nun ebenso wie sie vorhin, ihre nassen Sachen loszuwerden, ohne dabei im ganzen Eingangsbereich eine Sintflut zu verursachen.

Lasse sprang auf und half ihr mit dem Regenmantel. Jule fragte sich unwillkürlich, ob er das auch bei ihr gemacht hätte, wenn er ein paar Minuten früher an den Empfang gekommen wäre.

»*Hej!*«, grüßte Malin ein wenig gehetzt. »Sorry, dass du warten musstest.«

»Kein Problem«, wehrte Jule auf dem Weg zur Umkleide mit einem Lächeln ab. »Die Gesellschaft war diesmal gar nicht so übel.«

Malin riss überrascht die Augen auf. »Redest du etwa von Lasse? Was ist denn neuerdings in euch beide gefahren?«

»Ach, ich habe nur über das nachgedacht, was Sven am Sonntag gesagt hat«, erklärte Jule. »Dass Lasse sich auch seltsam verhält.«

114

»Und jetzt ergibt ›seltsam‹ plus ›seltsam‹ auf einmal ›normal‹?«
Malin warf ihr einen skeptischen Blick zu.

»Na ja, vielleicht nicht direkt ›normal‹«, widersprach Jule. »Aber irgendwie hilft es zu wissen, dass er auch nicht weiß, wie er mit mir umgehen soll. Deshalb habe ich mir vorgenommen, nicht gleich bei jedem blöden Spruch an die Decke zu gehen.«

Malin hielt die Garderobentür für Jule auf und stellte fest: »Das ist ein wirklich guter Vorsatz.«

27. Mai

Obwohl Jule ein paar Minuten zu früh dran war, erwartete Björn sie am Mittwochabend bereits vor dem kleinen Lokal in der Altstadt.

Um nicht den Eindruck zu erwecken, sie würde diese Verabredung als Date sehen, hatte sie sich extra für ein nicht allzu weibliches Styling entschieden. Sie trug Jeans, eine lässige Bluse, darüber eine Strickweste und dazu ihre Lieblingsboots. Die Haare hatte sie sicherheitshalber auch heute zu einem lockeren Knoten gebunden. Seit sie sich am Vortag dabei ertappt hatte, wie sie vor Lasse mit den Haaren gespielt hatte, machte sie sich Sorgen, ihr Körper könnte auch heute Signale aussenden, die sie gar nicht so meinte.

Jule begrüßte Björn mit einem Küsschen auf jede Wange und horchte auch diesmal in sich hinein, ob sich nicht vielleicht doch noch ein Schmetterling meldete. Aber es blieb dabei: Björn weckte einfach keinerlei romantische Gefühle in ihr.

Sie ließen sich ihren Tisch zeigen, gaben die Getränkebestellung auf, studierten die Speisekarten und tauschten sich über ihre Vorlieben beim Essen aus. Während dieser ersten gemeinsamen Minuten war Jule davon überzeugt, dass Björn mit genau den gleichen Erwartungen in diese Verabredung gegangen war wie sie. Nachdem sie ihre Bestellung aufgegeben hatten, stießen sie miteinander auf einen gemütlichen Abend an.

»Ich weiß, ich wiederhole mich«, sagte Björn dann, »aber noch einmal danke für deine Hilfe. Du hast mich gerettet, und nur mit einem Essen kann ich das nicht gutmachen.«

Er griff in seine Jackentasche und schob eine kleine Schmuckschachtel zu Jule herüber. Der rutschte beinahe das Herz in die Hose.

»Was ist das?«, fragte sie alarmiert.

»Nur eine Kleinigkeit«, versicherte er schnell. »Die Verpackung sieht nach mehr aus, als es ist.«

»Aber … wieso willst du mir etwas schenken?« Jule hatte echte Angst, dass er ihr gleich seine Gefühle für sie gestehen würde.

Doch zu ihrer Erleichterung berichtete er: »Mein Stiefvater war im Vorfeld dieser Party alles andere als begeistert von der Idee, hat sich aber trotzdem von Mama dazu breitschlagen lassen. Er war sich absolut sicher, dass bei der Aktion irgendwas richtig schiefgehen würde.«

Björn verzog das Gesicht für einen Moment zu einer Grimasse, als wollte er ihm damit zugestehen, dass er ja eigentlich recht behalten hatte. »Der Polizeieinsatz war für ihn zuerst die Bestätigung, dass man mir einfach nicht vertrauen kann. Aber als sie heimgekommen sind, war er ziemlich überrascht, das Haus in einem annehmbaren Zustand vorzufinden. Dann hat er anscheinend noch mit den Nachbarn gesprochen, und von denen haben alle gemeint, sie hätten sich höchstens von den vielen parkenden Autos gestört gefühlt. Logischerweise konnte er niemanden finden, der ihm den Grund für den Polizeieinsatz verraten konnte. Deshalb hielt er es am Ende für nötig, sich bei mir zu entschuldigen, weil er mir nicht zugetraut hatte, eine Party zu schmeißen, ohne dabei große Schäden zu verursachen. Also, bis auf die zerbrochenen Gläser, aber die hätten ihm auch kaputt gehen können. Jedenfalls zeigt er seine Anerkennung üblicherweise durch Geld. Und da dachte ich, ich kaufe dir was Hübsches davon. Hat übrigens meine kleine Schwester ausgesucht.«

Nun war Jules Neugierde doch geweckt, und sie beschloss, ihm diese Geschichte einfach mal zu glauben. Sie wusste bisher nicht viel über seine Familienverhältnisse. Als sie miteinander Kaffee getrunken hatten, hatte er nur kurz erwähnt, dass er neben dem Studium zu arbeiten begonnen hatte, um finanziell von seinem Stiefvater zumindest ein wenig unabhängiger zu sein. Er wohnte aber immer noch zu Hause, um sich die teure Miete für eine eigene Wohnung zu sparen.

Jule klappte die Schmuckschachtel auf und nahm das hellblaue Seidenarmband mit dem silbernen Papierschiff-Anhänger heraus.

»Ich fand die Wahl ganz passend«, erklärte er. »Immerhin hast du mitgeholfen, dass das Boot nicht gesunken ist. Im wörtlichen und im übertragenen Sinn.« Er zwinkerte ihr verschwörerisch zu.

»Danke, das ist wirklich schön.« Jule war froh, dass sie an dem Geschenk keinerlei Zweideutigkeit erkennen konnte.

Da sagte Björn: »Meine Schwester glaubt, ich habe das für dich gekauft, weil ich in dich verliebt bin.«

Sie hob erschrocken den Kopf, doch zu ihrer Erleichterung sprach er unbeirrt weiter:

»War nicht einfach, einer Zwölfjährigen zu erklären, dass es damit absolut nichts zu tun hat. Wenn ich ihr die Wahrheit gesagt hätte, hätte sie mich vielleicht noch verpetzt.«

»Sie liegt doch falsch?«, hakte Jule sicherheitshalber nach.

»Ist zwar nicht sehr schmeichelhaft, dass du gerade ausschaust, als hättest du wirklich Angst vor einer Liebeserklärung von mir«, bemerkte Björn lachend, »aber ja, sie liegt falsch.«

»Tut mir leid«, murmelte sie, obwohl sie wirklich Mühe hatte, ein erleichtertes Seufzen zu unterdrücken. »Ich habe nur befürchtet, du könntest dir irgendwelche falschen Hoffnungen machen. Ich meine, ich mag dich wirklich total gern, aber nur auf einer rein platonischen Ebene.«

»Gut, ich dich nämlich auch. Beides. Gern haben und rein platonisch.«

Jule sah ihm direkt in die Augen, um herauszufinden, ob die etwas anderes behaupteten, aber nichts an seiner Haltung oder seinem Gesichtsausdruck ließ Zweifel an dem Gesagten aufkommen. Das trug erheblich zu ihrer Entspannung bei.

»Okay, dann nehme ich dieses rein platonische Geschenk sehr gerne an. Auch wenn du damit meine Pläne durchkreuzt hast.«

»Welche Pläne?«, wollte er wissen.

»Eigentlich wollte ich dich quasi erpressen. Nein, ›erpressen‹ ist das falsche Wort. Mehr einen Gefallen erzwingen.«

»Du könntest mich natürlich einfach um einen Gefallen bitten«, schlug er schmunzelnd vor. »Ich stehe wegen der Party so tief in deiner Schuld, da darf zu Essen und Armband noch gern etwas dazukommen.«

»Findest du? Na dann …« Aber sie zögerte, ihre Bitte auszusprechen. Vermutlich lag es daran, dass sie sich noch immer nicht ganz sicher war, ob das, was sie vorhatte, wirklich eine gute Idee war. Andererseits war Björn nur ein Teil von Schritt eins. In Schritt zwei konnte sie immer noch entscheiden, ob sie das Ganze durchziehen sollte oder nicht.

»Es geht um den Typen vom Walpurgisnacht-Fest«, begann sie vorsichtig.

»Lasse.«

»Ja, genau.«

»Also bist du ihn nicht losgeworden?«

»So einfach ist das nicht«, erklärte sie. »Er ist nun mal der beste Freund des Freundes meiner besten Freundin. Wir treffen uns regelmäßig, ob wir das wollen oder nicht. Und es ist ja eigentlich auch okay. Ich will nur sicherstellen, dass er sich keine Hoffnungen macht.«

»Also weder er noch ich? Wenigstens bin ich nicht der Einzige, den du verschmähst.« Wieder nahm er der Aussage mit einem Zwinkern den Ernst.

Trotzdem ruderte Jule sofort zurück. »Das war eine blöde Formulierung. Bei ihm geht es um etwas ganz anderes als bei dir. Seit er die Fotos von der Party gesehen hat, hat sich unser Verhältnis irgendwie beruhigt. Also zumindest glaube ich, dass die Fotos etwas dazu beigetragen haben. Es ist auch irgendwie …« Sie brach kurz ab, dann fügte sie seufzend hinzu: »Ach, es ist kompliziert.«

»Das ist mir noch gar nicht aufgefallen«, neckte Björn sie, doch dann wollte er wissen: »Also, was genau willst du von mir?«

»Ich würde gern mit dir Fotos machen. Ganz harmlose natürlich. So wie die nach der Party. In verschiedenen Situationen. Damit ich immer wieder etwas in meinen Status posten kann. Um den Schein zu wahren.« Jule war sich nicht sicher, ob ihre Aneinanderreihung von Halbsätzen Björn das Vorhaben wirklich erklärte, aber immerhin nickte er und sah aus, als würde er sich den Vorschlag durch den Kopf gehen lassen.

»Okay, ich bin dabei – unter einer Bedingung«, verkündete er schließlich.

»Und zwar? Keine Nacktfotos? Ich sagte doch schon, ganz harmlos.«

»Ha, ha. Ja, das wäre dann die zweite Bedingung. Aber was ich eigentlich sagen wollte: Du postest die Bilder nur in deinem Messenger-Status, nicht in den sozialen Medien! Ich will nicht, dass mir die Aktion eventuell Chancen bei anderen Mädels verbaut, weil die glauben, ich wäre schon vergeben.«

Das klang in Jules Ohren fair. Außerdem wusste sie nicht einmal, ob Lasse in irgendwelchen sozialen Medien vertreten war. Sie hatte trotz intensiver Suche noch kein Profil gefunden, das sie ihm zuordnen konnte. Wenn er eines hatte, benutzte er einen anderen Namen und ein Foto, auf dem er nicht zu erkennen war. Die Bilder auf Instagram oder Facebook zu posten brachte also keinerlei Mehrwert.

»Okay, das ist kein Problem«, versicherte sie Björn.

»Gut, dann können wir von mir aus gleich anfangen. Ein Selfie von unserem Candle-Light-Dinner?«

Jule sah sich um. Auch wenn das hier kein echtes Date war, konnte ihre Umgebung den Eindruck erwecken, es wäre eines. Ein kleines Lokal, das durchaus Romantik ausstrahlte, Kerzenlicht und dazu zwei liebevoll angerichtete Speisen, die der Kellner soeben servierte. Björn hatte recht, das Setting war perfekt.

Er wartete auch gar nicht lange auf ihre Zustimmung, sondern rückte an sie heran und legte den Arm um sie. Jule zog ihr Smartphone hervor und richtete die Kamera auf sie beide. Gerade, als sie auf den Auslöser drückte, gab Björn ihr einen schnellen Kuss auf die Wange.

»Hey, das war nicht ausgemacht«, protestierte sie, obwohl das Foto ein Volltreffer geworden war.

»Schadet aber auch nicht«, erwiderte er grinsend und rückte seinen Stuhl wieder zurecht. »Na dann, *smaklig måltid!*« Und ohne weitere Umschweife widmete er sich seinem Elchsteak.

29. Mai

»Dir ist schon bewusst, dass das hier verdammt nach einem Doppeldate ausschaut?« Am Freitagabend saß Jule in Malins Küche auf der breiten Fensterbank und sah ihr dabei zu, wie sie den Braten mit Saft übergoss, ehe sie ihn noch einmal zurück in den Ofen schob. Sie hatte sich in den Kopf gesetzt, dieses neue Rezept auszuprobieren. Weil sie zu zweit tagelang daran essen würden, hatte sie ihre Freunde zu Versuchskaninchen erklärt.

»Ich schwöre, ich habe versucht, auch Ruben und Jana einzuladen«, behauptete Malin und hob dabei die rechte Hand samt Topfhandschuh und Schöpflöffel zum Schwur. »Aber die hatten beide schon etwas vor.«

Was ihren Bruder betraf, wusste Jule, dass das stimmte. Er hatte schon seit Monaten Konzertkarten für diesen Abend. Bei Jana war sie sich dagegen nicht so sicher, ob Malin sie wirklich gefragt hatte. Sie wurde den Verdacht nicht los, dass ihre Freundin die gute Stimmung, die am Dienstag zwischen Lasse und ihr geherrscht hatte, ausnutzen wollte, um ihren romantischen Plänen doch noch eine Chance zu geben.

»Ich hätte auch Björn mitbringen können«, bemerkte Jule deshalb mit vielsagendem Unterton.

»Ich dachte, zwischen euch läuft nichts«, entgegnete Malin unbeeindruckt.

»Vielleicht ja doch.«

Nun sah Malin Jule vorwurfsvoll an. »Kannst du dich bitte mal entscheiden?«

Als wäre das eine Sache, die man einfach im Kopf entscheiden konnte. Wäre das möglich, dann hätte sie längst dafür gesorgt, dass Björn Schmetterlinge in ihrem Bauch verursachte. Ihr Date, das keines gewesen war, hatte ihr wieder gezeigt, wie angenehm es war, sich in der Gesellschaft eines Mannes rundum wohlzufühlen. Jemanden wie ihn wollte sie gerne regelmäßig um sich haben. Bei ihm fühlte sie sich so ganz anders als in Lasses Gegenwart, in der sie sich wie bei einer Achterbahnfahrt vorkam. Jule liebte Achterbahnen zwar, aber im richtigen Leben wollte sie nicht ständig abrupt die Richtung wechseln, sondern die Kontrolle darüber bewahren, wo es langgehen sollte.

»Offiziell sind wir zusammen«, hielt sie entschlossen fest. »Also Lasse-offiziell.«

»Ja, schon klar«, versicherte Malin. »Ich frage mich nur langsam, ob du eigentlich selbst weißt, was du willst.«

Zögernd beobachtete Jule ihre Freundin dabei, wie sie am Herd hantierte. »Nicht wirklich, ehrlich gesagt«, gab sie endlich zu.

Malin zog die Topfhandschuhe aus, legte sie zur Seite und wandte sich ganz ihr zu. »Willst du drüber reden?«

Jule nickte und sagte: »Nein.«

»Ja, du bist dir derzeit eindeutig total im Klaren darüber, was du willst«, lachte Malin.

Stöhnend zog Jule die Knie an und versteckte das Gesicht dahinter. »Ich weiß schon ganz genau, was ich will«, murmelte sie in ihre Oberschenkel hinein.

»Und zwar?«

»Dass die Sache mit den Männern und der Liebe einfach ist?« Ihr war völlig klar, dass das ein absolut unrealistischer Wunsch war, deshalb kam er auch wie eine Frage aus ihrem Mund.

Malin sah sie nachdenklich an. »Hast du mir nicht vor ein paar Monaten erklärt, dass ich das alles mit Sven komplizierter gemacht habe, als es eigentlich hätte sein müssen?«

»Kann sein?« Es klang in Jules Ohren zumindest wie etwas, das sie Malin in einer schwierigen Situation raten würde. Ihre weisen Ratschläge in ihrem eigenen Leben umzusetzen erwies sich jedoch meistens als viel mühsamer als die Theorie.

»Du machst dir gerade auch hauptsächlich selbst das Leben schwer.« Malin quetschte sich neben Jule auf die Fensterbank. »Hör mal, wenn du mit jemandem darüber reden willst, was wirklich zwischen dir und Lasse vorgefallen ist, das so furchtbar war, dass ihr offenbar beide nicht wirklich damit umgehen könnt – du weißt, ich bin immer für dich da.«

»Das Date war nicht furchtbar«, widersprach Jule. »Wir hatten nur beide nicht damit gerechnet, uns danach noch einmal wiederzusehen.«

»Aber Lasse wollte dich doch dann noch einmal treffen?«, hakte Malin nach.

Sie nickte. »Ja. Also er wollte zumindest wegen irgendwas mit mir reden. Aber das habe ich zuerst ignoriert und ihn dann blockiert.«

»Wäre vielleicht besser gewesen, gleich damals mit ihm zu sprechen«, meinte Malin.

»Ja, vielleicht. Dann wäre zumindest der Schock nicht so groß gewesen, als Sven ihn mir vorgestellt hat, und ich hätte mir keinen Fake-Freund organisiert. Und dann würde ich Björn nicht kennen und mich nicht dauernd fragen, warum ich mich eigentlich nicht einfach in einen netten Typen wie ihn verlieben kann. Oder überhaupt mal richtig verlieben. Ich weiß doch nicht einmal genau, wie sich das anfühlt. Bis jetzt war es nicht wichtig. Ich wollte Spaß haben. Dafür war es ausreichend, mich körperlich zu einem Mann hingezogen zu fühlen.«

»Und jetzt bist du endlich zur Erkenntnis gekommen, dass eine richtige Beziehung doch etwas Erstrebenswertes wäre?« Malin grinste triumphierend.

»Ich hatte nie vor, mein ganzes Leben lang nur lockere Affären zu haben«, stellte Jule klar. »Und wenn ich dich und Sven jetzt so sehe … und Magnus und Dilara … Irgendwie wäre es wohl schon schön, auch so einen Menschen zu haben.«

»So sentimental kenne ich dich ja gar nicht.« Malin stupste Jule schmunzelnd mit dem Ellbogen gegen die Knie.

Jule verdrehte die Augen. »Diese Anwandlungen sind mir an mir selbst auch total neu. Du hast einen schlechten Einfluss auf mich.«

»Oder einen guten.«

Sie seufzte. »Tja, wie man's nimmt. Im Moment bringt mich das alles jedenfalls total durcheinander. Und Lasse macht es nicht gerade besser.«

»Hey, mal ganz ehrlich: Magst du ihn?«, wollte Malin wissen.

Jule zuckte hilflos mit den Schultern. »Am Dienstag war er richtig nett. Wir haben nur über Sport geredet, trotzdem war das irgendwie ein gutes Gespräch. Er hat ehrlich interessiert gewirkt. Aber wie lange war das? Drei Minuten?«

»Heute hättest du die Chance auf mehr als drei Minuten netter Lasse. Wenn die zwei endlich mal auftauchen.« Sie warf einen ungeduldigen Blick auf die Uhr über der Tür. Diesmal war Sven am Freitag nach der Arbeit ins Fitnessstudio gefahren, und der Plan lautete, danach zusammen mit Lasse herzukommen. Die Mädels hatten ihr zweites Training in dieser Woche schon am Vortag absolviert – offiziell wegen Malins Einladung zum Essen für heute Abend.

In Wahrheit hatte Jule ihre Freundin dazu überredet, weil Lasse am Donnerstag angeblich nicht im Studio war. Ein Teil von ihr – ein ziemlich großer Teil – hielt es immer noch für die beste Idee, ihm möglichst aus dem Weg zu gehen. Doch in den letzten Tagen merkte sie, dass ihr Widerstand gegen eine Freundschaft mit ihm zu bröckeln angefangen hatte. Dank Sven hatte sie eingesehen, dass sie beide im selben Boot saßen und mit den gleichen Erinnerungen zu kämpfen hatten.

Verdammt, wahrscheinlich wäre darüber zu reden wirklich die beste – vielleicht auch einzige – Lösung. Aber Jule fühlte sich dazu einfach nicht bereit. Genauso wenig wusste sie, ob sie bereit dafür war, einen ganzen Abend in der Gesellschaft des »netten Lasse« zu verbringen.

»Gib ihm eine Chance!«, bat Malin. »Ich habe wirklich nicht vor, euch beide miteinander zu verkuppeln. Aber es würde mir sehr, sehr viel bedeuten, wenn ihr bereit wärt, eure Probleme zu überwinden – uns zuliebe.« Sie lächelte Jule an.

»Lass das!«, verlangte die.

»Was?«

»Dieses unwiderstehliche, süße Lächeln da. Wenn du mich so anschaust, kann ich dir doch nie etwas abschlagen.«

»Das mache ich doch gar nicht absichtlich!«, behauptete Malin, und Jule wusste genau, dass das stimmte. Es änderte aber gar nichts daran, dass Malin einfach einer der wichtigsten Menschen in ihrem

Leben war und sie für diese Freundschaft bereit war, alles zu tun. Nur bei dieser einen Sache war sie sich nicht sicher, ob sie es konnte.

In dem Moment verrieten Geräusche aus dem Vorzimmer, dass die Männer endlich da waren.

»Wurde ja auch Zeit«, murmelte Malin und stand auf, um noch einmal nach dem Essen zu sehen. Jule blieb sitzen und wartete mit Bauchweh darauf, dass die zwei die Küche betraten.

Svens Begrüßung ließ ihr Herz für einen Moment leichter werden. Er war wie Björn, in seiner Gesellschaft fühlte sie sich total wohl. Von seinem besten Freund konnte sie das jedoch ganz und gar nicht behaupten.

Nachdem er bei ihren letzten Begegnungen Trainingskleidung getragen hatte, in der er zweifelsohne einen heißen Anblick bot – was bestimmt Teil seines Marketingkonzeptes war –, war Jule eigentlich der Meinung gewesen, sich schon an seinen sexy Körper gewöhnt zu haben. Ja, sie genoss es, das Spiel seiner Armmuskulatur zu beobachten, wenn sie eine Gelegenheit dazu hatte. Aber das lag nicht an ihm persönlich. Aus irgendwelchen Gründen fand sie muskulöse Männerarme total sexy, viel mehr noch als einen Waschbrettbauch oder einen knackigen Hintern.

Deshalb war sie im ersten Moment erleichtert, dass Lasse an diesem Abend zur Jeans einen bequemen Hoodie trug, der seine Arme verdeckte. In gemütlicher Straßenkleidung verlor er bestimmt ganz schnell seine Anziehungskraft.

Doch diese Überzeugung hielt nur einen Augenblick an. Jule hob den Kopf, um ihm bei der Begrüßung ins Gesicht zu sehen, und musste sich eingestehen, dass ein ganz anderer Muskel ihr viel größere Schwierigkeiten bereitete als die seiner durchtrainierten Arme.

Lasse strich sich etwas verlegen eine vom Duschen noch feuchte Haarsträhne hinters Ohr und lächelte sie an. Ein blöder kleiner Gesichtsmuskel genügte, um in ihrem Bauch ein Kribbeln auszulösen, das Jule plötzlich gar nicht mehr harmlos vorkam. Etwas hatte sich verändert, aber sie konnte nicht einordnen, was es war.

»Hej!«, sagte er, ohne näher zu kommen, und dafür war Jule in dem Moment unendlich dankbar. Sie wollte gar nicht wissen, welche Reaktionen ihrem Körper noch einfielen, wenn ihr der Geruch seines Duschgels in die Nase stieg oder seine unrasierten Wangen ihre bei einem Begrüßungskuss streiften.

»*Hej!*«, erwiderte auch sie und lächelte unsicher zurück.

Er zögerte kurz, dann machte er doch ein paar Schritte auf sie zu, blieb aber beim Esstisch stehen und lehnte sich mit der Rückseite der Oberschenkel an die Kante. Sven half Malin mit den letzten Vorbereitungen, sodass es vorläufig an ihnen lag, ob sie sich verlegen anschwiegen oder es mit einem Gespräch versuchten.

»Du hast also herausgefunden, wie du mir beim Training aus dem Weg gehen kannst«, stellte er ein wenig provokant, aber immer noch lächelnd fest.

Jule konnte ihm vor lauter Verwirrung nicht folgen.

»Donnerstag«, erklärte er. »Ich habe in den Logfiles gesehen, dass ihr den Trainingstag gewechselt habt.«

»Ja, wegen heute«, entgegnete Jule. »Sonst hatten wir keinen Grund.« Also jedenfalls Malin nicht.

Als hätte er ihre Gedanken gelesen, bemerkte er schmunzelnd: »Malin zumindest nicht.«

Jule wurde rot, doch gleichzeitig regte sich ihr schlagfertiges Ich. »Ich muss allerdings zugeben, dass das Training gleich viel mehr Spaß macht, wenn einem nicht dauernd gesagt wird, dass man Bingo-Wings bekommt, wenn man es nicht ordentlich macht.«

»Von Bingo-Wings bist du noch weit entfernt«, versicherte Lasse, und dabei umspielte ein amüsiertes Lächeln seine Mundwinkel.

»Meinst du? Dieser unmögliche Trainer hat etwas anderes behauptet.«

»Dieser unmögliche Trainer wollte bestimmt nur witzig sein«, beteuerte er.

»Nun ja, Malin hat noch tagelang darüber gelacht.«

»Dann versteht wenigstens sie seinen Humor.«

Darauf wusste Jule keine Antwort mehr, denn eigentlich mochte sie diese Art von Humor doch auch. An dem Tag war sie nur eindeutig nicht in der Stimmung für Spitzen gewesen, die sich gegen sie richteten.

Malin rettete sie mit der Aufforderung: »Ihr könnt euch schon hinsetzen! Essen ist gleich fertig.«

Jule überließ Lasse die Platzwahl, war aber sehr erleichtert, dass er sich für einen der Stühle entschied. Somit konnte sie sich neben Malin auf die Bank setzen, die Sven so geplant hatte, dass die Kochinsel gleichzeitig als Rückenlehne diente. Er hatte bei der Gestaltung viel Geschick bewiesen, um jeden Quadratmeter des Raumes optimal zu nutzen. Wichtiger war für Jule in dem Moment jedoch, dass dadurch Platz für einen relativ breiten Tisch geblieben war und sie von Lasse Abstand halten konnte, ohne dass es allzu offensichtlich war. Sie zog die Beine an, um ja nicht aus Versehen gegen seine zu stoßen.

»Als Sven dich kennengelernt hat, hat er ja behauptet, an dir wäre alles toll, nur nicht deine Kochkünste«, bemerkte Lasse an Malin gewandt, als die das Essen servierte. »Bis jetzt kann ich mich ihm da nicht ganz anschließen.«

»Also findest du nur meine Kochkünste toll, alles andere nicht«, erwiderte sie bemüht ernst.

»Ja, genau, langweilig, humorlos, zickig, unsportlich«, bestätigte er nüchtern. »Aber kochen kannst du.«

»Na, hoffentlich sagst du das auch noch, wenn du das gekostet hast«, meinte Malin dazu kichernd.

»Schlimmer als die verkohlte Fertigpizza kann es kaum sein«, brummte Sven mit gespieltem Ernst und bediente sich an dem Braten.

»Daran war bestimmt dieser Ofen aus dem vorigen Jahrtausend schuld, der früher hier stand«, mischte Jule sich ein und wunderte sich ein wenig darüber, wie leicht ihr das fiel. Vor ein paar Minuten hatte sie noch befürchtet, den ganzen Abend lang kein Wort herauszubringen, weil sie Lasses Anwesenheit so aus dem Konzept brachte.

»Was so eine neue Küche alles bewirken kann«, stimmte Malin ihr zu. »Ich hätte nie im Leben gedacht, dass mir Kochen einmal so viel Spaß machen würde. Und dann hat es auch noch die angenehme Nebenwirkung, dass Mama und ich auf einmal ein gemeinsames Hobby haben. Das hier war wirklich die beste Investition meines Lebens.«

»Ein Glück, dass du diese coole Freundin hast, die dir das Geld dafür geliehen hat«, antwortete Jule darauf. »Hast du deine Schulden bei mir eigentlich schon bezahlt? Samt allen Zinsen?«

»Moment, Zinsen waren keine ausgemacht!«, empörte Malin sich.

»Nicht? Ich dachte, ich hätte was von vierunddreißig Prozent in den Vertrag geschrieben.« So ein Vertrag existierte selbstverständlich gar nicht. Malin und Jule vertrauten einander absolut und hatten auch bei Geldsummen in der Größenordnung, dass man davon eine neue Küche finanzieren konnte, keine schriftlichen Aufzeichnungen nötig.

Jetzt nahm Jule den ersten Bissen von ihrem herrlich duftenden Bratenstück in den Mund und ergänzte: »Aber wir können darüber reden, dass du die Zinsen durch solche Einladungen zum Essen abarbeitest.«

»Okay«, meinte Malin schulterzuckend.

»Pro Promille eine.«

Wieder sagte sie nur: »Okay.«

»Das macht ziemlich viele Essen.«

»Ich glaube, damit kann ich leben«, lachte Malin. »Dann ist wenigstens sichergestellt, dass der Kontakt zwischen uns niemals abbrechen kann. Auch wenn es dich mal nach Neuseeland oder so verschlägt, musst du regelmäßig zum Essen zu mir kommen.«

»Oder ich muss dich einfliegen lassen.«

»Auch nicht schlecht.«

In dem Ton ging es noch den ganzen Abend weiter. Jule entspannte sich zusehends, und mit der Zeit legte sie sogar ihre Unsicherheit Lasse gegenüber ein wenig ab. Wenn sie ignorierte, dass jedes Lächeln mehr Schmetterlinge in ihrem Bauch abheben ließ und dass diese Haarsträhne, die ihm dauernd ins Gesicht fiel, bei ihr das Bedürfnis weckte, sie zur Seite zu streichen – dann klappte der lockere Umgang mit ihm eigentlich ganz gut. Sie musste sich einfach darauf konzentrieren, dass er Svens Kumpel war und sie hier waren, um einen netten Abend mit ihren Freunden zu verbringen. Alles andere blendete sie aus, so gut es eben ging.

Gegen halb elf sah Lasse auf die Uhr und bemerkte: »Ich sollte langsam gehen. Morgen habe ich gleich in der Früh ein Probetraining.«

Jule nahm das zum Anlass, sich ebenfalls zu verabschieden.

Da bot er an: »Soll ich dich nach Hause bringen? Ich bin mit dem Auto da.«

Sie hielt inne und horchte in sich hinein. So angenehm der Abend gewesen war, schon die Vorstellung, neben ihm auf dem Beifahrersitz zu sitzen, jagte ihre Körpertemperatur in die Höhe. Sie fühlte sich noch nicht bereit dazu, mit ihm allein auf engem Raum zu sein. Diese Nähe würde möglicherweise Dinge hochbringen, die sie mühsam verdrängte.

»Ist das nicht ein ziemlicher Umweg für dich?«, entgegnete sie, weil sie die harmonische Stimmung nicht zerstören wollte, indem sie sein Angebot direkt ablehnte.

Er zuckte mit den Schultern. »Mit der U-Bahn kommst du wahrscheinlich auch nicht ganz einfach nach Bromma.«

»Doch, eigentlich schon. Höchstens einmal umsteigen. Und das auch nur, wenn ich zu faul dazu bin, ein Stück zu gehen.«

»Ganz wie du willst. Aber mir würde es keine Umstände machen.«

Jule zögerte immer noch.

Trau dich!

Der Anfeuerungsruf ihrer inneren Stimme kam überraschend. Hatte ihr die bisher nicht immer zur Flucht geraten?

»Okay«, sagte sie endlich. Im Augenwinkel sah sie, dass Malin und Sven sich überraschte Blicke zuwarfen. Jule wunderte sich mindestens genauso über ihre eigene Entscheidung.

Auf dem Weg zum Auto hielten sie einen Meter Sicherheitsabstand. Nachdem sie sich stundenlang bestens unterhalten hatten, waren beide nun sehr schweigsam. Lasse zeigte Jule, welcher sein Wagen war, indem er auf den Öffner drückte und die Scheinwerfer kurz aufblinken ließ. Hätte sie raten müssen, hätte sie aber auf den richtigen getippt. Die Fahrradhalterung am Heck des silbernen Kombis war ebenso ein eindeutiges Indiz wie das Logo seines Fitnessstudios, das auf den Seitentüren klebte.

Bevor sie einstieg, atmete Jule noch einmal tief durch. Sie war sich nach wie vor nicht ganz sicher, ob es eine gute Idee war, sich zusammen mit Lasse auf so engen Raum zu begeben. Nur mühsam vertrieb sie die Bilder vom letzten Mal, als sie nachts gemeinsam auf dem Heimweg gewesen waren.

Schweigend startete Lasse den Motor und parkte aus. Jule richtete den Blick aus dem Fenster und betrachtete die nächtlichen Straßen, die an ihnen vorbeizogen. Sie empfand Lasses Nähe nicht als unangenehm, dennoch lag eine seltsame Stimmung über allem. Erinnerungen schwebten unsichtbar über ihnen und schrien danach, dass einer von ihnen sich ein Herz fasste und sie ansprach. Doch Jule brachte es nicht fertig.

Kein einziges Wort fiel, bis Lasse das Auto vor der Einfahrt der Gärtnerei zum Stehen brachte.

Dann endlich sagte Jule: »Danke fürs Heimbringen. Und für den netten Abend. Das hat Spaß gemacht.«

»Da musst du dich bei Malin und Sven bedanken, es war doch ihre Einladung«, erwiderte er.

Jule nickte zustimmend und schwieg wieder. Sie überlegte, ob sie Lasse zum Abschied auf die Wangen küssen sollte. War sie bereit dafür, ihm so nahe zu kommen? Oder sollten sie besser nichts überstürzen und schnellstens auf Abstand gehen, bevor die Harmonie des Abends sie zu Dingen verleitete, die sie garantiert bereuen würden?

»Wieso hast du Björn eigentlich nicht mitgebracht?«

»Was?« Einen Moment lang sah sie Lasse verdattert an, bevor sie die Frage verstand und einordnen konnte.

Abstand. Offenbar hielt auch er das für eine gute Idee, wenn er aus heiterem Himmel ihren Freund erwähnte. Fake-Freund. Aber das wusste er ja nicht.

»Ach so, äh, der hatte schon etwas vor«, antwortete sie hektisch.

»Muss er schon wieder arbeiten?«

»Nein, nein«, versicherte sie und suchte rasch nach einer anderen Begründung. »Er ist auf dem Konzert. Mit meinem Bruder.«

Lasse reagierte überrascht. »Das hat Ruben gar nicht erwähnt, als wir darüber gesprochen haben.«

Verdammt.

Jule spürte, wie sie rot wurde, und hoffte, dass es dunkel genug war, um ihre Gesichtsfarbe vor Lasse zu verbergen.

»Sie hatten zufällig Karten für dasselbe Konzert«, behauptete sie. »Sie sind da auch erst ganz kurzfristig draufgekommen und haben dann beschlossen, gemeinsam hinzufahren.«

»Verstehe.«

»Er wollte sich melden, wenn es aus ist. Vielleicht kommt er dann noch vorbei.«

Was um alles in der Welt redete sie da? Sie sollte besser den Mund halten und endlich aussteigen.

Schnell griff sie zu der Schnalle und zog daran.

»Gute Nacht!«, sagte sie. »Und danke noch mal.« Sie stieg aus, doch als sie die Tür hinter sich schließen wollte, hielt Lasse sie zurück.

»Jule, warte!«

Sie stoppte mitten in der Bewegung und blickte ihn erwartungsvoll an.

Lasse beugte sich über den Beifahrersitz, um sie besser sehen zu können. »Ich muss dir noch etwas sagen.«

Ihr Herzschlag legte augenblicklich einen Gang zu, und ihr Fluchtinstinkt erwachte. Sie hatte den Satz vor einem Jahr weder hören noch lesen wollen, und auch jetzt wollte sie gar nicht wissen, was er ihr so dringend über dieses Date zu sagen hatte.

»Wegen neulich im Studio«, begann er, und sie entspannte sich etwas. Okay, mit »neulich« konnte sie umgehen.

»Ich wollte mich für diese Bemerkung entschuldigen«, fuhr er fort.

Jule wusste nicht gleich, wovon er sprach, doch dann fiel es ihr ein … »Beine breit machen« … Ja genau, dafür war definitiv eine Entschuldigung fällig.

Anscheinend sah sie immer noch verwirrt aus, denn er murmelte zerknirscht: »Du zwingst mich jetzt hoffentlich nicht, das zu wiederholen, damit du weißt, wovon ich rede?«

Sie schüttelte schnell den Kopf. Den Satz wollte sie ganz bestimmt nicht noch einmal hören.

»Das war total unpassend und chauvinistisch und abwertend

und sexistisch und was weiß ich noch alles. Ich weiß auch nicht, was mich in dem Moment geritten hat. Dass du dich an dem Gerät leichter tust, wenn du gar nicht erst so weit nach außen gehst, kann man eindeutig höflicher und weniger zweideutig rüberbringen, und ich hätte es absolut verdient gehabt, wenn du mir dafür die Augen ausgekratzt hättest. Zumindest hast du ausgesehen, als würdest du das gerne tun.«

»Das wollte ich auch«, gab sie ihm recht. »Aber du hast dir für die dämliche Meldung ja wirklich den besten Moment ausgesucht. Aus dem Ding kommt man unmöglich so schnell heraus, dass es sich noch lohnt, die Verfolgung aufzunehmen.«

Lasse schmunzelte. »Das heißt also, ich war auch noch so feige, das in einem Moment zu sagen, wo du dich gar nicht wehren konntest. Es tut mir ehrlich leid. Ich bin so eigentlich nicht. Es ist nur …«

»Ist schon gut«, unterbrach Jule ihn. Sie wollte nicht hören, dass ihm die Bemerkung herausgerutscht war, weil er ebenso ratlos wie sie gewesen war, wie sie miteinander umgehen sollten. Sie hatte das verstanden, als Sven angedeutet hatte, dass Lasse sich seltsam verhielt, und sie wollte nicht weiter darüber reden. »Du musst nicht die Hosen runterlassen«, sagte sie frech und schloss schwungvoll die Tür, um ihm die Chance auf eine Antwort zu nehmen. Dann beugte sie sich noch einmal vor und zeigte Lasse durch das Seitenfenster die Zunge, bevor sie sich umdrehte und wegging.

Nur Sekunden später gab ihr Handy einen Ton von sich. Sie holte es aus der Tasche und las die Nachricht mit dem Absender Lasse Bergström: *Der war gut.*

Unwillkürlich musste sie lachen und gleichzeitig Malin zugestehen, dass sie an dem Tag im Fitnessstudio recht gehabt hatte. Normalerweise hätte Jule sich von seinen Kommentaren nicht so aus dem Konzept bringen lassen. Normalerweise hätte ihr schon damals ein guter Konter einfallen müssen. Nur hatte zwischen Lasse und Jule von »normal« zu dem Zeitpunkt keine Rede gewesen sein können.

Aber jetzt irgendwie langsam schon. Und Jule gestand sich ein, dass sie das gut fand.

30. Mai

Steht unser Date noch?, schrieb Björn am nächsten Morgen.

Aber sicher doch. In einer Viertelstunde ist alles bereit.

Nachdem Jule ihre Antwort abgeschickt hatte, warf sie einen prüfenden Blick auf den Frühstückstisch. Sie musste noch die Eier kochen und das Gebäck aus dem Ofen holen, ansonsten war alles für einen Brunch mit Björn vorbereitet.

Es dauerte nur zwölf Minuten, bis er an ihre Tür klopfte.

»Es ist unhöflich, zu früh zu kommen«, bemerkte sie mit gespielter Strenge, machte aber einen Schritt zur Seite und ließ ihn herein. Sie begrüßten sich mit einer freundschaftlichen Umarmung, dann führte sie Björn in ihre Wohnküche.

»Wow, das ist ja wie in einem Restaurant«, stellte er fest, als er den sorgfältig gedeckten Tisch voller Köstlichkeiten sah. »Du musst mich doch eigentlich gar nicht bestechen.«

»Ja, aber es spricht doch auch nichts dagegen, dass wir zwei es uns ein bisschen gut gehen lassen, oder?«, erwiderte sie.

Dem hatte er nichts entgegenzusetzen, und sie nahmen Platz. Während sie aßen, besprachen sie ihre Pläne, denn Björn war an diesem Vormittag nicht ohne Grund hier. Sie hatten sich verabredet, um einige Fotos zu schießen. Nach dem gestrigen Abend war Jule sich zwar nicht mehr ganz sicher, ob sie die auch verwenden würde, doch die Aktion würde sicher lustig werden, daher hielt sie an ihrem Plan fest.

Die ersten Bilder entstanden gleich am Frühstückstisch, und trotz ihrer gemischten Gefühle postete Jule eines davon sofort. Ein Teil von ihr hielt es für richtig, dass Lasse glauben sollte, sie wäre in festen Händen. Und auch, wenn sich in ihrem Inneren langsam massive Zweifel an dieser Taktik bildeten, hatte dieser Teil aktuell noch die Oberhand.

Nach dem Essen half Björn ihr schnell beim Aufräumen, dann

gingen sie die eigentliche Fotosession an, für die Jule sich extra mehrere Outfits zurechtgelegt hatte. Björn hatte sich über das passende Styling weniger den Kopf zerbrochen und lediglich mehrere T-Shirts und einen Hoodie mitgebracht, um für Abwechslung zu sorgen. Sie machten Bilder auf der Terrasse, zwischen den Bäumen der Gärtnerei und auf der Couch – wobei sie durch Schließen der Rollos so taten, als wäre es bereits Abend. Zuletzt landeten sie in Jules Schlafzimmer.

»Hast du eine Idee?«, fragte sie Björn. »Also, außer so zu tun, als würden wir nackt unter der Decke liegen.«

Er grinste anzüglich. »Ach, blöd, das wollte ich gerade vorschlagen.« Nachdenklich machte er ein paar Schritte in den Raum hinein, drehte sich einmal im Kreis und suchte nach einem geeigneten Motiv. Auch Jule sah sich um und überlegte, was sie hier inszenieren konnten, ohne dass es wirkte, als würde sie Nach-dem-Sex-Bilder in ihren Status stellen. Als sie sich wieder zu Björn umdrehte, posierte der mit einer schwarzen Perücke auf dem Kopf vor dem Spiegel und schickte seinem Abbild Küsschen.

»Lass das!«, schimpfte sie und riss ihm die Perücke vom Kopf.

»Wofür brauchst du denn die?«, erkundigte er sich grinsend.

»Überbleibsel von einer Musical-Aufführung, bei der ich mal mitgemacht habe«, erklärte sie. »*Rocky Horror.*«

»Wer warst du?«, wollte er wissen.

»Magenta.«

»Warum ist die dann nicht lila?«, fragte er mit einem Nicken in Richtung Perücke, die Jule wieder sorgfältig auf dem Kopf der Vintage-Schaufensterbüste drapierte.

»Alles andere an mir war lila«, erklärte sie. »Die Haare wären der Overkill gewesen.«

»Warst du gut?«

Sie lachte. »Nein, ich glaube nicht. Jedenfalls habe ich meine Musical-Karriere danach gleich wieder beendet. Es war nicht ganz das, was ich mir vorgestellt hatte. Ich tanze lieber einfach nur so. Ohne Choreografie.«

»Mit Perücke?«

Darauf blieb sie ihm die Antwort schuldig. »Ich glaube, hier wird das nichts«, sagte sie stattdessen. »Vielleicht sollten wir uns noch irgendwo in der Umgebung eine Location suchen? Drüben im Naturreservat vielleicht?«

»Oder bei uns am Steg«, schlug Björn vor. »Wenn wir Glück haben, ist meine Familie schon fort. Die wollen einen Segelausflug unternehmen.«

»Willst du damit sagen, du hast das Haus heute ganz für dich allein, und wir machen hier in dieser kleinen Bude Fotos?«, empörte Jule sich gespielt. »Euer Grundstück wäre eindeutig die beeindruckendere Location.«

»Na, dann gehen wir rüber«, erwiderte er schulterzuckend.

Dafür brauchte sie keine zweite Aufforderung. Sie packte schnell einen Bikini und ein paar andere Accessoires, die sie vielleicht brauchen konnten, in ihren Rucksack, und schon machten sie sich auf den Weg. Vor der Brücke in Richtung Kärsö wollte sie in Björns Straße abbiegen, aber er hielt sie zurück.

»Lass uns zuerst auf die Brücke gehen«, schlug er vor. »Von dort aus sehen wir, ob das Boot noch am Steg liegt.«

Jule war einverstanden, und sie schlenderten plaudernd geradeaus weiter. Björn versuchte, ihr zu erklären, was genau an der App, an deren Entwicklung er mitarbeitete, so besonders und bahnbrechend war.

Obwohl Jule in dem Bereich sehr interessiert war, konnte sie nicht ganz nachvollziehen, was daran so viel besser sein sollte als an vergleichbaren Apps, die sie kannte. Außerdem war sie ein wenig abgelenkt, denn sie hatte sich gerade daran erinnert, dass Lasse ihr von einer Mountainbike-Strecke erzählt hatte, die über diese Brücke führte.

Tatsächlich waren auf der Fahrradspur auf der gegenüberliegenden Straßenseite mehrere Radfahrer unterwegs. Die meisten wirkten allerdings, als wollten sie bei Schloss Drottningholm ein Picknick machen.

»Du wirst es an der Akkuleistung merken«, schloss Björn schließlich. »Unser Algorithmus verbraucht viel weniger Strom.«

»Okay, das leuchtet mir ein«, erwiderte sie und blieb stehen. »Sehen wir euer Haus von hier aus schon?«

»Das Haus vielleicht nicht, aber den Steg, glaube ich. Da!« Er streckte die Hand aus, um ihr zu zeigen, welcher ihrer war. Jule spähte angestrengt in die Richtung, konnte jedoch keine bekannten Punkte erkennen. Da trat Björn hinter sie, legte die Hände an die Seiten ihres Kopfes und drehte ihn ein Stück nach links.

»Du bist falsch«, erklärte er dabei.

»Oh, stimmt, da ist die Sauna. Aber daneben liegen zwei Boote am Steg.« Sie drehte sich verwundert zu ihm um.

»Ja, sie treffen sich mit einer zweiten Familie. Offensichtlich sind sie noch nicht weg. Also wohin mit uns?«

Jule betrachtete ihre Umgebung. »Wir könnten auch gleich hier ein Foto machen.«

»Von mir aus. Häuser oder Natur im Hintergrund?«

»Natur.«

Sie stellten sich so hin, dass Kärsö die Kulisse bildete. Dieses Foto postete Jule wieder sofort und schrieb *Verdauungsspaziergang* darunter. Das erschien ihr im Anschluss an das Bild vom Brunch passend. Und immerhin sollte das alles möglichst echt wirken, wenn sie sich schon die Mühe machte, eine Beziehung mit Björn zu inszenieren.

Sie verbrachten noch den restlichen Vormittag miteinander. Zum Abschluss schossen sie ein paar Fotos auf dem Steg hinter Björns Haus, dann verabschiedete sich Jule, um zum Mittagessen mit ihrer Familie wieder zu Hause zu sein.

Da samstags meist alle Geschwister mit Partnern und Kindern bei den Eltern zu Gast waren, gestalteten sich diese Familienessen laut und mitunter turbulent. So war Jule froh, sich nach dem Kaffee in ihr Häuschen zurückziehen zu können. Ruben machte Anstalten, sie zu begleiten, wurde aber von ihrem Neffen am Gehen gehindert, weil der nicht aufhören wollte, den Onkel als Reittier zu benutzen.

Eigentlich hätte Jule sich gern auf ihre Terrasse gesetzt, doch dort war sie leicht aufzustöbern. Um im Haus zu bleiben, war der Tag zu schön. Deshalb schnappte sie sich ein Buch und schlich sich in den hinteren Teil der Gärtnerei, wo sie es sich auf einer alten Steinbank am Rand der Beerenplantage bequem machte. Für eine ganze Stunde versank sie in dem Liebesroman und litt mit der Protagonistin mit, die mit einem Schicksalsschlag nach dem anderen zu kämpfen hatte. Doch dann holte das Klingeln ihres Handys sie unsanft in die Realität zurück. Es war Malin.

»*Hej*, du!«, begrüßte Jule sie und musste gähnen. Das Lesen hatte sie richtig tiefenentspannt.

»Habe ich dich geweckt?«, wunderte Malin sich. »Oder bei sonst etwas gestört?«

»Ach, ich war nur gerade auf Gotland bei der Beerdigung von Lilians Großmutter.«

Ihre Freundin lachte. »Okay, alles klar. Hast du Zeit zu plaudern, oder willst du erst noch ein paar Tränen vergießen?«

Jule hätte ihr gern die Zunge gezeigt. Stattdessen fragte sie nur: »Was gibt's denn?«

»Also eigentlich wollte ich mich nur erkundigen, wie es gestern noch mit Lasse war. Aber dann habe ich die Bilder in deinem Status gesehen und bin verwirrt und würde gern wissen, wie es dazu gekommen ist.«

Jule setzte sich zuerst aufrecht hin und streckte ihr linkes Bein, das wegen ihrer Sitzhaltung eingeschlafen war. »Das ist aber ziemlich kompliziert«, behauptete sie.

»Aha?«

»Lasse hat mich vor der Gärtnerei abgesetzt, und Björn ist pünktlich zu unserer Verabredung zum Frühstück erschienen«, erklärte sie in einem Tonfall, als würde sie ihrer Freundin ein großes Geheimnis verraten.

»Das war's?«

»Was hast du denn erwartet?«

»Ich weiß nicht. Irgendwie schon etwas Spektakuläreres.«

»Was denn? Björn hat schon sehnsüchtig auf mich gewartet, als ich aus dem Auto ausgestiegen bin, war eifersüchtig auf Lasse, und die zwei haben sich eine Schlägerei geliefert, aus der Björn als Sieger hervorgegangen ist. Deshalb durfte er bei mir übernachten und hat am nächsten Morgen ein tolles Frühstück serviert bekommen und im Anschluss mit mir einen Spaziergang gemacht. So was?«

»Ja, das hätte eindeutig mehr hergemacht«, meinte Malin amüsiert. »Hey, aber mal ganz im Ernst: Wie war's mit Lasse? Habt ihr geredet? Vielleicht sogar eure Probleme geklärt?«

Jule schüttelte den Kopf, merkte dann erst, dass das übers Telefon wohl kaum als Antwort reichte, und sagte: »Nein. Also die Fahrt nach Hause war okay. Wir haben nicht geredet. Und schon gar nichts geklärt. Das heißt, bis auf eine winzig kleine Sache.«

»Aber der Abend war doch nett?«, fragte Malin vorsichtig.

»Ja, das war er.«

»Und ihr seid gut miteinander ausgekommen.«

»Ja, auch das.«

»Also besteht eine Chance, dass ihr über Ignorieren, Trotzreaktionen und das alles hinweg seid?«

»Ich habe jedenfalls nichts dagegen, öfter mal etwas mit ihm zu unternehmen, falls du darauf hinauswillst«, erklärte Jule.

Obwohl sie es nicht sehen konnte, war sie sich sicher, dass Malin über das ganze Gesicht strahlte. Sie beschloss, noch einen Schritt weiter zu gehen.

»Ich hätte da sogar eine Idee. Also eigentlich hat Lasse den Vorschlag gemacht. Geht aber erst, wenn du dich wieder traust zu klettern.«

»Darüber wollte ich auch mit dir reden«, unterbrach Malin sie zu ihrer großen Überraschung.

»Über das Klettern?«

»Ja. Ich dachte mir, irgendwann muss ich es ja wieder versuchen, sonst werde ich schließlich nie wissen, ob ich es kann oder nicht.«

»Ich bin ganz Ohr.« Jules Herz schlug vor lauter Vorfreude doppelt so schnell. »Woran hast du gedacht?«

»Erst mal ein bisschen Bouldern. Es ganz langsam angehen, eine leichte Wand. Eigentlich hatte ich an die Halle gedacht, aber bei dem Wetter wäre das eine Verschwendung von kostbaren Sonnenstunden.«

»Nackareservat?«, schlug Jule als Alternative vor.

»Ja, das wäre für den Anfang wahrscheinlich die beste Idee. Wenn ich merke, dass es nicht geht, können wir zur Hauptwand wechseln, und ich sichere dich. Das schaffe ich auf jeden Fall. Glaube ich zumindest. Und wenn gar nichts geht, können wir immer noch ein bisschen wandern oder so.«

»Lasse hat vorgeschlagen, er könnte im Nackareservat mit Sven eine Mountainbike-Tour machen, während wir klettern, und danach treffen wir uns alle«, sagte Jule nun.

»Wirklich? Das ist eine großartige Idee!«

»Ja, ich fand sie eigentlich auch gut.«

»Hey, ihr zwei scheint ja das Kriegsbeil wirklich begraben zu haben«, stellte Malin fest. »Oder was auch immer das eigentlich für ein Beil war.«

Jule widersprach nicht, obwohl sie wusste, dass die Sache zwischen Lasse und ihr keineswegs geklärt war. Sie befanden sich eher in einer Art Wartezustand, doch der fühlte sich für sie ganz okay an. Vielleicht würde es ihnen aus dieser positiven Stimmung heraus demnächst einmal gelingen, die unangenehmen Dinge anzusprechen und damit hoffentlich aus der Welt zu schaffen. Ohne zu reden, würde es nicht gehen, da machte Jule sich inzwischen nichts mehr vor.

»Dann könntest du ihm doch eigentlich mal die Wahrheit über dich und Björn sagen«, meinte Malin. »Anstatt ihm weiter etwas vorzuspielen. Diese Fotos gehen irgendwie doch zu weit.«

»Die Fotos lügen aber gar nicht«, widersprach Jule. Alle, die sie bisher gepostet hatte, waren ganz natürlich aus einer bestimmten Situation heraus entstanden. Die, die sie darüber hinaus auf ihrem Smartphone gespeichert hatte, waren es, die Lasse von etwas überzeugen sollten, das gar nicht echt war.

»Du bist ziemlich viel mit Björn zusammen«, bemerkte Malin.

»Was dagegen?«, entgegnete Jule trotzig.

»Nein, gar nicht«, versicherte sie schnell. »Wir haben bloß gestern gar nicht mehr über ihn geredet, als du dich beklagt hast, dass das mit den Männern und der Liebe so kompliziert ist. Liegt das auch an ihm?«

»Mit Björn ist alles total unkompliziert.«

»Aber?«

»Muss es ein ›Aber‹ geben?«

»Es klang nach einem«, meinte Malin.

»Aber«, Jule betonte das Wort extra, »wir sind nur Freunde. Und das ist für uns beide okay so.«

»Wenn du das sagst.«

»Mein einziges Problem mit Björn ist, dass ich durch ihn etwas erkannt habe«, präzisierte sie, genervt von Malins Skepsis. »Nämlich, dass man Gefühle nicht steuern kann. Denn wenn ich es mir aussuchen könnte, würde ich mich in Björn verlieben, weil ich mir vorstellen kann, dass das Abenteuer ›Beziehung‹ mit ihm richtig Spaß machen würde. Wenn ich schon anfange, solche ›Erwachsenendinge‹ auszuprobieren, dann würde ich mir gern aussuchen können, mit wem. Bei einem One-Night-Stand habe ich alles in der Hand. Aber wenn's um Liebe geht, muss man anscheinend nehmen, was man kriegt.«

»Oh Mann, wie du das formulierst, klingt Liebe wirklich furchtbar«, antwortete Malin. »Wenn es echte Liebe ist, dann stimmt das Gesamtpaket.«

»Du warst ziemlich lange in Adrian verliebt«, stellte Jule nüchtern fest und brachte damit ihre Freundin für längere Zeit zum Schweigen.

»Ja«, sagte sie schließlich nur.

»Bei ihm hat das Gesamtpaket nicht gestimmt, wie wir inzwischen wissen. Du warst aber trotzdem jahrelang davon überzeugt. Am Ende war's dann doch keine echte Liebe, sondern – was? Falsche? Halb echte? Unechte?«

»Mit diesem Zynismus tötest du Liebe jeglicher Art im Keim, so viel steht fest.«

»Vielleicht ist das auch das Beste.«

»Vielleicht hast du einfach Angst davor, die Kontrolle zu verlieren! Du sagst doch selbst, bei einem One-Night-Stand hast du alles in der Hand. Aber ein wesentlicher Bestandteil der Liebe ist das Fallenlassen und das Vertrauen darauf, dass man aufgefangen wird. Du steckst ja auch nicht einen Blumensamen in die Erde und trampelst dann gleich einmal fest darauf herum, damit er es mit dem Keimen möglichst schwer hat. Im Gegenteil, du achtest darauf, dass die Erde locker ist und dass er Licht bekommt und Wasser, und darüber hinaus vertraust du darauf, dass die Natur den Rest übernimmt und etwas Schönes daraus wächst. Mit der Liebe ist es nicht viel anders. Du kannst dich darauf einlassen und gewisse Dinge dazu beitragen, aber ansonsten musst du einfach Vertrauen haben, dass es gut werden kann.«

An dieser Blumen-Metapher war offenbar wirklich etwas dran, wenn auch Malin sie benutzte. Doch Jule gefiel sie heute gar nicht mehr so gut, denn in Malins Version wurde eine andere Sache deutlich als in ihrer eigenen: dass nämlich in der Liebe noch andere Faktoren zählten als nur der geeignete Boden und die Gunst der Elemente. Die Liebe mochte wie eine Pflanze sein, doch Liebende waren die Gärtner, die sich dazu entschlossen, einen Samen zu pflanzen und zu pflegen. Das bedeutete, sie verpflichtete sich dazu, die Verantwortung für das Pflänzchen Liebe zu übernehmen.

Jule wurde bewusst, dass es zu diesem Schritt vor allem Mut brauchte. Mut, den sie bisher nicht gehabt hatte. Genau deshalb war sie wie ein Schmetterling von Blüte zu Blüte geflattert, ohne sich darum zu kümmern, was aus ihnen wurde. Die Frage, die sie sich stellen musste, war wohl, ob sie so weitermachen wollte oder ob es in ihrem Leben nicht langsam an der Zeit für einen Rollenwechsel war.

»Bist du noch da?«, fragte Malin.

»Ja, ich denke nur über das nach, was du gerade gesagt hast«, erwiderte Jule. »Ich bin nicht sicher, ob ich für das alles gemacht bin. Ich meine, für dich war immer klar, du willst mal eine Familie, und dafür braucht es natürlich einen Mann. Also warst du von Anfang an auf der Suche nach einem, der für eine feste Beziehung infrage kommt. Für mich war das nie ein Faktor. Ich wollte einfach nur Spaß haben. Ich habe mir die Männer nie so genau angesehen – ob sie etwas für eine feste Partnerschaft wären, meine ich.«

Als wollte ihr das Universum etwas mitteilen, flatterten gleich zwei Schmetterlinge an Jule vorbei und lenkten sie für einige Sekunden ab. Sie folgte ihnen mit dem Blick, bis sie zwischen den blühenden Fliederbüschen verschwunden waren, dann sprach sie weiter.

»Ich habe gerade das Gefühl, wenn ich das, was du und Sven habt, auch mal haben will, muss ich an diese ganze Sache völlig anders herangehen. Denn bisher habe ich den Männern nie die Zeit gegeben, einen bleibenden Eindruck zu hinterlassen. Aber der scheint die Grundlage zu sein. Oder ich müsste an Liebe auf den ersten Blick glauben, und zwar an eine, die dich so umhaut, dass du sofort weißt: Der ist es!«

»Ich denke, die gibt es wirklich nur im Märchen«, meinte dazu selbst Malin, die doch sonst so romantisch veranlagt war.

»Also, angenommen, ich wäre der Ansicht, dass es mal Zeit für eine Beziehung wäre, wie würde ich das angehen?«, fragte Jule.

Malin überlegte einen Moment, dann antwortete sie spitz: »Wenn dich ein Typ nach einem Date noch mal sprechen will, seine Telefonnummer *nicht* zu blockieren, wäre ein Anfang.«

»Ha, ha«, machte Jule.

»Es müsste ja gar nicht Lasse sein«, lenkte ihre Freundin ein. »Aber wer weiß, was aus euch geworden wäre, wenn du dir am nächsten Tag angehört hättest, was er dir noch sagen wollte.«

»Ja, okay.« Jule wollte zwar nicht über ihr Date mit Lasse reden, doch sie verstand, was Malin damit meinte.

»Mit Björn scheinst du es richtig angegangen zu sein.«

»Glaubst du? Gefühlsmäßig tut sich da aber rein gar nichts.«

»Tja, ich sage auch nicht, dass gleich aus dem ersten Frosch, den du küsst, ein Prinz wird, nur weil du damit bis zum zweiten oder dritten Date wartest.«

»Aber du sagst, wenn ich mich so ziere wie du bei Sven, dann kann ich vielleicht auch schon ohne Kuss unterscheiden, ob ich einen Frosch oder einen Prinzen vor mir habe«, führte Jule den Gedanken fort. »Wenn es ohne Kuss nicht kribbelt, dann auch nicht mit.«

»Genau.«

»Hm.«

Beide verfielen wieder in Schweigen.

Jule wagte es nicht, die Gegenfrage zu stellen. Ob nämlich Kribbeln ganz ohne Küssen ein Zeichen dafür war, dass man dem Prinzen gegenüberstand.

31. Mai

Am Ende eines langen Telefonats hatten Malin und Jule beschlossen, das für den Sonntag angekündigte schöne Wetter gleich für einen Besuch im Nackareservat inklusive Testklettern auszunutzen. Sie machten Sven den Vorschlag mit der Mountainbike-Tour, und er war sofort Feuer und Flamme dafür. Doch die Umsetzung der Idee scheiterte an Lasse, der bereits Pläne für den Sonntag hatte. Daher entschieden sie, den Tag einfach zu dritt zu verbringen. Sven war ohnehin neugierig, wie es Malin bei ihren ersten Kletterversuchen ergehen würde. Außerdem bot er sich als Back-up an, falls ihr auch das Sichern Probleme bereitete.

»Wir wollen ja schließlich nicht, dass du auf deinen Spaß verzichten musst«, hatte er Jule erklärt, was sie furchtbar nett von ihm fand.

Sie trafen sich an der Station Slussen und nahmen den Bus zum Nackareservat. Es lag nur wenige Kilometer weiter südlich. Jule hatte beste Laune, weil sie sich so darauf freute, endlich wieder mit Malin klettern zu können, dass sie erst bei der Hälfte der Fahrt deren angespannten Gesichtsausdruck wahrnahm.

»Was ist mit dir?«, fragte sie besorgt. »Hast du Angst?«

Malin schüttelte nur den Kopf.

An ihrer Stelle antwortete Sven: »Sie ist sauer.«

»Auf mich?«, entgegnete Jule erschrocken. Sie war sich eigentlich keiner Schuld bewusst.

»Nein, wohl eher auf mich«, erklärte er seufzend. »Oder auf meine Mutter, je nachdem.«

Jule blickte irritiert von einem zum anderen. Malin presste weiterhin verbissen die Lippen aufeinander.

»Ich habe vorhin einen Anruf bekommen, dass ich nächstes Wochenende nach Griechenland fliegen soll«, fuhr er fort. »Offenbar ist meine Anwesenheit so entscheidend, dass sie den erstbesten Flug gebucht haben, ohne das vorher mit mir zu koordinieren. Für Samstag.«

»Und?« Jule verstand das Problem nicht ganz. Seit Malin mit Sven zusammen war, wusste sie, dass diese Situation jederzeit eintreten konnte. Aber vermutlich gefiel ihr nicht, dass er in Griechenland mit seiner Ex-Freundin zusammentreffen würde.

»Am Samstag ist Nationalfeiertag«, erinnerte Sven sie. »Und für den hatten wir eigentlich schon Pläne. Das habe ich allerdings für Malins Geschmack bei dem Telefonat nicht genügend betont. Sie sieht nicht ein, warum ich nicht erst am Sonntag fliegen kann, wenn ich am Montag gebraucht werde. Meine Mutter dachte wohl, sie tut mir etwas Gutes, wenn sie mir ein bisschen Zeit zum Ankommen einräumt.«

»Was für Pläne habt ihr für den Nationalfeiertag?«, erkundigte Jule sich, denn ihr fiel auf, dass sie noch niemand gefragt hatte, was sie machen wollte. Bei Schönwetter verbrachte die Familie Nilsson den Tag traditionell in der *Stuga*, ihrem Ferienhaus außerhalb von Stockholm, aber das war keine Verpflichtung. Wer Lust hatte, kam, und zu Mittag wurde gegrillt, und später gab es *Princesstårta* in den Farben der schwedischen Flagge.

»Ruben und Lasse hatten neulich die Idee, wir könnten den Tag in Gröna Lund verbringen«, sagte Malin endlich.

Jule reagierte skeptisch. »Ihr wollt am Nationalfeiertag in einen Vergnügungspark? Und ihr glaubt, dass ihr da die Einzigen seid?«

»Nein, uns ist schon klar, dass da eine Menge los sein wird«, versicherte Sven. »Es war nur der erste Termin, an dem wir alle Zeit hatten, und deshalb dachten wir uns, das würde doch ganz gut passen.«

Gerade als Jule anfing, sich wie auf der Ersatzbank zu fühlen, wandte er sich an Malin: »Wieso weiß Jule nichts von den Plänen? Wollte Ruben ihr nicht Bescheid geben?«

»Doch, eigentlich schon. Er hat es bestimmt nur vergessen«, meinte Malin und ergänzte direkt an Jule gerichtet: »Wir freuen uns natürlich, wenn du auch dabei bist. Also ich. Sven wird ja im Flieger sitzen, während wir mit der Achterbahn fahren.«

Sven verdrehte die Augen, und Jule beobachtete verwundert die ersten Wolken über dem Paradies. Bisher hatte zwischen den beiden immer eitel Wonne geherrscht.

»Ich habe schon mehrmals gesagt, ich versuche, den Flug auf Sonntag umzubuchen«, betonte er. »Bitte spar dir das Schmollen, bis wir definitiv wissen, dass das nicht klappt! Wir wollten uns doch eigentlich mit Jule einen schönen Tag machen. Lass dir das nicht vermiesen, weil wir unsere Pläne für kommenden Samstag ändern müssen.«

Malin warf ihm noch einmal einen betont grimmigen Blick zu, aber dann atmete sie tief durch und murmelte: »Du hast recht.« Schon im nächsten Moment lag auf ihren Lippen ein leichtes Lächeln, in ihren Augen sah Jule jedoch etwas anderes.

»Du hast sehr wohl Angst«, stellte sie fest.

»Ja, ein bisschen«, gab Malin nun doch zu.

Jule bemühte sich, ihr Mut zu machen. »Du bleibst einfach immer in der Nähe des Bodens, dann kann nicht viel passieren. Hör ganz genau auf die Signale deiner Schulter! Wenn es heute noch nicht klappt, dann eben das nächste Mal. Aber ich bin mir absolut sicher, dass du es irgendwann schaffen wirst. Denk an den Diamanten! Du bist stark, du kannst alles schaffen, was du dir vornimmst!«

»Hey, das war ganz schön viel Lasse in einer Jule-Rede«, neckte Malin sie schmunzelnd und gab ihr einen leichten Klaps auf ein Knie.

Jule konnte nicht verhindern, dass sie ein wenig rot wurde. Lasse hatte in den letzten Wochen eindeutig mehr Einfluss auf ihr Leben ausgeübt, als ihr lieb war.

Bis zu der Boulder-Wand war es ein kurzer Fußmarsch durch den Wald, den Jule sehr genoss. Sie liebte es einfach, sich in der Natur aufzuhalten, auch ganz ohne Felsen, die sie erklimmen konnte. Doch als sie endlich vor der Wand standen, verbesserte sich ihre Stimmung noch einmal deutlich. Es war so verdammt lange her, seit Malin und Jule zuletzt so einen Ausflug unternommen hatten, und dazwischen waren schreckliche Dinge geschehen. Obwohl Jule Malins erste Kletterversuche mit Argusaugen und einer gewissen Sorge überwachte, überwog an diesem Tag eindeutig die Freude darüber, dass die schlimmen Zeiten überstanden waren.

Malin kletterte vorsichtig, aber entschlossen. Sie hatte sich für den Anfang die leichteste Route ausgesucht, die nahe am Boden verlief und ihr kraftmäßig nicht allzu viel abverlangte. Als sie das Ende erreichte, stieß sie einen Freudenschrei aus, und Sven und Jule applaudierten begeistert.

Die Mädels wechselten sich beim Bouldern ab, bis Malins Kondition sie im Stich ließ. Jule fühlte sich gerade erst aufgewärmt, aber hatte Malin nicht ein ganzes Jahr pausiert? Obwohl sie in der Wintersaison faul geworden war, war sie deutlich fitter als ihre Freundin.

Sie packten ihre Sachen zusammen und wechselten zur Hauptwand, wo Malin es sich nicht nehmen ließ, Jule zu sichern. Sven hatte angeboten, das für sie zu übernehmen, aber Malin bestand darauf, dass das überhaupt kein Problem war. Ihre Schulter war in Ordnung, und ihr Mangel an Kondition stellte beim Sichern kein Hindernis dar.

Jule wählte eine Route aus, überprüfte noch einmal ihre Ausrüstung, und dann legte sie los. Bereits wenige Meter über dem Boden stellte sich der Kick ein, den das Klettern immer bei ihr auslöste. Sie war eins mit der Wand, sie spürte den Wind, der ihren erhitzten Körper kühlte, die Schweißtropfen, die Oberfläche der Felsen. Jeder einzelne Muskel kannte seine Aufgabe genau. Sie wusste, sie konnte sich darauf verlassen, dass ihre Finger sie hielten und ihre Füße Halt fanden.

Immer weiter arbeitete sie sich die steile Wand hinauf, ohne nach unten zu blicken. Wenn sie nicht gleich weiterwusste, rief Malin ihr vom Boden aus Kommandos oder Hinweise zu, manchmal mischte sich auch Sven ein. Jule fühlte sich rundum glücklich und zufrieden und hatte sogar fast so etwas wie Schmetterlinge im Bauch. Klettern war bisher ihre einzige große Liebe. Kein Mann hatte je dieses Glücksgefühl erzeugt.

Von ihren Gedanken abgelenkt, verpasste Jule genau beim Überhang den sicheren Griff, rutschte weg und sackte einen Meter in die Tiefe, bevor das Sicherungsseil ihren Fall bremste. Vom Boden hörte sie ein gequältes »Autsch!«.

Jule machte sich Sorgen um Malin, gleichzeitig jedoch ärgerte sie sich wahnsinnig darüber, dass ihr dieser Fehler unterlaufen war. Sie schimpfte wie ein Rohrspatz, während sie im Seil hing, das immer wieder ein paar Zentimeter nachgab. »Lasst ihr mich jetzt runter oder nicht?«, rief sie ihren Freunden zu.

»Moment, wir tauschen!«, informierte Sven sie, und Jule mahnte sich zur Geduld. Wenn Malin sich wehgetan hatte, war es besser, wenn er übernahm.

Sie richtete den Blick auf den Felsen und nutzte die Wartezeit, um ihren Fehler zu rekonstruieren, damit sie ihn beim nächsten Versuch vermeiden konnte. Da gab das Seil endlich nach, und sie schwebte langsam bis zum Boden. Dabei vermied sie es weiterhin, nach unten zu sehen, bis ihre Beine den Untergrund berührten. Sie löste den Karabiner von ihrem Gurt, nahm den Helm ab und drehte sich um, um sich bei Sven zu bedanken.

Doch es war nicht er, der mit dem anderen Ende des Sicherungsseils in der Hand vor ihr stand, sondern Lasse. Er trug ein dunkelblaues Sportshirt, das auch seine Augen dunkler erscheinen ließ, dazu bequeme schwarze Shorts mit großen Taschen an den Seiten und Sportschuhe und sah insgesamt so aus, als wäre er rein zufällig hier vorbeigekommen.

»Wo kommst du denn her?«, fragte sie völlig überrascht.

»Ich konnte doch früher weg und dachte mir, ich leiste euch Gesellschaft.« Er deutete mit dem Daumen nach rechts, wo am Felsen ein Mountainbike lehnte, an dessen Lenkstange ein Helm baumelte. Das war also das sündhaft teure Stück, mit dem er bei ihrem Date so angegeben hatte. Jule betrachtete es einen Moment und suchte nach Goldbesatz oder Diamantverzierungen, die den Preis rechtfertigten.

»Seit wann bist du schon hier?«, erkundigte sie sich dann.

Lasse hob die Hand und deutete auf eine Stelle etwa auf halber Höhe der Wand. »Seit da ungefähr.«

Das bedeutete also, er hatte ihr fast die Hälfte der Zeit beim Klettern zugesehen, ohne dass sie es bemerkt hatte. Vielleicht hätte sie zwischendurch doch einmal nach unten sehen sollen. Obwohl … nein, eigentlich war es besser so.

»Das war ziemlich beeindruckend«, stellte Lasse fest.

»Danke«, murmelte Jule ein wenig verlegen und blickte zu Boden. Sie war sich plötzlich sehr bewusst, wie sehr sie schwitzte und wie wild ihre Haare aussehen mussten. Außerdem bemerkte sie, dass Lasse von dieser Perspektive aus die meiste Zeit ihr Hinterteil im Blick gehabt haben musste, und war froh, sich für ihre lockerer sitzende Kletter-Shorts entschieden zu haben. »Der Abgang war vermutlich weniger beeindruckend«, ergänzte sie.

Lasse grinste. »Dein Repertoire an Flüchen ist es allerdings durchaus.«

»Ha, ha«, machte sie und merkte, wie ihr die Röte ins Gesicht stieg. Sie suchte schnell nach einem Themenwechsel und erinnerte sich endlich daran, dass Malin sich anscheinend wehgetan hatte. Sofort wandte sie sich an ihre Freundin, die zusammen mit Sven ein paar Meter entfernt auf einem Felsvorsprung saß. »Wie sieht es bei dir aus? Ist es schlimm?«

Malin winkte ganz entspannt ab. »Halb so wild«, versicherte sie. »Ich habe mich hauptsächlich erschrocken, als plötzlich so viel Zug auf der Schulter war. Es geht schon wieder. Willst du es noch einmal versuchen? Du warst verdammt knapp dran.«

Jule hob den Kopf und ärgerte sich nun erst recht, als sie sah, dass tatsächlich nur mehr dieser eine Vorsprung zwischen ihr und dem Ende der Route gelegen hatte. Wieder fluchte sie, bremste sich aber sofort ein, als sie Lasses belustigten Blick bemerkte. Dieses kleine Lächeln, das da seinen Mundwinkel umspielte, brachte ihren Bauch auch heute zum Kribbeln. Er war eindeutig am attraktivsten, wenn er sich dessen selbst gar nicht bewusst war.

»Also? Zweiter Versuch?«, fragte er. »Ich übernehme gern das Sichern, falls Malin nicht mehr will.«

Sein Angebot war nett, doch es schreckte Jule gleichzeitig ab. Sie wusste nicht, ob sie sich wirklich auf die Route konzentrieren konnte, wenn sie die ganze Zeit daran denken musste, dass es Lasse war, der das andere Ende des Seils festhielt. Die Vorstellung gefiel ihr für ihren Geschmack ein wenig zu gut. Ihn für den Klettersport zu begeistern, etwas zu haben, das sie verband, das sie gemeinsam unternehmen konnten … Diese Gedanken lösten eigenartige Gefühle in ihr aus.

»Nein, danke, ich lasse es für heute gut sein«, sagte sie deshalb.

»Kann ich es dann vielleicht versuchen?«, erwiderte er so eifrig, als hätte er nur darauf gewartet, dass sie aufhören wollte.

Jule zögerte. »Ähm, das könnte schwierig werden.« Sie warf einen kurzen Blick auf ihren Klettergurt, dann machte sie einen Schritt zur Seite und betrachtete einige Sekunden lang ganz ungeniert Lasses Hinterteil. »Nimm das nicht persönlich, aber in meinen Gurt passt du beim besten Willen nicht rein. Und in den von Malin schon gar nicht.«

Grinsend ging er um sie herum und stellte fest: »Stimmt. Der süße Hintern verbraucht definitiv weniger Platz als meiner.« Jule war froh, dass sie ihm den Rücken zugewandt hatte, sodass Lasse nicht sehen konnte, dass sie schon wieder rot wurde. Normalerweise war sie doch gar nicht so leicht in Verlegenheit zu bringen, aber Lasse schaffte es mit jedem zweiten Satz.

»Wir könnten noch mal zur Boulder-Wand zurückgehen«, schlug Sven vor. »Vielleicht probiere ich es dann auch mal.«

Damit waren alle einverstanden. Sie sammelten die Gurte und Seile zusammen und marschierten wieder zurück zu der Wand, bei der sie ihren Klettertag begonnen hatten. Da sie allein waren, konnten sie ihre Routen selbst festlegen. Anfangs probierten alle einfach ein wenig herum. Auch Malin kletterte vorsichtig ein Stück, weil sie ausprobieren wollte, ob sie ihre Schulter vorhin beim Sichern beleidigt hatte.

»Wie wär's mit einem kleinen Wettkampf«, forderte Lasse Jule nach einer Weile heraus.

Da war sie sofort dabei. »Aber ich lege die Strecke fest.«

Er hatte keine Einwände, und Jule bestimmte eine Route, die Malin und Sven genau mitverfolgten, um sicherzustellen, dass keiner von ihnen schummelte.

Jule fing an und legte den ersten Teil mit Leichtigkeit zurück, doch der zweite wurde anspruchsvoller. Sie hatte das absichtlich so ausgewählt, um Lasse in Sicherheit zu wiegen. Für den kurzen Überhang am Ende brauchte es ihre gesamte Technik, damit sie nicht wieder kurz vor Schluss scheiterte.

Nachdem sie den Endpunkt erreicht hatte, ließ sie sich zurück auf den Boden fallen und riss triumphierend die Arme in die Höhe. »Jetzt du!«, forderte sie Lasse gut gelaunt auf.

Wie vermutet bereitete ihm der Anfang keinerlei Schwierigkeiten. Was ihm an Technik fehlte, glich er mühelos durch Kraft aus.

Da Jule sich ziemlich sicher war, dass er soeben das Gleiche bei ihr gemacht hatte, erlaubte sie sich nicht nur, ihn und das Spiel seiner Muskeln genau zu beobachten, sondern das Ganze auch zu genießen. Es war einfach zu sexy, wie sich sein trainierter Rücken unter dem engen Shirt abzeichnete und seine Armmuskulatur arbeitete, um nur ja nicht den Halt am Felsen zu verlieren.

Auf dem zweiten Abschnitt rettete er sich zweimal mit purer Muskelkraft vor dem Fallen, dann kam er zu dem kleinen Überhang. Jule vermutete, dass auch der zu bewältigen war, wenn man anstelle der richtigen Technik genügend Kraft einsetzte, doch zu ihrer Überraschung gab Lasse nach dem zweiten Versuch auf und ließ sich zu Boden gleiten. Er betrachtete seine Hände und meinte: »Das tut auf Dauer ganz schön weh.«

Es klang ein wenig wie eine Ausrede, aber Jule ließ es gelten. Dass ihm die Kraft ausgegangen war, hätte sie ihm nicht abgenommen. »Also habe ich gewonnen«, stellte sie fest.

»Tja, sieht so aus.« Etwas an seinem Tonfall missfiel ihr. »Dann schulde ich dir jetzt ein Bier?«

»Ein Cider wäre auch okay.«

»Auch Kaffee?«, fragte er. »Dann könnten wir das gleich unten im Café erledigen. Ihr geht, ich fahre, und wir treffen uns dort.«

»Wie weit ist das?«, erkundigte Malin sich.

»Eineinhalb Kilometer oder so«, schätzte er. »Ihr könnt von dort den Bus zurück zum Slussen nehmen.«

Das klang nach einem guten Plan.

Während Lasse sich auf sein Rad schwang, packten Malin und Jule die Kletterausrüstung in ihre Rucksäcke. Dann machten sie sich mit Sven auf den Weg und erreichten etwa zwanzig Minuten später das Holzhaus am Ufer des Sees. Lasse hatte einen Tisch mit Blick auf das Wasser für sie ergattert und wartete bereits mit einer Flasche Sprudel in der Hand auf sie.

Malin und Jule stellten zuerst ihre Ausrüstung ab, danach suchten sie die Toiletten auf, bevor sie sich etwas zu trinken holten. Als Jule sich wieder ihrem Tisch näherte, schnappte sie gerade noch den Rest des Gesprächs der Jungs auf, bevor beide verstummten. Nur zwei Sätze, die ihre Laune erheblich verschlechterten.

»Wieso hast du bei dem Vorsprung eigentlich losgelassen, so was schaffst du doch normal mit links?«

»Ich wollte ihr Ego nicht verletzen.«

Genau das war aber gerade passiert. Lasse hatte sie gewinnen lassen, und das wurmte Jule nun gewaltig. Sie bemühte sich zwar, sich nicht anmerken zu lassen, dass sie ihn gehört hatte, aber in ihr brodelte es. Glaubte er denn wirklich, sie wäre darauf angewiesen, dass er sie gewinnen ließ? Hätte er den Zielpunkt erreicht, hätten sie das Ganze einfach wiederholen können. So lange, bis sich sein unnötig hoher Kraftverbrauch gerächt hätte. Er brauchte gar nicht so zu tun, als wäre er der perfekte Athlet und würde jede Sportart aus dem Stand beherrschen!

Lasse servierte Jule ihre Sieger-Tasse Kaffee mit einem Lächeln, das ihr zum ersten Mal wieder so überheblich vorkam wie das bei ihrem Date. Da hatte er sie die ganze Zeit von oben herab behandelt und mit seinen Erfolgen und dem blöden Mountainbike geprahlt, das doch auch nur zwei Räder hatte. Vor lauter Unmut hätte Jule ihm gern heimlich ein Ventil aufgeschraubt. Dass er sie hatte gewinnen lassen, ärgerte sie viel mehr, als hätte sie ehrlich verloren. So viel Sportsfrau war sie, dass sie die Leistung eines Gegners anerkannte. Doch mit dieser Aktion hatte er nur ihren Willen geweckt, ihm beim nächsten Mal erst recht zu beweisen, was sie konnte.

Der Ausblick auf den See, die Unterhaltung mit ihren Freunden und der köstliche Kuchen, den sie sich gönnte, bewirkten mit der Zeit, dass Jules Stimmung sich wieder verbesserte. Aber ein wenig Groll blieb zurück und setzte sich in ihrem Bauch gleich neben den Lasse-Knoten, der doch gerade erst begonnen hatte, sich zu lockern.

Als Jule am Abend im Bett lag, fühlte sie sich wie ein Widerspruch auf zwei Beinen. Sie war völlig erschöpft und spürte jeden einzelnen Muskel in ihrem Körper, gleichzeitig war sie aber so glücklich wie schon lange nicht mehr. Sie hatte den Tag mit Malin und Sven wahnsinnig genossen, jedoch mit gemischten Gefühlen wahrgenommen, dass die zwei sich phasenweise nur aufeinander konzentriert hatten. Wäre Lasse nicht aufgetaucht, wäre sie sich mit der Zeit möglicherweise wie das fünfte Rad am Wagen vorgekommen.

Lasse mit seinem perfekten Körper, dessen Anblick sie zwar total genossen hatte, auf den sie aber dennoch sauer war, weil er mit seiner Kraft locker beim ersten Versuch gemeistert hatte, was sie sich in jahrelangem Training durch ständige Optimierung ihrer Technik erarbeitet hatte. Er war die ganze Zeit über nett und freundlich und charmant und witzig gewesen, dennoch nahm sie es ihm sehr übel, dass er sie hatte gewinnen lassen.

Unterm Strich überwog zwar die Freude über einen wunderbaren Frühlingstag mit ihren Freunden, doch es wollte Jule nicht gelingen, ihren Unmut über die kleinen Wolken, die ihren blauen Himmel trübten, zu verdrängen. Da sie ziemlich gut darin war, sich in Dinge hineinzusteigern, die sie wurmten, überlegte sie die ganze Zeit, worin sie Lasse herausfordern konnte, sodass sie einen echten Sieg gegen ihn davontragen konnte.

Normalerweise war es Ruben, der bei ihr diesen irrationalen Ehrgeiz auslöste. Wenn er sie in etwas besiegte – und großen Spaß daran hatte, dafür zu sorgen, dass sie das nie vergaß –, wollte sie unbedingt in irgendeiner anderen Sache besser sein. Bei Ruben gehörte es mit zu ihrem geschwisterlichen Dauerkampf. Warum sie Lasse unbedingt etwas beweisen wollte, das wusste sie selbst nicht so genau.

Am Montagabend veranlasste sie ihr anhaltender Unmut zu einer ganz anderen Aktion. Seit dem Morgen hatte sie über Lasse nachgedacht, aber ihr wollte nichts einfallen, wie sie ihn zu einer Revanche herausfordern konnte. Inzwischen hatte sie einfach nur noch das Bedürfnis, ihn irgendwie zu ärgern. Vielleicht würde er dann endlich aufhören, ständig durch ihre Gedanken zu spuken.

Aus diesem Grund scrollte sie am Abend durch die Fotos, die sie mit Björn inszeniert hatte. Lasse hatte ihr am Vortag so offensichtlich Komplimente gemacht, dass sie die begründete Annahme hegte, er wäre immer noch an ihr interessiert. Deshalb postete sie ein Bild in ihren Status, wie sie an einen anderen Mann gekuschelt auf der Couch lag.

Irgendwie empfand sie das zwar selbst als erbärmlich, doch es besänftigte ihren Ärger zumindest für kurze Zeit.

2. Juni

Die Genugtuung hielt nur so lange an, bis Jule Lasse am nächsten Tag im Fitnessstudio gegenüberstand. Sie trafen sich erst nach dem Training, als Jule allein die Garderobe verließ. Auf Malin brauchte sie heute nicht zu warten, die war mit Sven verabredet und hatte daher keine Zeit, mit ihr etwas trinken zu gehen.

Vermutlich sorgte auch das bei ihr für schlechte Laune. Malin hatte sie doch mit dem Versprechen, diese Abende zu Mädelsabenden zu machen, dazu überredet, sich hier einzuschreiben. Nur weil Jule das Training inzwischen echten Spaß machte und sie kein Problem mehr damit hatte, Lasse regelmäßig über den Weg zu laufen, entband das ihre Freundin nicht von ihrem Deal. Malin hatte sie zwar auf die kommende Woche vertröstet, wenn Sven im Ausland war, doch das gab ihr erst recht das Gefühl, nur noch die zweite Geige zu spielen.

»*Hej!*«, begrüßte Lasse sie gut gelaunt und fügte hinzu: »Eigentlich hast du unterschrieben, das Studio nach dem Training mit einem Lächeln auf den Lippen zu verlassen.«

»Ha, ha«, brummte sie. »Den Abschnitt hast du aber sehr klein gedruckt.«

»Alles okay? Das Training ist doch hoffentlich nicht der Grund für deine schlechte Laune?«

»Ja, alles okay«, behauptete sie. Sie hatte keine Lust, mit ihm über die Laus zu reden, die ihr über die Leber gelaufen war. Die zwei Läuse. Immerhin war er selbst eine davon.

»Geht ihr noch was trinken?«, erkundigte er sich.

Jule schüttelte den Kopf und presste dabei die Lippen so verbissen aufeinander, dass er leiser nachsetzte: »Bist du deshalb sauer auf Malin?«

»›Sauer‹ ist das falsche Wort«, wich sie aus. »Aber nur weil Sven nächste Woche weg ist, versetzt sie mich.«

»Ach, gönn ihnen ihr Glück doch«, meinte er dazu.

»Das mache ich ja!«, versicherte sie. »Ich will mir nur meine beste Freundin nicht ausspannen lassen.«

»Das hat Sven bestimmt nicht vor«, beteuerte Lasse. »Und ihr könnt ja nächste Woche jede Menge Zeit miteinander verbringen, während er weg ist.«

»Ich will meine beste Freundin aber nicht immer nur dann für mich haben, wenn ihr Freund gerade im Ausland ist«, beschwerte Jule sich nun ganz offen. Die Art, wie Lasse sie ansah, ließ sie glauben, dass er echtes Interesse an ihren Sorgen hatte.

»Du könntest natürlich einfach auch mehr Zeit mit deinem Freund verbringen«, schlug er da vor.

Sie reagierte zu langsam, das merkte sie selbst. Es dauerte ein paar Sekunden, bis sie den Satz verarbeitet hatte, bis sie verstanden hatte, dass er von Björn redete. Das Problem war, seit sie hier standen, hatte sie sich ganz auf Lasse konzentriert. Sie hatte nicht einmal wahrgenommen, ob Menschen an ihnen vorbeigegangen waren, weil sie es so genossen hatte, dass ihr jemand – wenn auch nur für wenige Minuten – seine ganze Aufmerksamkeit schenkte.

»Der arbeitet«, sagte sie mit so viel Verzögerung, dass sie das Gefühl hatte, Lasse müsste spätestens jetzt klar geworden sein, dass zwischen Björn und ihr rein gar nichts lief.

»Aber gestern hattet ihr anscheinend einen schönen Abend.«

Hatten sie den? Ach ja, das Foto. »Äh, ja, klar.« Oh Mann, sonderlich glaubwürdig kam sie heute wirklich nicht rüber.

»Was habt ihr euch angeschaut?«

Verwirrt sah sie Lasse an. Was meinte er damit?

»Ach so, das Foto hat so nach Netflix & chill ausgesehen«, meinte er. »Ich dachte, ihr hättet zusammen irgendwas gestreamt.«

»Haben wir auch.« Diesmal gab sie die Antwort zu schnell, ihr Gehirn hatte den Gedanken nämlich noch gar nicht zu Ende gebracht. Sie suchte fieberhaft nach dem Namen einer Serie, den sie ihm nennen konnte, doch ihr wollte kein einziger einfallen. »Wie hieß die Serie noch gleich? Die mit … Du weißt schon, dieser Schauspieler, der auch …«

»Oh, du bist ja noch da!«

In fast zwanzig Jahren Freundschaft war Jule noch nie so froh gewesen, Malins Stimme zu hören. Schnell drehte sie sich zu ihrer Freundin um. »Ja, wir haben uns noch ein bisschen unterhalten. In welche Richtung musst du? Gehen wir noch ein Stück gemeinsam?«

»Das Lokal liegt auf dem Weg zur U-Bahn, also ja, gern«, antwortete Malin.

»Okay, dann los!« Jule nahm sie an der Hand und zog sie rasch von Lasse weg. Ihr Fluchtinstinkt hatte mit voller Gewalt eingesetzt, und sie wollte schnellstens fort von hier, ehe er sie in noch mehr peinliche Fragen verwickelte. Erst draußen auf der Straße kam ihr der Gedanke, dass er das womöglich absichtlich gemacht hatte. Ahnte er, dass das Foto ein Fake gewesen war? Die anderen hatte er nicht hinterfragt, warum gerade dieses? Wirkte es so unecht? Hatte sich irgendwas ins Bild geschlichen, was sie verriet?

Nachdem Jule sich von Malin verabschiedet hatte, packte sie sofort ihr Smartphone aus, um das Foto ganz genau zu überprüfen, doch sie konnte keinen Fehler finden, der Lasse verraten haben könnte, dass das Bild nur gestellt war. Während der Fahrt nach Hause kontrollierte sie sicherheitshalber auch alle anderen Aufnahmen, die sie mit Björn für später gemacht hatte. Obwohl sie auch die für glaubwürdig hielt, meldete ihre innere Stimme ernsthafte Zweifel an der Aktion an. So richtig wollte sie doch gar nicht mehr, dass Lasse glaubte, sie wäre mit Björn zusammen.

6. Juni

Gröna Lund war wie erwartet am Nationalfeiertag das Ziel vieler schwedischer Familien. Schon auf dem Weg dorthin fragte Jule sich, ob sie sich die Warteschlangen bei den Fahrgeschäften wirklich antun sollte. Aber Ruben, Malin und Sven, mit denen sie gemeinsam das Boot bestiegen hatte, das sie via Skeppsholmen nach Djurgården brachte, hatten beste Laune und waren voll Vorfreude auf einen Tag voller Spaß und Action. Da Sven es geschafft hatte, seine Abreise um einen Tag zu verschieben, hatte sich Malins Unmut inzwischen wieder gelegt, und sie war wild entschlossen, den heutigen Ausflug in vollen Zügen zu genießen.

Obwohl sich auch Lasse angekündigt hatte, wartete beim Eingang zum Vergnügungspark nur Jana auf sie.

»Kommt er nicht?« Jule hatte Mühe zu verbergen, dass sie darüber tatsächlich ein wenig enttäuscht war.

»Eigentlich hat er schon zugesagt«, antwortete Sven stirnrunzelnd und warf einen Blick auf sein Smartphone. Sogleich hellte sich seine Miene auf. »Er ist auf dem Weg.«

Sie nutzten die Wartezeit, um die Coupons zu besorgen, die sie für die einzelnen Fahrten brauchen würden. Eintritt brauchten sie nicht zu bezahlen, denn da die Jahreskarte von Gröna Lund regelmäßig Zutritt zu Konzerten auf dem Gelände gestattete, besaß jeder von ihnen eine. Nach dem Kauf entschieden sie, nicht länger vor dem Park auf Lasse zu warten. Er konnte später zu ihnen stoßen, denn erfahrungsgemäß waren die Warteschlangen bei den coolen Fahrgeschäften um diese Tageszeit noch nicht so lang – das wollten sie ausnutzen.

Sie starteten mit der Jetline, einer klassischen Achterbahn, die im Vergleich zu manch anderem, was Gröna Lund zu bieten hatte, noch recht harmlos war. Zum Warmwerden fand Jule sie genau richtig. Weil nicht mehr für alle fünf Platz in den Waggons war, ließen Jana und Jule Ruben den Vortritt und warteten die nächste Fahrt ab.

Schon während die Bahn bis zum höchsten Punkt gezogen wurde, stieg Jules Adrenalinspiegel an, und bei der ersten steilen Talfahrt quietschte sie vor Begeisterung. Egal, wie lang die Warteschlangen heute noch werden würden, ein Besuch in einem Vergnügungspark war doch immer eine gute Idee und machte ihr riesengroßen Spaß.

Nach eineinhalb Minuten stieg sie lachend aus dem Waggon aus und machte sich zusammen mit Jana auf die Suche nach ihren Freunden. Schon von Weitem sah sie, dass Lasse inzwischen eingetroffen war, und ihr Herzschlag, der gerade erst dabei war, sich etwas zu beruhigen, wurde augenblicklich wieder schneller.

»Da bist du ja endlich«, begrüßte sie ihn überschwänglich und fiel ihm spontan um den Hals. Er reagierte darauf sehr zurückhaltend. Jule war nicht sicher, ob sie ihn so überrumpelt hatte oder ob er ein Problem mit der Umarmung hatte.

»Schon wieder allein?«, fragte er überraschend ätzend. Auch darüber wunderte Jule sich. Zuletzt war er immer so nett gewesen, jetzt schlug er plötzlich so einen spöttischen Ton an. Es war, als hätte er plötzlich beschlossen, dass es notwendig war, zu ihr auf Distanz zu gehen. Sein Verhalten irritierte Jule, weckte aber gleichzeitig ihren Trotz.

Sie sah demonstrativ von einem ihrer Freunde zum nächsten und erwiderte gelassen: »Nein, da sind doch Malin und Sven und Ruben und Jana und jetzt auch du.«

»Und Björn?«, hakte er nach. »Ich nehme an, der hat schon wieder keine Zeit.«

»Nicht, dass dich das irgendwas angeht, aber er macht einen Ausflug mit seiner Familie«, behauptete Jule und ärgerte sich gleichzeitig, dass sie Björn nicht einfach nach seinen Plänen für den heutigen Tag gefragt hatte. Möglicherweise hatte er ohnehin irgendetwas vor, was sich als Ausrede geeignet hätte, ohne dass sie hätte lügen müssen.

»Er macht lieber einen Ausflug mit seiner Familie als mit seiner Freundin? Wie alt ist er noch mal? Dreizehn?«

»Dreiundzwanzig«, korrigierte sie ihn erbost. Lasses gehässiger Ton gefiel ihr rein gar nicht, deshalb fügte sie noch die erfundene Erklärung an: »Sie verbinden Ausflug und Familienfeier.«

»Und bei der Feier ist seine Freundin unerwünscht?«

Mist, nun gingen Jule die Ausreden aus, und sie merkte, wie ihr langsam die Röte ins Gesicht stieg. Demonstrativ wandte sie sich ab, um diese seltsame und völlig überflüssige Unterhaltung zu beenden und sich in die Diskussion einzumischen, bei welcher Bahn sie sich als Nächstes anstellen sollten.

»Wilde Maus«, schlug Malin vor.

»Die ist doch langweilig«, wehrte Jule sofort ab. »Und mit der können wir später immer noch fahren, wenn die Massen da sind. Wir sollten zuerst alle spektakulären Sachen durchmachen.«

»Okay, stimmt, aber bei allem, wo man kopfüber hängt, bin ich raus«, erklärte Malin. »Da warte ich lieber unten. Oder fahre inzwischen doch mit der langweiligen Wilden Maus.«

Jule war sich sicher, dass sie ihre Gründe dafür hatte, und versuchte gar nicht erst, ihre Freundin zu einer der richtig heftigen Bahnen zu überreden. Sie selbst hatte jedoch große Lust auf alles, was einen starken Adrenalinkick verursachte, und fragte in die Runde: »Wer kommt mit zur Insane?« Dieser Coaster trug seinen Namen aus gutem Grund.

Sven passte Malin zuliebe und stellte sich mit ihr bei einem anderen Fahrgestell an. Ruben war sofort dabei. Jana betrachtete das Gerüst einige Sekunden lang und verfolgte die Bahn mit ihrem Blick, dann zuckte sie mit den Schultern und meinte: »Warum nicht?« Nur Lasse hatte sich noch nicht geäußert.

»Traust du dich nicht?«, fragte Jule ihn direkt. »Ist das zu viel Action für dich? Zu schnell? Zu verrückt? Zu kleine Eier in der Hose?«

Sie vermutete, dass die Bahn eigentlich gar nicht sein Fall war, aber bei ihrem letzten Satz wurde sein Gesichtsausdruck entschlossen.

»Wir werden ja sehen, wer zuerst kotzt«, sagte er provokant und ging voran, um sich in die Warteschlange einzureihen.

Drei Fahrten später bereute Jule es bereits bitter, ihn herausgefordert zu haben, denn zwischen ihnen beiden war ein verbissener Wettstreit entbrannt, wer mehr dieser Fahrten verkraften konnte. Während ihre Freunde die fast schon gemütliche Fahrt mit der Holzachterbahn unternahmen und Malin und Sven einen Abstecher zum Liebestunnel machten, forderten Jule und Lasse sich gegenseitig zu einem verrückten Fahrgestell nach dem anderen heraus.

Nach der sechsten Fahrt war Jule schlecht, doch um nichts in der Welt wollte sie klein beigeben. Das war ihre Chance, sich für seine Unsportlichkeit am Sonntag zu revanchieren. Dass er es für nötig gehalten hatte, sie gewinnen zu lassen, nahm sie ihm immer noch übel, und sie würde den heutigen Wettstreit so lange am Laufen halten, bis Lasse kreidebleich auf der Wiese lag und ganz ehrlich geschlagen war. Aber da führte er sie zu ihrem Endgegner.

Mit dem 121 Meter hohen Kettenkarussell Eclipse war Jule tatsächlich noch nie gefahren. Obwohl das ihrer Leidenschaft für das Klettern widersprach, hatte sie nämlich Höhenangst. Sie hatte gelernt, damit umzugehen, wenn sie in einer Wand hing. Das Entscheidende war für sie dabei, dass sie beim Klettern immer die Kontrolle hatte. Sie konnte die Festigkeit der Haken überprüfen, sie entschied selbst, wohin sie den nächsten Griff setzte oder den Fuß stellte. Außerdem vermied sie es meistens, nach unten zu schauen. Genau aus diesem Grund kletterte sie auch am liebsten mit Malin, denn die konnte ihre Körpersprache lesen und war zur Kommunikation nicht unbedingt auf Blickkontakt angewiesen, der Jule in größeren Höhen unendlich schwerfiel.

Bei diesem Kettenkarussell hatte Jule jedoch den Eindruck, zusammen mit den Coupons auch die Kontrolle abzugeben. Da es weithin zu sehen war, hatte sie es schon oft beobachtet und jedes Mal darauf gewartet, dass sich einer der Sitze löste und in hohem Bogen über den Park flog. Meistens geriet sie dabei ins Philosophieren, ob eine Landung an Land oder auf dem Wasser schlimmer war. Vermutlich war es aber völlig egal, denn wenn man mit siebzig Kilometern die Stunde in neunzig Metern Flughöhe startete, starb man vermutlich besser auf dem Weg in die Tiefe an einem Herzinfarkt, damit man den Aufprall gar nicht mehr miterleben musste.

Hätte sie jemand gefragt, was ihre größte irrationale Angst war, dann wäre genau das ihre Antwort gewesen: dass sich ihr Sitz bei einer Fahrt mit dem Eclipse löste.

Malin und Sven kamen gerade mit strahlenden Gesichtern von ihrer romantischen Fahrt durch die Märchenwelt zurück, als Jule vor dem Turm stand und unentschlossen den Blick bis zur Spitze gleiten ließ.

»Sag bloß, du steigst da jetzt auch noch ein?«, fragte Malin sichtlich schockiert.

Lasse verschränkte die Arme vor der Brust und meinte gelassen: »Du kannst natürlich auch am Boden bleiben. Dann fahre ich allein und habe gewonnen.«

Mehr brauchte Jule nicht, um ihre Entscheidung zu treffen. Sie warf ihm einen bösen Blick zu und stapfte an ihm vorbei zum Eingang des gigantischen Karussells.

Zu ihrem Leidwesen musste sie sich ihren Doppelsitz mit Lasse teilen. Sie hatte eigentlich gehofft, neben einem Wildfremden zu landen, bei dem es ihr egal war, wenn er ihre Schweißausbrüche in luftiger Höhe mitbekam.

»Angst?«, fragte Lasse, als die Sitze in die Höhe gezogen wurden.

»Natürlich nicht«, versicherte Jule, drehte aber sogleich den Kopf von ihm weg und schloss die Augen. Sie hatten den für sie kritischen Bereich längst erreicht, und sie musste gegen Schwindel und aufsteigende Übelkeit ankämpfen. Was würde eigentlich passieren, wenn sie sich während der Fahrt übergab?

Unter anderen Umständen hätten ihr die Überlegungen dazu vermutlich Spaß gemacht, doch jetzt war sie zu beschäftigt damit, sich krampfhaft festzuhalten, um ihrem Körper vorzugaukeln, er hätte hier irgendwas im Griff. Die Drehung setzte ein, und Jule tat, als betrachtete sie die Stadt unter sich, hielt dabei die Augen aber fest geschlossen und hoffte, dass Lasse das nicht bemerkte.

»Schau, wie schön!«, sagte er und zeigte auf irgendwas, doch Jule reagierte nicht.

»Alles okay mit dir?« Ohne Vorwarnung legte er die Hand auf ihre. Spätestens jetzt musste er ihre Anspannung merken, denn sie hielt sich so verkrampft fest, dass ihre Knöchel bestimmt schneeweiß waren. So genau wusste Jule es nicht, denn dazu müsste sie die

Augen öffnen und hinsehen. Und dann würde ihr Körper bemerken, dass er sich nicht in einem gewöhnlichen Kettenkarussell befand, und Jule wollte nicht wissen, was dann passierte.

»Hey!« Lasses Stimme erklang ganz sanft direkt an ihrem Ohr und jagte einen Schauer durch ihren Körper. »Du hättest sagen sollen, dass du Höhenangst hast.« Er legte den Arm um sie und streichelte beruhigend über ihren Oberarm. »Entspann dich!« Jule war sich nicht sicher, ob sie sich das nur einbildete oder ob er sie tatsächlich auf den Haaransatz küsste. »Du verpasst da wirklich etwas, wenn du die Augen nicht aufmachst.«

Etwa die Hälfte der Fahrt war vergangen, als Jule zu der Erkenntnis kam, dass er recht hatte. Sie saß schon hier in dieser Todesmaschine, da konnte sie wenigstens zum Ende ihres Lebens noch den schönen Ausblick über ihre Heimatstadt genießen.

Vorsichtig öffnete sie ein Auge, doch im ersten Moment verkrampfte sie sich dadurch nur noch mehr.

»Genieß es!«, raunte Lasse ganz dicht an ihrem Ohr, und seine Stimme klang so sexy, dass Jule lange genug ihre Angst vergaß, um auch das zweite Auge zu öffnen.

Das Karussell machte nur noch wenige Umdrehungen, ehe der Schwung nachließ und die Sitze sich langsam senkten. Jule fand die Aussicht atemberaubend schön, aber ebenso beängstigend, deshalb konnte sie das Ende dieses Horrortrips kaum erwarten.

Als sie sich dem Boden näherten, nahm Lasse den Arm von ihrer Schulter und bemerkte dreist: »Das war doch nett, oder?«

Jule hätte ihm gern einen Schlag verpasst, aber dazu war sie nicht imstande. Ihr Körper fühlte sich an wie aus Gummi. Wie ein Gummiball, der vom Aufschlag auf den Boden nachvibrierte, denn sie zitterte wie Espenlaub. Sie ließ zwar zu, dass Lasse ihr mit dem Bügel half, doch dann flüchtete sie, so schnell ihre wackeligen Beine sie tragen konnten, vor diesem Teufelswerk. Vor dem Ausgang sank sie auf die erstbeste freie Bank und blieb dort einfach mit geschlossenen Augen liegen.

»Das heißt dann wohl, Lasse hat gewonnen«, hörte sie ihren Bruder sagen, und sie hätte ihm für diese unsensible Bemerkung gern auf die Füße gekotzt, aber stattdessen versuchte sie, die Übelkeit wegzuatmen und die Panik aus ihren Gliedern zu vertreiben.

»Ich glaube, für so viel Tapferkeit gebührt Jule der Sieg«, widersprach Lasse.

»Was war eigentlich der Wetteinsatz?«, wollte Sven wissen.

»Haben wir keinen ausgemacht.«

»Der Verlierer zahlt das Mittagessen?«, schlug Ruben vor. Wieder hätte Jule ihm gern irgendetwas angetan, aber da sie nicht genau wusste, wo er stand, traute sie sich nicht auszuprobieren, ob sie ihn mit ihren wackeligen Beinen treten konnte. Essen war jedenfalls das Allerletzte, wonach ihr gerade der Sinn stand.

Lasse kommentierte den Vorschlag nicht. Jule spürte, wie ihr eine Hand vorsichtig Haare aus dem Gesicht strich, und für einen Moment dachte sie, diese zärtliche Geste käme von ihm, doch dann erkundigte sich Malin besorgt: »Geht's wieder? Willst du was trinken? Kannst du dich schon aufsetzen?«

Jule war immer noch speiübel, aber wenigstens hatte das Zittern aufgehört. Sie ließ sich von Malin in eine aufrechte Position helfen und nahm die Wasserflasche entgegen, aus der sie vorsichtig einen Schluck trank. Dabei traf ihr Blick den von Lasse. Er stand zwei Meter von ihr entfernt neben Ruben und Sven und beobachtete sie ernst.

»Respekt«, sagte er. »Mit Höhenangst ins Eclipse einsteigen, das schaffen nicht viele.«

»Du meinst, so dumm sind nicht viele«, erwiderte Jule und war überrascht, wie fest ihre Stimme klang.

Darauf reagierte Lasse mit einem Grinsen. »Nein, eigentlich meinte ich: ›so mutig‹. Ich bin ehrlich beeindruckt. Aber ich hätte dich nicht herausgefordert, wenn du vorher etwas gesagt hättest.«

Jule versuchte, ihn nur durch einen Blick wissen zu lassen, dass sie nie im Leben klein beigegeben hätte.

»Hey, mir ist zwar klar, dass Jule und Essen wahrscheinlich gerade nicht die beste Kombination sind, aber wie wär's, wenn wir trotzdem mal eine Pause in einem Lokal machen würden?«, schlug Jana in dem Moment vor. Und direkt an Jule gewandt fügte sie zwinkernd hinzu: »Vielleicht haben die ja einen Schnaps für dich.«

Die Wahrscheinlichkeit war gering, aber obwohl Jule sich nicht vorstellen konnte, in der nächsten Stunde auch nur einen Bissen zu sich zu nehmen, der nicht postwendend retour kommen würde, unterstützte sie Janas Vorschlag. Eine Zeit lang einfach in Bodennähe zu sitzen klang gut. Während ihre Freunde beratschlagten, wohin sie gehen sollten, trank Jule noch ein paar Schluck Wasser aus Malins Flasche und versuchte, ihr Gehirn dazu zu bringen, in Auftrag zu geben, dass in ihr Gesicht Farbe zurückkehrte.

»Kannst du gehen, oder sollen wir dich tragen?«, erkundigte Ruben sich, nachdem sie eine Entscheidung getroffen hatten. Wie Jule ihn kannte, stellte er sich vor, sie knapp über dem Boden an Armen und Beinen durch den halben Park zu schleifen. Daran hätte er bestimmt seinen Spaß.

»Geht ihr voraus!«, forderte Lasse alle anderen auf. »Ich bleibe mit Jule hier, bis es ihr wieder gut geht, dann kommen wir nach. Ist ja immerhin meine Schuld, dass ihr so schlecht ist.«

Jule hätte gern protestiert und Sven oder sogar Ruben gebeten, an Lasses Stelle bei ihr zu bleiben. Aber sie war gerade damit beschäftigt zu verhindern, dass das Wasser wieder hochkam, deshalb wehrte sie sich nicht.

Lasse wartete, bis die anderen verschwunden waren, dann setzte er sich ungefragt neben Jule auf die Bank.

»Du hast einen ganz schön großen Dickschädel, weißt du das?«, sagte er und gab ihr dabei einen leichten Schubs gegen den Arm.

Jule fühlte sich von der kurzen Berührung wie vom Blitz getroffen. Ihre Nerven mussten von der Aufregung in luftiger Höhe völlig übersensibel sein. »Ich habe drei ältere Geschwister, was hast du erwartet?«, brummte sie. Damit brachte sie ihn zum Schmunzeln, ihr war jedoch nicht danach zumute. Sein Lächeln machte ihre Knie weich, und die waren eigentlich schon wackelig genug.

»Tut mir echt leid, dass ich dich zu der Aktion überredet habe«, entschuldigte er sich. »Ich hätte nie erwartet, dass jemand, der gern klettert, Höhenangst hat.«

»Tja, Überraschung«, murmelte Jule.

»Du warst da oben ganz schön tapfer.«

Das empfand sie ganz und gar nicht so, deshalb sagte sie nichts dazu. Sie hatte Todesängste ausgestanden, bis Lasse den Arm um sie gelegt hatte.

Plötzlich erinnerte sie sich sehr genau an das Gefühl, das seine Berührung in ihr ausgelöst hatte. So nahe waren sie sich seit ihrem Wiedersehen noch nie gekommen, jedenfalls nicht für so eine große Zeitspanne. Wenn Lasse sie im Fitnessstudio korrigiert hatte, hatte er sie nie länger als unbedingt notwendig berührt. Aber da oben hatte er sie mehr als eine Minute festgehalten. Ein Teil von ihr wünschte sich, er würde es auch jetzt tun und damit den letzten Rest an Panik aus ihrem Körper vertreiben. Doch wenngleich seine Miene besorgt war, blieb er auf Abstand.

»Björn wird doch hoffentlich nicht heute Abend vor meiner Tür stehen und mir die Hölle heißmachen, weil ich dich dazu überredet habe?«

Schon wieder brachte er Björn ins Spiel, gerade als Jule das Gefühl hatte, zwischen ihnen beiden könnte sich so etwas wie Nähe entwickeln. Wollte Lasse sich selbst daran erinnern, dass sie doch eigentlich in festen Händen war? War es an der Zeit, ihm die Wahrheit zu sagen?

Jule suchte krampfhaft nach den passenden Worten, aber kein Satz, der nur irgendwie in die richtige Richtung führte, wollte ihr über die Lippen kommen. Etwas in ihr wehrte sich vehement dagegen, Lasse wissen zu lassen, dass sie eigentlich frei und ungebunden war und offen für …

Genau hier lag ihr Problem. Sie wusste nicht, wofür sie offen war oder sein wollte. Sie wusste ebenso wenig, welche Vorstellung Lasse von ihrer Beziehung hatte. Wollte er mit ihr rein platonisch befreundet sein? Oder wollte er dort weitermachen, wo sie vor fast einem Jahr aufgehört hatten?

Unter normalen Umständen wäre Jule bei dem Gedanken rot geworden, doch nun kehrte bei der Erinnerung an die heiße Phase ihres Dates lediglich so viel Farbe in ihr Gesicht zurück, dass sie nicht mehr weiß wie eine Wand war. Am Ende war sie gegangen, ohne sich noch einmal nach ihm umzudrehen. Heute wusste sie auch, warum. Ein einziger Blick zurück hätte genügt, um sie an ihrer Entscheidung zweifeln zu lassen. Aber Zweifel waren in der Situation fehl am Platz gewesen. Was sie in ihm gesucht hatte, das hatte sie bekommen.

»Geht's dir besser?«, erkundigte Lasse sich vorsichtig. »Du bist nicht mehr ganz so blass wie vorhin.«

»Ja, es geht langsam«, versicherte sie tapfer, obwohl sie sich nicht so sicher war. Aber sie konnte hier auch nicht ewig sitzen bleiben. Im Lokal würde sie sich schon wieder erholen. Und vielleicht konnte sie später auch etwas essen.

Lasse stand auf und streckte ihr unschlüssig eine Hand entgegen. Jule überlegte, ob sie Stärke zeigen und allein aufstehen oder seine Hilfe annehmen sollte. Aus Neugierde ergriff sie seine Hand und umfasste sie ganz fest. Sie wollte wissen, wie sich das anfühlte. Den wohligen Schauer, der sie durchfuhr, nahm sie wie das Ergebnis eines wissenschaftlichen Experiments zur Kenntnis.

Langsam fing sie an zu verstehen, dass die Anziehungskraft zwischen ihnen beiden keine flüchtige war. Sie hielt seine Hand fest, auch nachdem er ihr auf die Beine geholfen hatte, und sah ihm dabei direkt in die Augen, um herauszufinden, ob er genauso empfand wie sie.

Er jedoch wand sich aus ihrem Griff und murmelte: »Dann komm!«

Sobald er sah, dass sie keine Probleme hatte, einen Fuß vor den anderen zu setzen, ging auch er los und hielt auf dem Weg zum Lokal einen Meter Abstand zu ihr.

Jule missfiel dieses Verhalten ungemein, aber sie gestand sich langsam ein, dass sie es sich hauptsächlich selbst zuzuschreiben hatte. Sie musste dringend einen Weg aus diesem Fiasko herausfinden.

7. Juni

Hast du Zeit zu reden?

Hinter Jule lag eine schlaflose Nacht, als sie die Frage am Sonntagvormittag an Malin schrieb. Sie hatte gefühlt jede einzelne Minute des Tages mit Lasse noch einmal durchlebt und versucht, Ordnung in ihr Gefühlschaos zu bringen. Am Ende war die Erkenntnis geblieben, dass sie einen großen Fehler gemacht hatte – und zwar schon vor einem Jahr. Sie wäre niemals in diese Situation geraten, wenn sie damals mit ihm gesprochen hätte, als er sie darum gebeten hatte. Oder wenn sie sich gar nicht erst auf das Date mit ihm eingelassen hätte.

Doch dass sie dieses Date genau so, wie es stattgefunden hatte, zu dem Zeitpunkt gebraucht hatte, das konnte Jule sich zugestehen. Sie hatte sich in einer Ausnahmesituation befunden und verzweifelt einen Weg gesucht, damit umzugehen. Der Fehler war gewesen, ihrem alten Muster treu zu bleiben, obwohl sich bei diesem One-Night-Stand so einiges deutlich von allen davor unterschieden hatte.

Sorry, bin schon vom Flughafen zurück und gleich bei meiner Mama. Magnus ist auch da. Ich melde mich am Nachmittag, okay?

Jules Enttäuschung war unendlich groß. Sie hatte sich endlich dazu durchgerungen, Malin die ganze Geschichte zu erzählen, um sich von ihr einen Rat für diese vertrackte Situation zu holen, aber ihre Freundin interessierte sich gar nicht dafür. Obwohl Sven gerade abgereist war, konnte sie sich keine Zeit für sie nehmen. Im ganzen vergangenen Jahr hatte Jule nicht ein einziges Mal gezögert, wenn Malin mit einem Anliegen zu ihr gekommen war. Sie dagegen fertigte Jule einfach ab, als wären ihre Sorgen im Vergleich zu den eigenen völlig unwichtig.

Jule überlegte, an wen sie sich sonst noch wenden konnte. Ruben? Wohl kaum. Der würde sich nur über sie lustig machen. Jana?

Seufzend verwarf sie auch diese Idee. Sie hatte Svens Schwester gern, aber sie kannte sie doch noch gar nicht besonders gut.

Thorben oder Élin? So sehr sie ihre älteren Geschwister liebte, in dieser Sache war auch keiner von ihnen der richtige Ansprechpartner. Élin würde ihr eine Moralpredigt halten und Thorben vermutlich gar nicht verstehen, was für ein Problem sie genau mit der Situation hatte. Er hatte in Liebesangelegenheiten zwar eine ähnliche Vergangenheit wie seine kleine Schwester, aber als er seine jetzige Frau kennengelernt hatte, war er sich schnell darüber klar geworden, was er wollte. Ihm hatte es keine Schwierigkeiten bereitet, echte Gefühle von rein körperlicher Anziehung zu unterscheiden.

Weil Jule keine bessere Alternative einfiel, schrieb sie schließlich an Björn.

Lust auf einen Spaziergang?

Zu anstrengend. Aber du kannst dich zu mir auf den Steg legen. Bin allein zu Hause.

Wenigstens er wollte sich Zeit für sie nehmen.

Okay.

Geh einfach ums Haus herum!

Jule zog kurzerhand einen Bikini und darüber eine Jeans-Shorts und ein einfaches Shirt an, packte noch ein Badetuch in den Rucksack, setzte ihre Sonnenbrille auf und machte sich auf den Weg.

Björn lag tatsächlich auf dem Steg, er hatte sich einfach auf dem Holz ausgestreckt und schien zu schlafen. Aber als Jule sich näherte, schob er kurz seine Sonnenbrille hoch und sagte: »*Hej!* Alles klar?«

Jule breitete ihr Badetuch neben ihm aus und setzte sich darauf. »Du siehst nach heftiger Party aus«, stellte sie fest.

Er grinste. »Feiern macht viel mehr Spaß, wenn es nicht die eigene Bude ist, die beinahe zerlegt wird.«

»Also hast du diesmal den Studienabschluss ordentlich begossen?«

»Man muss die Feste feiern, wie sie fallen.«

Sie schwiegen eine Weile, und Jule ließ den Blick entlang der Brücke bis zu den bewaldeten Ufern von Kärsö schweifen. Wie immer hatten die Bäume auf sie einen beruhigenden Effekt, doch nur dadurch ließen sich ihre Probleme nicht lösen.

»Was hast du gemacht?«, erkundigte Björn sich nach einer Weile.

»Gröna Lund«, antwortete sie nur.

»Oh, auch cool. Nur Park oder war ein Konzert?«

»Park.«

»Mit wem warst du da? Hattet ihr ordentlich Action?«

»Malin, Sven, seine Schwester, Ruben und Lasse«, zählte Jule auf. »Und für meinen Geschmack etwas zu viel Action.«

»Ist Geschwindigkeit nicht so dein Ding?«

»Geschwindigkeit schon, aber Höhe nicht.«

Björn warf ihr einen skeptischen Blick zu. »Hast du richtig Höhenangst?«

Sie nickte. »Ja, so richtig richtig. Und glaub mir, Eclipse ist da kein Spaß.«

»Warum bist du dann überhaupt eingestiegen?«, wollte er verwundert wissen.

»Weil ich Lasse was beweisen wollte.«

»Was? Dass sich Erbrochenes bei neunzig Metern Fallhöhe und gleichzeitiger Rotation gleichmäßig verteilt und nicht als kompakter Brocken zur Erde fällt?«

Unwillkürlich musste Jule lachen. Wenngleich das Gespräch mit Björn nicht sonderlich tiefsinnig war, verbesserte es ihre Laune doch erheblich.

Sie streckte sich neben ihm aus. »Seit wann liegst du hier schon?«

»Seit Sonnenaufgang. Ich wollte nicht ins Bett.« Er hatte Glück, dass es heute ziemlich bewölkt war, sonst wäre er inzwischen wohl an manchen Stellen krebsrot. »Manchmal muss man die Dinge einfach annehmen, die sich einem anbieten. Morgenrot zum Beispiel.«

»Ja, vermutlich hast du recht«, stimmte Jule ihm zu und fragte sich gleichzeitig, ob sich diese Weisheit auch auf ihr Leben übertragen ließ.

Nein, jedenfalls im Moment nicht. Sie sehnte sich wirklich nach einer Möglichkeit, die klar und deutlich vor ihr lag und nach der sie einfach nur greifen musste. Bei ihr schien jedoch gerade alles verschleiert oder verwirrend oder verbaut zu sein.

»Haben unsere Fotos bei deinem Lasse eigentlich irgendeine Wirkung gezeigt?«, erkundigte Björn sich nach einer kurzen Stille.

»Wirkung?«

»Na ja, irgendwas musst du damit ja vorgehabt haben, oder? Wolltest du ihn eifersüchtig machen? Oder vertreiben? Das habe ich noch nicht so ganz verstanden.«

»Ich wohl auch nicht«, murmelte Jule.

»Kann es sein, dass du in Sachen Liebe ziemlich kompliziert unterwegs bist?«

»In Sachen Liebe war ich bis jetzt gar nicht unterwegs«, widersprach Jule. »Aber in Sachen Männer ist es kompliziert.«

»Willst du damit behaupten, du warst noch nie verliebt?«

»Du schon?«, entgegnete sie.

»Ja, schon ein paarmal. Was nicht heißt, dass es immer gut ausgegangen ist. Also, unterm Strich ist es sogar jedes Mal schlecht ausgegangen. Offensichtlich, sonst wäre ich ja nicht Single. Aber so lange es angedauert hat, war es schön.«

»Wie lange war deine längste Beziehung?«

»Knapp drei Jahre. Die andere etwa eineinhalb.«

Seine Antwort bewirkte, dass Jule sich noch elender fühlte. Sogar Björn, der anscheinend nur Partys und Spaß im Kopf hatte, brachte den Mut auf, sich auf eine Beziehung einzulassen. »Woran ist es gescheitert?«, hakte sie nach.

»Die eine ging zum Studieren nach Göteborg, und eine Fernbeziehung haben wir nicht lange durchgehalten. Unter anderem auch deshalb, weil dann die andere ins Spiel kam. Die hat mich später sitzen lassen.«

»Bereust du irgendwas?«

»Wieso sollte ich? Wie schon gesagt, es war schön. Dass oder wie es zu Ende geht, löscht doch nicht alles aus, was bis dahin war. Ich will die Erinnerung nicht missen. Und überhaupt, woher hätte ich wissen sollen, wie es wird, wenn ich es gar nicht erst versucht hätte? Beziehungen sind doch wie alles im Leben. Wenn du nicht dabei bist, verpasst du es.«

Jule kam sich neben Björn wie ein ahnungsloser Teenager vor. Was er sagte, ergab in ihren Ohren total Sinn. Trotzdem fragte sie sich, ob man im Leben wirklich alles versuchen musste. In das Eclipse einzusteigen war beispielsweise eine Dummheit, auf die sie gut und gern hätte verzichten können. Und doch erinnerte sie sich in dem Moment wieder genau daran, wie es sich angefühlt hatte, von Lasse festgehalten zu werden. Sie spürte den Schauer entlang ihrer Wirbelsäule und seinen Atem an ihrem Hals, als er ihr Ermutigungen ins Ohr geflüstert hatte. Und der Ausblick war traumhaft schön gewesen.

»Also willst du, dass er glaubt, wir beide wären zusammen, weil du Angst vor einer Beziehung mit ihm hast?«, schloss Björn aus ihren Fragen.

»Das ist etwas komplizierter«, stellte Jule fest.

»Das sagst du immer. Aber nicht, warum es so kompliziert ist. Bei unserer ersten Begegnung hast du erwähnt, dass du ihn eigentlich nie wieder sehen wolltest. Warum? Hat er irgendwas Blödes gemacht? Dich in einer unpassenden Situation angebaggert? Und du hast ihn abgewiesen? Und jetzt hast du gemerkt, dass du ihn eigentlich doch gut findest?«

»Nein, aber irgendwie so ähnlich. Jedenfalls der letzte Teil. Ich habe in letzter Zeit gemerkt, dass ich ihn mag, obwohl ich eigentlich aufgrund unserer Vorgeschichte nichts mehr mit ihm zu tun haben wollte.«

»Und er?«

Sie seufzte tief. »Tja, da liegt das Hauptproblem. Ich habe keine Ahnung. Er behandelt mich einmal total nett, dann ist er gemein, dann ignoriert er mich, dann ist er ganz Gentleman, bleibt aber auf Distanz, dann …«

Und dann nimmt er mich in den Arm und hält mich fest und beschützt mich und gibt mir das Gefühl, dass ich ihm wirklich wichtig bin, fügte sie in Gedanken hinzu. Das war es, was unterm Strich von der Horrorfahrt geblieben war. Die Angst war verblasst, doch an Lasses Nähe erinnerte sie sich noch ganz deutlich.

»Und wie bist du zu ihm?«

Jule zögerte mit einer Antwort. »Nett …«

»Immer?«

»Nein …«

»Sondern?«

»Okay, schon gut«, gab sie sich geschlagen. »Ich lüge ihn an, mache spitze Bemerkungen, bin in seiner Gegenwart trotzig wie ein kleines Kind, würde ihm manchmal gern ins Gesicht springen, weil er mich so auf die Palme bringt, dann flirte ich aus Versehen mit ihm …«

»Aus Versehen?«, unterbrach Björn sie lachend. »Wie flirtet man aus Versehen?«

Jule gab ihm keine Antwort.

Daher fasste er zusammen: »Also das heißt, ihr benehmt euch beide seltsam, und jedenfalls bei dir ist der Grund dafür, dass du ihn trotz irgendwas in eurer Vergangenheit inzwischen richtig magst. Nehmen wir mal für einen kurzen Moment an, ihm geht es genau wie dir. Was wäre die Lösung?«

»Reden«, seufzte Jule. Das wusste sie doch eigentlich längst.

»Und warum hast du solche Angst davor?«

Sie sah Björn von der Seite an und konnte endlich das benennen, wovor sie regelmäßig die Flucht ergriff. »Weil dabei herauskommen könnte, dass meine Gefühle echt sind – seine aber nicht.«

Er drehte den Kopf ebenfalls zu ihr, schob die Sonnenbrille hoch und sagte: »Tja, Jule, da musst du durch.«

»Und wie gehe ich das an?«

Björn setzte sich auf, und Jule bemerkte das leichte Grinsen in seinem Mundwinkel, dachte sich aber nichts dabei.

»Einfach ins kalte Wasser springen«, meinte er gelassen. Doch dann handelte er so schnell, dass Jule nicht mehr reagieren konnte. Er hob ihr Badetuch auf einer Seite an, sodass sie wegrollte, und schubste sie einfach vom Steg. »So ungefähr«, ergänzte er, als Jule prustend und schimpfend wieder aufgetaucht war.

»Du Blödmann! Ich habe mein Handy eingesteckt.« Sie strampelte, um an der Oberfläche zu bleiben, holte das Smartphone aus der Gesäßtasche und hielt es ihm entgegen. Björn legte sich auf den Steg und beugte sich herunter, um es ihr abzunehmen und zum Trocknen in die Sonne zu legen.

»Wenn es kaputt ist, sind auch unsere Fotos weg«, stellte er fest. »Und wer weiß, wofür das gut ist.«

Jule schwamm zur Leiter und kletterte aus dem Wasser. Sie war stocksauer auf Björn. Das Smartphone war zwar nicht mehr neu, und sie hatte genug Geld auf der Seite, um sich jederzeit ein neues kaufen zu können, aber sie nahm ihm die Aktion trotzdem übel. Doch was er da über die Fotos gesagt hatte – da war möglicherweise etwas Wahres dran. Sie hatte mit dieser Fake-Beziehung alles nur noch schlimmer gemacht. Es war an der Zeit, sie zu beenden.

12. Juni

»Ich warte draußen!« Jule hatte keine Lust, in der Garderobe sitzen zu bleiben, während Malin sich die Haare föhnte, wenn im Eingangsbereich eine gemütliche Lounge auf sie wartete.

Auf dem Weg dorthin begrüßte sie im Vorbeigehen Mark, der am Empfang saß, dann ließ sie sich in der Nische nieder, von der aus man den besten Überblick hatte. Sie griff nach einer Zeitschrift und blätterte darin, behielt aber über den Rand hinweg die ganze Zeit den Raum im Blick.

Einige Kunden kamen oder gingen, mehr tat sich nicht, bis Malin zehn Minuten später um die Ecke bog. Obwohl Freitag war, war Lasse entweder nicht im Haus, oder er versteckte sich heute gut vor ihnen.

Mit einem übertriebenen Stöhnen erhob Jule sich aus ihrem gemütlichen Sitz und folgte ihrer Freundin. Seit sie sich fest vorgenommen hatte, ein klärendes Gespräch mit Lasse zu suchen, hatte sie ihn nicht mehr gesehen. Sie wusste nicht so recht, ob sie darüber enttäuscht oder erleichtert sein sollte.

In Wahrheit hatte es in dieser Woche noch gar keine Gelegenheit für ein Aufeinandertreffen gegeben. Obwohl Sven nicht da war, hatte Malin Jule am Dienstag versetzt. Aus lauter Panik vor einer Begegnung mit Lasse war sie daraufhin auch nicht ins Fitnessstudio gefahren. Es war eine Sache, sich für etwas zu entscheiden, jedoch offenbar eine ganz andere, es auch durchzuziehen.

Wie üblich steuerten die Mädels die Sportsbar um die Ecke an, und Jule konnte dort ihren Lieblingsplatz ergattern, während Malin sich um die Getränke kümmerte. Als sie zusammen am Tisch saßen, checkte Malin noch schnell ihr Handy.

»Oh, da sollte ich antworten«, murmelte sie und tippte rasch eine Nachricht, ehe sie das Smartphone wieder einsteckte.

Jule beschlich wieder einmal das ungute Gefühl, dass Malin sie nicht mehr besonders wichtig nahm. Auf den versprochenen Anruf vom Sonntag hatte sie vergeblich gewartet. Ihre beste Freundin hatte offenbar die ganze Woche Wichtigeres zu tun gehabt, als ihr ein offenes Ohr zu schenken.

»Sorry, das war Magnus …«, begann Malin, doch dann unterbrach sie sich kurz und rief aus: »Das weißt du ja noch gar nicht!«

»Was denn? Heiratet er?«, riet Jule ins Blaue.

»Nein, es geht nicht um ihn, sondern um Mama und Gunnar. Wir haben am Sonntag den Grund für ihren Streit nach Papas Tod herausgefunden.«

Jule hatte eigentlich einen Schluck trinken wollen, doch nun stellte sie die Cider-Flasche entsetzt ab. Am *Sonntag*? Heute war Freitag! Seit Monaten rätselten sie gemeinsam, was hinter dem Zerwürfnis stecken konnte, und Malin verriet ihr tagelang nicht, dass sie die Lösung gefunden hatte?!

»Ach, tut mir leid, ich habe ganz vergessen, es dir zu erzählen. Nachdem wir bei Mama waren, habe ich Sven gleich angerufen, weil ich das alles loswerden musste, und dann war es schon so spät, dass ich dich nicht mehr stören wollte.«

Jule hatte große Mühe, ihre Fassung zu bewahren. Jetzt waren ihre Befürchtungen also wahr geworden: Sven hatte sie abgelöst. Von nun an war ihre Telefonnummer nicht mehr die erste, die Malin wählte, wenn sie ganz dringend etwas loswerden wollte.

Sie bemühte sich, die Kränkung nicht zu zeigen. Ein Teil von ihr hatte Verständnis und gönnte es ihrer Freundin, dass sie so einen tollen Partner gefunden hatte. Der andere Teil war rasend eifersüchtig auf Sven und auch ein kleines bisschen auf Malin, weil sie so einen Menschen in ihrem Leben hatte.

Sie musste sich regelrecht überwinden zu fragen: »Und was war nun der Grund?«

»Mein Vater hatte eine Lebensversicherung abgeschlossen, in der als Begünstigte seine Kinder eingetragen waren«, erklärte Malin. Und nach einer kurzen Pause fügte sie bedeutungsschwer hinzu: »*Alle* seine Kinder.«

Jule nickte. Dass Oskar Forsberg in Amerika eine neue Familie gegründet hatte, nachdem er seine Frau und seine ersten beiden

Kinder verlassen hatte, war keine Neuigkeit für sie. Magnus und Malin hatten zwei Halbgeschwister gehabt, die tragischerweise beim selben Flugzeugabsturz wie der Vater ums Leben gekommen waren.

»In dem Dokument waren auch die Geburtsdaten seiner beiden anderen Kinder eingetragen«, berichtete Malin weiter. »Sie waren jeweils wenige Monate älter als Magnus und ich.«

Diesmal verschluckte Jule sich an ihrem Cider. Ihre beste Freundin hatte herausgefunden, dass ihr Vater ein Doppelleben geführt hatte, und das hatte sie ihr ganze fünf Tage lang nicht erzählt?

Malin klopfte Jule ein paarmal auf den Rücken, bis sie zu husten aufhörte, dann redete sie unbeirrt weiter. »Stell deine Flasche lieber hin, denn das Beste kommt erst. Der eigentliche Grund für den Streit zwischen Mama und Onkel Gunnar war, dass der es die ganze Zeit gewusst hat. Papa kannte die andere Frau anscheinend von einem längeren Aufenthalt in den USA, *bevor* er Mama getroffen hat. Als meine Großeltern mitbekommen haben, dass Mama schwanger ist, haben sie darauf bestanden, dass er sie heiratet. Sie wussten allerdings nicht, dass zu dem Zeitpunkt auch noch eine zweite Frau von ihm schwanger war.«

Jule blinzelte irritiert. Die Geschichte selbst überraschte sie gar nicht so sehr wie die Gelassenheit, mit der Malin sie erzählte. Sie hatten immer vermutet, dass hinter dem Streit zwischen Britta und Gunnar etwas richtig Großes stecken musste. In dieser Hinsicht erfüllten die neuen Erkenntnisse die Erwartungen auf ganzer Linie. Aber dass Malin davon berichtete, als hätte sie das alles über irgendeinen Promi in einer Zeitung gelesen, das war für Jule unfassbar. Sie schien von diesen Enthüllungen über ihren Vater gar nicht betroffen zu sein.

»Und das alles berührt dich gar nicht?«, fragte sie entgeistert.

»Im ersten Moment war ich natürlich total geschockt«, erwiderte Malin. »Magnus auch, wir wussten gar nicht, was wir dazu sagen sollten. Ich meine, wir waren im Vorfeld schon verwundert darüber, dass Mama uns ausdrücklich nur zu zweit zum Essen eingeladen hat. Als dann Onkel Gunnar auch da war, waren wir erst mal erleichtert und erfreut, dass sie das Kriegsbeil offensichtlich begraben haben. Aber mit solchen Enthüllungen hatten wir nicht gerechnet.«

»Und inzwischen hast du das alles verarbeitet?«

»Ich habe in dieser Woche wahrscheinlich zehn Stunden mit Magnus und noch mal so viele mit Sven telefoniert. Blöd, dass er gerade nicht da ist, das war nicht gut für unsere Handyrechnungen. Aber ich musste das alles erst ein paarmal durchkauen, bevor ich es so richtig glauben konnte.«

Jule hätte gern ausgerufen: »Und warum bist du dann nicht einfach zu mir gekommen?« Doch sie schwieg verletzt. Dass Malin anscheinend gar nicht auf die Idee gekommen war, einmal sie anzurufen, anstatt teuer mit dem Ausland zu telefonieren, tat verdammt weh.

Zum Glück deutete Malin ihr Schweigen völlig falsch, denn sie vermutete, dass Jule von den Neuigkeiten so betroffen war.

»Es ist okay für mich, wirklich«, versicherte sie. »Ich meine, er war ja nie der ideale Vater. Das war uns spätestens klar, als er uns verlassen hat. Und wir wussten von der anderen Familie. Wir dachten nur, die anderen Kinder wären jünger als ich. Dass Gunnar es die ganze Zeit gewusst hat, war eigentlich auch nicht so die Überraschung. Schließlich war er nicht nur Papas Bruder, sondern auch sein Anwalt.«

Jule hörte Malin nur mit halbem Ohr zu. Sie war viel zu beschäftigt damit, sich nicht anmerken zu lassen, was sie in Wirklichkeit so sehr getroffen hatte. Jule ließ die vergangenen Wochen Revue passieren und kam immer mehr zu der Erkenntnis, dass Malin sich zunehmend von ihr entfernt hatte. Bevor sie mit Sven zusammengekommen war, hatten sie fast täglich telefoniert – jedenfalls aber bei jeder Neuigkeit, die es zu teilen galt.

Noch vor drei Monaten hätte Malin nie im Leben eine andere Telefonnummer als ihre gewählt, wenn sie etwas Neues über das seltsame Verhältnis von Britta und Gunnar erfahren hätte. Doch nun war sie immer häufiger nur ihre zweite – oder hinter Magnus gar dritte – Wahl, wenn sie etwas zu besprechen hatte. Hätten sie nicht die regelmäßigen gemeinsamen Besuche im Fitnessstudio, würden sie sich bestimmt noch seltener sehen, weil Malin die Abende einfach mit ihrem Freund verbrachte und gar nicht erst auf Jules Gesellschaft angewiesen war.

Das war nicht das erste Mal. Schon als sie damals mit Adrian zusammengekommen war, hatten sie so eine Phase gehabt, in der sie sich viel seltener gesehen und gehört hatten als sonst. Aber irgendwie hatte sie das damals nicht so schwer getroffen. Irgendetwas musste anders gewesen sein als jetzt, und Jule versuchte, sich zu erinnern, was das war.

Die Erleuchtung kam, als Malin sich erkundigte, ob sie in letzter Zeit etwas von Björn gehört hatte. Björn. Studienabschluss. Studienanfang. Das war es. Malin war zu Beginn ihres Studiums mit Adrian zusammengekommen. Jule hatte im ersten Jahr an der Uni praktisch keine Party ausgelassen.

Deshalb hatte sie ihre Freundin damals nicht sonderlich vermisst. Sie war viel zu sehr damit beschäftigt gewesen, das Leben zu genießen. Ja, im Rückblick betrachtet hatte Jule in dem Jahr ihre wilde Zeit gehabt, während ihre beste Freundin sesshaft geworden war.

»Willst du noch was trinken, oder lassen wir es für heute gut sein?« Jule hoffte, dass Malin an ihrem Tonfall erkannte, dass sie dringend nach Hause wollte. Sie fühlte sich ganz und gar nicht wohl in ihrer Haut und musste dringend etwas dagegen unternehmen. Und dazu brauchte sie ihren Computer.

»Wir können gern gehen«, antwortete Malin zu ihrer großen Erleichterung. »Sven landet zwar erst in zwei Stunden, aber es schadet vielleicht nicht, wenn ich zu Hause ein bisschen aufräume. Er soll ja nicht das Gefühl haben, ich würde ihm absichtlich die ganze Hausarbeit aufheben, weil ich noch beleidigt bin, dass er verreisen musste.«

Sie zwinkerte fröhlich, und Jule gewann schon wieder den Eindruck, dass sie in Malins Leben derzeit keine besonders wichtige Rolle spielte. Ihre Freundin schien gar nicht richtig wahrzunehmen, wie geknickt sie war.

Sie verließen gemeinsam das Lokal und spazierten zur nächsten U-Bahn-Station, doch dort trennten sich ihre Wege. Jule war fast ein wenig erleichtert, als Malin aus ihrem Sichtfeld verschwunden war.

Während der Fahrt nach Hause packte sie ihr Smartphone aus und scrollte durch die Bildergalerie. Sie würde als Allererstes ein neues Profilbild brauchen, denn das alte konnte sie auf gar keinen

Fall beibehalten. Der schwarze Bob erinnerte sie viel zu sehr an das Date mit Lasse. So würde sie nicht mehr aufkreuzen, wenn sie sich mit einem Typen traf.

Zu Hause angekommen, zögerte Jule nicht lange und setzte sich mit ihrem Laptop auf das Bett. Bevor sie sich auf der Dating-Plattform einloggte, überkamen sie kurz Zweifel, doch die schob sie entschlossen beiseite. Das hier war eine gute Idee. Sie würde ihr Profil auf Vordermann bringen, und dann würde sie einen Mann finden, der sie davon ablenkte, dass sie in Malins Leben höchstens noch die zweite Geige spielte. Und außerdem würde sie sich selbst beweisen, dass Lasse nicht der einzige Mann war, den sie anziehend fand.

Eine Zeit lang betrachtete Jule das Foto von sich, das sie ausgewählt hatte, und überlegte, ob sie es bearbeiten sollte. Irgend so eine Facetuning-App war vielleicht imstande, sie wie ein Model aussehen zu lassen, nicht wie das nette Mädchen von nebenan.

Doch nach kurzer Bedenkzeit entschied sie sich dafür, lediglich einen Filter zu benutzen, der ihre Haut ein wenig ebenmäßiger aussehen ließ. Sie würde nicht noch einmal den Fehler begehen, sich zu verstellen, um an ein Date zu kommen. Auf dieser Dating-Plattform trieben sich genügend Typen herum, irgendeiner würde schon anbeißen. Außerdem machten sich auch ihre ehrlichen Angaben im Profil ganz gut. Es war nicht gelogen, dass sie regelmäßig Sport trieb und gern auf Partys ging, dass ihr Hobby Klettern war und dass sie einen Studienabschluss besaß. Eigentlich fand Jule, dass sie sogar eine ziemlich gute Partie war.

Am Ende musste sie noch das Feld mit der Frage ausfüllen: *Was suchst du?* Als sie den Satz las, den sie vor einem Jahr eingetragen hatte, wurde sie rot und löschte ihn schnell. Das prickelnde Abenteuer hatte sie mit Lars eindeutig gefunden.

Inzwischen war sie allerdings zu der Erkenntnis gelangt, dass es keine gute Idee war, den Wunsch nach einem One-Night-Stand so direkt zu formulieren. Deshalb schrieb sie diesmal schlicht, dass sie Spaß haben wollte. Das konnte man in verschiedene Richtungen auslegen, und auch, wenn es Sex beim ersten Date nicht ausschloss, war es doch deutlich unschuldiger formuliert.

Bevor Jule ihr Profil reaktivierte, überflog sie noch einmal ihre

Angaben. Dann atmete sie tief durch und klickte auf *Freigeben.* Im vergangenen Jahr hatte es keine zehn Minuten gedauert, bis sie die ersten Nachrichten erhalten hatte. Keiner der Typen war annähernd so attraktiv wie Lars gewesen – und den hatte sie eigentlich für einen Fake gehalten.

Während Jule wartete, ob sie auch diesmal so schnell kontaktiert werden würde, stellte sie sich die Frage, ob sie zu dem Date mit Lars auch gegangen wäre, wenn sie davor mit absoluter Sicherheit gewusst hätte, dass auf seinem Profilbild er selbst abgebildet war. Sie hatte sich nämlich bis zu ihrem Eintreffen in der Bar eingeredet, dass der Typ bestimmt die totale Enttäuschung sein würde.

Hatte ein Teil von ihr darauf gehofft, dass ihr Plan nicht aufgehen würde? Immerhin hatte sie sich eigens eine Strategie zurechtgelegt, wie sie entkommen konnte, wenn auf einmal ein Glatzkopf mit Bierbauch vor ihr stand, den sie wirklich absolut unattraktiv fand.

Womit sie nicht gerechnet hatte, war ein Mann, zu dem sie sich vom ersten Moment an hingezogen fühlte, obwohl sie seine Arroganz so völlig abstieß. Objektiv betrachtet war ihr Verhältnis zu Lasse von Anfang an eine widersprüchliche Angelegenheit gewesen.

Jule nahm sich vor, diesmal den Angaben im Profil mehr Beachtung zu schenken als den Fotos. Wer damit angab, wie toll und erfolgreich er war, würde sofort rausfliegen.

Die ersten Matches, die die Plattform ausspuckte, begeisterten sie nicht gerade. Je mehr von ihnen Jule wegklickte, desto unsicherer wurde sie, ob das hier wirklich eine gute Idee war. Sie wollte sich schon wieder ausloggen, als ihr ein Foto eines blonden Typen mit einem strahlenden Lächeln angezeigt wurde. Für einen Moment glaubte sie, das wäre Lasse. Und mit einem Mal machte sich die Erkenntnis breit, dass sie tatsächlich hoffte, ihn hier zu finden, weil er es war, den sie suchte.

13. Juni

Jules wirre Gedanken hatten ihr den Schlaf geraubt, und sie hatte sich die halbe Nacht in ihrem Bett hin und her gewälzt.

Obwohl sie in ihrem Kopf viele Szenarien durchgespielt hatte, wich sie am nächsten Tag nicht von ihrem Plan ab. Ja, es war vielleicht keine besonders erwachsene Entscheidung, in die Arme eines anderen Mannes zu fliehen, weil sie das Gefühl hatte, es mit dem, den sie nach neuesten Selbsterkenntnissen eigentlich wollte, gründlich vermasselt zu haben. Selbst wenn sie jetzt hinging und Lasse erklärte, dass sie überhaupt nicht mit Björn zusammen war, höchstens ein paarmal mit ihm geknutscht hatte, ohne dass einer von ihnen dabei ernste Absichten gehabt hätte – was würde das noch ändern?

Tatsache war: Sie hatte ihm wochenlang etwas vorgespielt und ihm mehr als einmal ins Gesicht gelogen. Jule konnte zwar auf keine Erfahrung mit einer festen Beziehung zurückblicken, doch dass das keine besonders gute Voraussetzung für gegenseitiges Vertrauen und eine stabile Partnerschaft war, das wusste sie auch so.

Wenn Lasse erfuhr, dass die Sache mit Björn nichts als Theater gewesen war, würde er seine abweisende Haltung bestimmt nicht ablegen, im Gegenteil. Er würde sich darin bestätigt fühlen, dass es eine gute Idee war, Jule gar nicht erst richtig an sich heranzulassen.

Wenn sie so tat, als hätte sie sich gerade frisch von Björn getrennt, würde sie ihre Beziehung auf einer Lüge aufbauen. Aber irgendwann würde die Geschichte ans Licht kommen, in einem unbedachten Moment, an einem feuchtfröhlichen Abend. Irgendwann würde bestimmt irgendjemand eine Bemerkung machen, die die ganze Lüge auffliegen ließ. Und selbst wenn es bis dahin zwischen ihnen gut lief, würde es spätestens dann zum Bruch kommen.

Da es unwahrscheinlich war, dass jemand in den nächsten Tagen eine Zeitmaschine erfinden würde, mit der sie zwei Monate oder vielleicht gleich ein ganzes Jahr zurückreisen konnte, um ihre falschen Entscheidungen rückgängig zu machen, sah Jule nur eine Lösung: Sie musste sich damit abfinden, dass aus Lasse und ihr niemals ein Paar werden würde. Sosehr sie das Kribbeln auch genoss, das sein Lächeln in ihrem Bauch verursachte, sie hatte einfach zu viel falsch gemacht. Und genau deshalb kam es auf einen Fehler mehr oder weniger nicht mehr an.

Sie würde sich heute mit Climber92 in einem Club treffen, und sie würde mit ihm Spaß haben – wie mit so manchem Typen vor ihm und noch vielen, die nach ihm kommen würden. Denn es sah für Jule einfach alles danach aus, als wäre sie für feste Beziehungen nicht geschaffen.

Am späten Abend stand sie vor dem Spiegel und betrachtete ihr Bild darin. Sie trug eine knappe Shorts und einen BH. Den neonfarbenen Hoodie, den sie dazu anziehen wollte, hielt sie in der Hand. Mit Wohlwollen stellte sie fest, dass das Training der vergangenen Wochen positive Spuren hinterlassen hatte. Sie hatte auch davor keine besonderen Probleme mit Winterspeck gehabt, aber jetzt wirkte alles noch ein bisschen straffer. Und von Bingo-Wings war sie jedenfalls weit entfernt.

Jule schlüpfte in den Hoodie, überprüfte ihr Make-up und fuhr sich noch einmal durch die Haare. Dann hängte sie sich ihre kleine Tasche um, die das Notwendigste enthielt, was man für eine lange Ausgehnacht benötigte: Kreditkarte, Handy, Ausweis, Lippenstift, Schlüssel. Zuletzt schlüpfte sie in weiße Sneakers und verließ ihr Häuschen.

Um das Wohnhaus ihrer restlichen Familie schlich sie sich herum, ohne von jemandem gesehen zu werden. Aber als sie das Eingangstor erreichte, rief Ruben nach ihr. Er wohnte in einer kleinen Wohnung ganz in der Nähe. Wie so oft hatte er bei ihrer Familie zu Abend gegessen und war nun auf dem Weg nach Hause.

»Gehst du aus?«, erkundigte er sich, während er sie ein Stück die Straße hinunter in Richtung U-Bahn-Station begleitete.

»Ja«, antwortete sie kurz angebunden.

»Mit Malin?«

»Nein.«

»Mit Björn?«

»Der liegt auf Mallorca am Strand und feiert mit seinen Freunden den Studienabschluss.«

»Doch nicht etwa mit Lasse?«

»Nein!«

Er grinste. »Ich frage ja nur. In letzter Zeit hat es gewirkt, als würdet ihr euch ein bisschen annähern.«

»Haben wir auch irgendwie«, gab Jule zu, wollte aber wirklich nicht weiter über Lasse reden.

»Also gehst du einfach allein irgendwohin?«, bohrte Ruben weiter.

Sie verdrehte genervt die Augen. »Wenn du es genau wissen willst: Ich habe ein Date. Nicht mit Björn und schon gar nicht mit Lasse. Und mehr werde ich dir ganz bestimmt nicht darüber erzählen.«

»Aber du kennst den Typen schon, und er ist vertrauenswürdig?«

Sie sah verlegen zu Boden.

»Jule!« Ruben blieb stehen. Er war jetzt ganz im Großer-Bruder-Modus angekommen. »Ein Blind Date? Du hast keine Ahnung, wen du da triffst?« Er wirkte ehrlich besorgt. »Hältst du das wirklich für eine gute Idee?«

Sie zuckte nur mit den Schultern. Ja, das war eine gute Idee, doch Ruben würde ihre Argumente vermutlich nicht verstehen.

»Verrätst du mir wenigstens, wohin du gehst? Damit wir einen Anhaltspunkt haben, wenn wir morgen eine Vermisstenanzeige aufgeben müssen?«

Sie hielt seine Sorge zwar für übertrieben, musste jedoch zugeben, dass es nicht schadete, Vorsichtsmaßnahmen zu treffen.

»Also gut«, gab sie seufzend nach und nannte ihm den Namen des Clubs.

»Versprich mir, dass du gut auf dich aufpasst!«, verlangte Ruben noch.

»Ich bin erwachsen!«, protestierte Jule. »Mir passiert schon nichts.«

»Das haben andere auch schon geglaubt«, entgegnete er. »Bitte geh einfach kein unnötiges Risiko ein, okay? Niemand will dir deinen Spaß verbieten. Wenn dir der Sinn nach einem One-Night-Stand steht, dann mach es! Aber sei vorsichtig, mit wem du mitgehst.«

»Vielleicht nehme ich ihn auch mit zu mir?«

»Dann stehe ich morgen um sechs bei dir auf der Matte und schaue mir den Kerl an«, drohte Ruben mit einem breiten Grinsen im Gesicht.

»Bitte nicht vor neun, okay?« Auch Jule grinste bei der Vorstellung, dass ihr Bruder ihr Date am Morgen davonjagen könnte. Das wäre auch eine ziemlich effektive Möglichkeit, um sicherzustellen, dass es bei einer Nacht blieb.

»Ich passe auf mich auf«, versprach sie und umarmte Ruben in einem Anfall von geschwisterlicher Zuneigung. Sosehr er ihr manchmal auf die Nerven ging, von ihren drei Geschwistern war er ihr der Liebste.

Er drückte sie fest an sich und gab ihr einen Kuss auf den Haaransatz. »Okay, dann zieh los und hab Spaß!«, sagte er noch. »Und wenn irgendwas ist und du gerettet werden musst, ruf mich jederzeit an!«

»Das hätte ich ohnehin gemacht«, versicherte sie schmunzelnd und löste sich von ihm. Sie winkte ihm zum Abschied, dann ließ sie ihn an der Ecke zurück und setzte ihren Weg allein fort.

Laute Musik, vibrierende Bässe, grelle Lichteffekte, die die Dunkelheit durchschnitten. Der Kontrast zu dem ruhigen Sommerabend, der über der Stadt lag und um diese Zeit des Jahres nie so richtig in eine Nacht überging, hätte nicht größer sein können. Noch war es relativ früh, der Club erst spärlich besucht.

Auf dem Weg zur Bar sah Jule sich suchend um. Climber92 hatte angekündigt, ein T-Shirt mit einer Anspielung auf ihren gemeinsamen Lieblingssport zu tragen. Diesmal hatte Jule bei der Auswahl ihres Dates das Augenmerk auf andere Punkte als nur das Aussehen gelegt. Ja, sie hatte nichts dagegen, wenn die Chemie stimmte und sie später miteinander im Bett landeten. Aber sie hatte dennoch sichergestellt, dass es zumindest ein Thema gab, über das sie sich auch unterhalten konnten.

Etwas unentschlossen nahm sie auf einem Barhocker Platz und schlug die Beine übereinander. Sie war extra ein klein wenig zu spät gekommen, weil sie nicht vor ihrem Date hatte eintreffen wollen, doch der Plan war anscheinend nicht aufgegangen.

Der Barkeeper hatte noch nicht viel zu tun und nahm sofort ihre Bestellung auf. Hier war es nicht ganz so laut, man konnte immerhin sein eigenes Wort verstehen. Als er den Gin Tonic vor ihr abstellte und ihr gleichzeitig das Gerät zur Kartenzahlung reichte, sagte eine männliche Stimme neben ihr:

»Mit Rosmarin, so trinke ich ihn auch am liebsten.« An den Barkeeper gewandt, fügte er hinzu: »Der geht auf mich.« Und ehe Jule ihre Kreditkarte über das Lesegerät halten konnte, hatte er das übernommen.

Unaufgefordert nahm der Mann neben ihr Platz, und Jule wandte sich ihm zu, um sich zu bedanken. Erleichtert erkannte sie den Aufdruck seines T-Shirts. Da stand: *I like to get high*, und daneben hing ein Kletterer in einer Felswand.

»Du bist doch mein Date?«, versicherte er sich.

Jule war ehrlich froh, dass sie das mit einem Nicken bestätigen konnte. Alles andere wäre jetzt doch ein wenig peinlich geworden.

»Nils alias Climber92«, stellte er sich vor.

Lächelnd erwiderte sie: »Ich bin Jule. Freut mich sehr. Und danke für den Drink! Das wäre nicht nötig gewesen.«

Er zuckte mit den Schultern. »Dann geht die nächste Runde eben auf dich.«

Das hielt sie für einen fairen Deal. Nils hatte ein halb volles Glas mitgebracht, und sie stießen miteinander auf ihr Date an.

»Also, wo wirst du denn normalerweise high?«, erkundigte Jule sich in Anspielung auf sein T-Shirt. Es dauerte keine fünf Minuten, bis sie in ein angeregtes Gespräch verwickelt waren.

Als Nils sie einige Drinks später auf die Tanzfläche zog, war für Jule bereits deutlich klar, dass die Chemie zwischen ihnen beiden absolut stimmte. Gemeinsame Interessen verbanden eindeutig. Nils war kein Schönling, sah aber auch nicht schlecht aus, und die Liebe zum Klettern bewirkte automatisch einen sportlichen Körperbau.

Aus Jules Sicht hatte sie diesmal mit ihrer Wahl voll ins Schwarze getroffen. Dass er auch noch gern tanzte, war schon die Draufgabe.

Je länger sie sich im Rhythmus der Musik bewegten, desto enger rückten sie zusammen. Aus anfänglich zufälligen Berührungen wurde bald Absicht, und alles verschwamm in einem Rausch aus Alkohol und Adrenalin.

Irgendwann fand Jule sich am Rand der Tanzfläche wieder, mit dem Rücken an der Wand, Nils ganz dicht vor ihr, seine Hände unter ihrem Hoodie, seine Zunge in ihrem Mund. Die wilde Knutscherei raubte ihr beinahe die Sinne. Irgendwo in den letzten noch funktionstüchtigen Windungen ihres Gehirns fragte sie sich, ob sie mit zu ihm gehen oder ihn zu sich nach Hause einladen sollte. Fest stand, das hier lief ganz genau nach Plan, und wenn er hielt, was seine Küsse versprachen, dann würde sie mit ihm eine verdammt heiße Nacht verbringen.

»Jule!«

Sie nahm ihren Namen nur am Rande wahr, aber die Hand auf ihrer Schulter spürte sie ganz deutlich. Erschrocken zuckte sie zusammen und machte sich von Nils los, der völlig verwirrt vor ihr stehen blieb.

Das durfte nicht wahr sein! Von allen Menschen auf der Welt musste ausgerechnet Lasse hier auftauchen. Er stand neben ihr und sah sie so vorwurfsvoll an, dass sie am liebsten im Erdboden versinken wollte.

»Das ist nicht Björn«, stellte er fest.

»Björn?«, wiederholte Nils verständnislos.

»Weiß der, dass du hier mit einem anderen Typen knutschst?«, fuhr Lasse unbeirrt fort.

»Du hast einen Freund?«, fragte Nils und wich automatisch von Jule zurück.

»Was geht euch das an!«, rief sie verärgert aus.

»Ähm, nun ja«, stammelte Nils, »eigentlich kann es mir ja egal sein, das musst du mit dir selbst ausmachen. Aber er …«

»Er« hatte sich in voller Größe neben ihnen aufgebaut und die muskulösen Arme vor der Brust verschränkt. Jule konnte es Nils nicht so recht verübeln, dass er keine Lust hatte, sich mit Lasse anzulegen.

Sie dagegen war so wütend, dass sie ihm gern die Augen ausgekratzt hätte. Egal, wie groß er war, egal, über welche Muskelmasse er verfügte, er hatte verdammt noch mal kein Recht, sich in ihr Liebesleben einzumischen! Wie Nils es ausgedrückt hatte: Sie musste es mit sich selbst ausmachen, ob sie ihrem Freund treu war oder nicht. Mal abgesehen davon, dass der nicht einmal existierte, jedenfalls nicht in der Form, von der Lasse ausging. Aber das war ganz bestimmt der falsche Moment, um ihm zu erklären, dass sie mit Björn nie richtig zusammen gewesen war. Außerdem würde er ihr in dieser Situation ohnehin nicht glauben.

»Äh, Jule, nichts für ungut … War geil mit dir, aber ich verziehe mich jetzt besser …«

Ungläubig sah Jule zu, wie Nils den Rückzug antrat. Noch vor einer Minute war sie überzeugt davon gewesen, mit ihm die Nacht zu verbringen, nun verschwand er einfach in der Menge.

»Bist du jetzt zufrieden?«, fuhr sie Lasse an und bahnte sich einen Weg durch die vielen Leute in Richtung Ausgang.

Wie befürchtet folgte Lasse ihr und holte sie ein, bevor sie die Tür erreichte. Er griff nach ihrem Arm, doch sie schüttelte ihn wieder ab.

»Fass mich nicht an!«, befahl sie und hoffte, damit die Aufmerksamkeit der umstehenden Menschen zu erregen, doch keiner interessierte sich für die Szene, die sie machten. Das frustrierte Jule noch zusätzlich, weil es sie an Ruben und seine Warnungen denken ließ. War sie naiv zu glauben, ihr könnte bei einem Blind Date rein gar nichts zustoßen?

Zielstrebig steuerte sie weiter auf den Eingang zu, bei dem sich eine Schlange aus Menschen gebildet hatte, die auf Einlass hofften. Für zwei von ihnen bedeutete Jules Abgang vermutlich, dass das Warten ein Ende hatte, denn dicht hinter ihr verließ auch Lasse das angesagte Lokal.

»Lass mich einfach in Ruhe und verschwinde!« Sie lief die Straße hinunter, die so dunkel war, wie sie in dieser Nacht nur werden würde. So kurz vor *Midsommar* bedeutete das, dass man sich nicht wie mitten in der Nacht, sondern mehr wie in der Dämmerung vorkam. Jule war froh darüber, denn das nahm ihrer Flucht das Unheimliche.

Wieder holte Lasse sie ein, doch anstatt sie festzuhalten, versperrte er ihr den Weg, indem er sich vor ihr aufbaute.

»Was willst du von mir?!«, schrie sie unter zornigen Tränen. »Du hast mein Date erfolgreich gesprengt, jetzt lass mich bitte einfach in Ruhe! Keine Angst, ich werde direkt nach Hause gehen und mir nicht den nächsten Typen suchen. Den Rest der Nacht werde ich ganz brav sein.«

Sie ließ ihren ganzen Ärger heraus, aber Lasse stand einfach nur ganz ruhig vor ihr. Das bewirkte nicht gerade, dass sie von ihrem wütenden Trip herunterkam. Sie hätte ihn gern geschüttelt, ihn gestoßen und gekratzt. Irgendein Ventil brauchten ihre aufgestauten Gefühle.

»Ich verstehe ja, dass du sauer bist, aber findest du nicht, dass du dich eher fragen solltest, warum du da drin gerade mit dem falschen Typen geknutscht hast?«, unterbrach er ihre Schimpftirade.

»Nein, das sollte ich nicht«, widersprach sie energisch. »Das weiß ich nämlich ganz genau. Weil ich eigentlich mit ihm leidenschaftlichen, ungezügelten Sex haben wollte!« Sie funkelte Lasse an, musste sich jedoch nach einem kurzen Blick in seine blauen Augen abwenden.

Verdammt, mit Nils zu schlafen wäre völlig falsch gewesen, aber aus anderen Gründen, als Lasse vermutete.

»Kein Wunder, dass deine Beziehung mit Björn so ein Auf und Ab ist, wenn du ihn regelmäßig bescheißt«, stellte Lasse fest.

»Was geht dich das an?«, fuhr sie ihn an. Gleichzeitig hasste sie es, dass er sie für eine untreue Schlampe halten musste. Ja, sie hatte mit einer ganzen Reihe Männern geschlafen, aber sie hatte nie einen betrogen. Dazu hätte sie nämlich erst einmal den Mut aufbringen müssen, sich mit einem von ihnen auf eine Beziehung einzulassen.

»Du musst es ihm sagen.«

»Wieso sollte ich das tun? Und überhaupt, was macht dich so sicher, dass er nicht auch gerade mit einer anderen im Bett liegt? Außerdem … was mischst du dich da ein, verdammt noch mal?

Spiel dich hier nicht als Moralapostel auf! Wir wissen doch beide, dass du auch kein Problem damit hast, mit Internetbekanntschaften schnelle Nummern zu schieben.«

Lasse sah sie eindringlich an. »Ich hätte nie mit dir geschlafen, wenn ich gewusst hätte, dass du in festen Händen bist.«

»Das war ich doch gar nicht!«, behauptete sie, aber sein Gesichtsausdruck machte deutlich, dass er ihr kein Wort glaubte. Das hier war wirklich der falsche Moment, um die Geschichte mit Björn aufzuklären. Sie war zu betrunken und zu aufgebracht, als dass Lasse ihr Geständnis ernst nehmen würde. Er würde glauben, dass sie das alles nur erfand, um ihn davon zu überzeugen, dass sie keine untreue Schlampe war.

»Ich glaube, ich bringe dich besser nach Hause«, sagte er.

»Einen Scheiß wirst du!«, rief Jule aus und wich ein paar Schritte zurück. »Ich finde allein heim. Ich brauche keinen Aufpasser und keine Gouvernante und keinen Babysitter oder was du sonst noch gern alles wärst. Lass mich in Ruhe! Am besten verschwindest du ein für alle Mal aus meinem Leben! Damit wäre uns allen am meisten geholfen.«

Sie wandte sich von ihm ab und rannte die Straße in die entgegengesetzte Richtung hinunter. Das war der falsche Weg, doch das war ihr völlig egal. Sie wollte nur fort von Lasse, ganz weit fort.

Hinter der nächsten Ecke hielt sie an und versicherte sich, dass er ihr nicht mehr folgte. Dann suchte sie nach dem Straßennamen, um sich zu orientieren, und machte sich tränenüberströmt auf den Heimweg.

14. Juni

Bist du zu Hause, Schwesterherz? Muss ich vorbeikommen und einen Typen aus deinem Bett jagen?

Unter anderen Umständen hätte Rubens Nachricht Jule am nächsten Morgen ein Schmunzeln entlockt. Doch heute nicht. Sie hatte schlimme Kopfschmerzen, war todmüde und fühlte sich insgesamt körperlich und seelisch einfach grauenvoll.

Diese ganze Aktion war voll nach hinten losgegangen. Anstatt Spaß zu machen und sie davon abzulenken, wie sehr sie sich zu Lasse hingezogen fühlte, hatte das Date genau das Gegenteil bewirkt. Wie ein Häufchen Elend lag Jule zusammengerollt in ihrem Bett, weinte und badete in Selbstmitleid.

Die Gefahr, dass Ruben binnen Minuten vor ihrer Haustür stand, wenn sie seine Nachricht zu lange nicht beantwortete, war zu groß, deshalb tippte sie fünf Worte ein und schickte sie ab: *Bin zu Hause und allein.*

Frühstück?

Darauf hatte sie rein gar keine Lust, deshalb ließ sie die Nachricht erst einmal auf dem Sperrbildschirm stehen und legte ihr Handy wieder weg.

Weil ihr selbst das wenige Licht, das durch einen Spalt zwischen Rollo und Fenster in den Raum drang, schon zu viel war, zog sie sich die Decke über den Kopf und wünschte sich, sie müsste diesen Raum nie wieder verlassen. Doch da hörte sie Geräusche aus der Küche und setzte sich erschrocken auf. Nur Sekunden später öffnete sich ihre Schlafzimmertür, und Ruben stand da.

»Was willst du hier?«, brummte sie und versteckte sich wieder unter der Decke.

»Habe ich doch geschrieben«, antwortete er unbeirrt. »Mit dir frühstücken.«

»Warum?«

»Weil ich mir dachte, du kannst heute vielleicht Gesellschaft brauchen. Und eine Schulter zum Anlehnen.«

Skeptisch lugte Jule aus ihrem Versteck hervor. Wie kam ihr Bruder auf diese Idee? Doch als sie ihn ansah, fiel es ihr wie Schuppen von den Augen. »Du hast mit Lasse geredet.«

Ruben hob sofort abwehrend die Hände. »Zu seiner Verteidigung: Er hat sich Sorgen gemacht und mich gebeten nachzusehen, ob du gut nach Hause gekommen bist.«

»Wenn der Mistkerl sich nicht eingemischt hätte, hätte er sich keine Sorgen machen müssen, weil ich nicht allein unterwegs gewesen wäre!«, schimpfte Jule.

Ruben setzte sich auf die Bettkante und zog die Decke von ihrem Kopf weg. »Die Aktion ging wirklich zu weit«, sagte er und klang dabei überraschend zerknirscht.

»Was meinst du damit?«, fragte Jule misstrauisch.

»Es tut mir leid, Schwesterherz. Das war meine Idee.«

Ruben kannte seine kleine Schwester gut genug, um automatisch in Deckung zu gehen. Doch es nutzte ihm nichts, dass er sich die Arme schützend über den Kopf hielt.

Jule ging fuchsteufelswild auf ihn los, boxte blind auf ihn ein und beschimpfte ihn. »Du dämlicher Idiot, was hast du dir dabei nur gedacht? Hast du ernsthaft Lasse dahin geschickt, damit er bei meinem Date dazwischenfunkt? Deshalb wolltest du unbedingt wissen, wohin ich gehe! Den besorgten großen Bruder mimen und dann so was! Was sollte der Scheiß denn bitte?!«

»Ich wollte dich bloß ärgern«, verteidigte Ruben sich. »Lasse sollte eigentlich nur im selben Lokal auftauchen und dich von deinem Date ablenken. Ich wollte herausfinden, ob du immer noch mit einem anderen Typen herummachen würdest, wenn er in der Nähe wäre. Denn dass du vor deinen Gefühlen für ihn wegrennst, sieht mittlerweile ein Blinder.«

»Was?« Jule ließ von ihm ab, weil ihre Augen sich so plötzlich mit Tränen füllten, dass sie nichts mehr sehen konnte. »Ist das so offensichtlich? Weiß Lasse es etwa auch?«

»Ich glaube, der weiß im Moment rein gar nicht, was er von dir halten soll. Wenn ihr zusammen seid, sprühen die Funken, obwohl du angeblich einen Freund hast. Von dem redest du nie, aber die Fotos in deinem Status behaupten, dass es mit euch ziemlich gut läuft. Jetzt hat Lasse dich mit einem anderen erwischt, mit dem du anscheinend recht intensiv zu Gange warst. Wie soll ein Mann da wissen, woran er ist?«

Jule schwieg betreten. Gestern hatte sie noch gedacht, ihre Situation könnte gar nicht mehr schlimmer werden. Sie hatte sich selbst eindrucksvoll das Gegenteil bewiesen.

Ruben legte ihr die Hand auf den Oberarm und sah sie ernst an. »Jule, du musst mit ihm reden und ihm die Wahrheit sagen. Das wird zwar nichts mehr an dem ändern, was er gestern gesehen hat. Aber du solltest wenigstens klarstellen, dass du eigentlich Single bist und damit frei, mit jedem beliebigen Typen zu knutschen. Bei allem, was sich zwischen euch schon angestaut hat, muss er dich nicht auch noch für untreu halten.«

»Ach, du meinst, es reicht vollkommen, dass ich eine Lügnerin bin?«

»Bei eurer Vorgeschichte könnte ich mir vorstellen, dass er über den Teil hinwegsehen kann. Das war eine Panikreaktion, die zu einem Selbstläufer wurde. Ich meine, er wusste ja anfangs selbst nicht, wie er mit dir umgehen soll. Er war letzten Juni auch dabei.«

Jule wurde rot und brachte es nicht fertig, Ruben zu fragen, wie viel Lasse ihm über das Date erzählt hatte. Es klang jedenfalls danach, als wüsste er mehr als nur ein paar oberflächliche Fakten. Hoffentlich war Lasse nicht zu sehr ins Detail gegangen, denn da gab es Dinge, die Ruben über seine kleine Schwester wirklich nicht zu wissen brauchte.

»Ich habe das voll verbockt, oder?«, murmelte sie.

»Noch nicht«, antwortete Ruben. »Aber du bist auf dem besten Weg dorthin. Deshalb dachte ich mir, ich greife besser ein, bevor du noch mehr Dinge tust, die du später bereust. Das war ein Fehler. Tut mir leid. Ich hätte dich das einfach durchziehen lassen sollen.«

»Damit ich dann draufkomme, dass ich nicht mehr mit irgendwelchen Männern, die ich kaum kenne, ins Bett will, sondern nur noch mit ihm?«

Ruben zuckte ratlos mit den Schultern. »Glaubst du, das wäre passiert?«

Sie wusste es nicht. »Das war ziemlich gut, bis Lasse uns unterbrochen hat. Der Typ war nett und konnte wirklich gut küssen. Aber …« Sie brach ab, weil sie es nicht fertigbrachte, den Rest des Satzes auszusprechen: Nils war nicht Lasse.

Obwohl es Spaß gemacht hatte, ihn zu küssen, hatte sie die ganze Zeit gewusst, dass sie am nächsten Morgen kein Problem haben würde, zu gehen oder Nils wegzuschicken.

»Ach, Schwesterchen.« Ruben zog sie an sich. »Es tut mir wirklich leid. Ich wollte echt nur dein Bestes. Nein, okay, ich wollte dir schon auch einen Streich spielen. Aber so sollte es nicht ausgehen. Eigentlich hatte ich ein bisschen gehofft, dass Lasse euch noch zu einem Zeitpunkt unterbricht, wo du so klar im Kopf bist, dass du im direkten Vergleich eindeutig erkennst, wen du wirklich willst. Und dass du den anderen vielleicht einfach wegschickst und endlich mit Lasse Klartext redest.«

»Wann genau hast du eigentlich beschlossen, mich mit Lasse zu verkuppeln?«, fragte Jule, während Tränen über ihre Wangen liefen.

»Schon bei Svens Party«, gab er zu. »Als mir aufgefallen ist, wie du ihn ansiehst, wenn du glaubst, dass du unbeobachtet bist.«

»Ich weiß doch selbst erst seit gestern, dass ich lieber mit ihm zusammen sein will als mit irgendjemand anderes!«, rief sie aufgebracht aus.

»Im Kopf vielleicht.«

Dem konnte Jule nichts entgegensetzen. Ruben hatte recht, das Kribbeln war schon länger da gewesen. Sie hatte sich jedoch die ganze Zeit eingeredet, dass sie Lasse nur rein körperlich anziehend fand. Vielleicht war das zu Beginn auch so gewesen. Aber inzwischen war mehr daraus geworden.

»Glaubst du wirklich, ich kann das alles noch mal geradebiegen?«, wollte sie von ihrem Bruder wissen.

»Also, leicht wird das bestimmt nicht«, meinte er. »Aber wenn du absolut ehrlich zu Lasse bist, wird er das auch anerkennen, denke ich. Ich meine, ich bin ziemlich sicher, dass er trotz allem in dich verknallt ist. Dann ist er bestimmt auch bereit, über manches hinwegzusehen.«

Jule war sich da nicht so sicher. Sie zog die Beine an, schlang die Arme darum und vergrub ihr Gesicht an ihren Knien.

»Hey, meine Süße …« Ruben rückte näher heran und zog sie in eine Umarmung. »Das wird schon wieder. Zumindest, wenn du es wirklich willst und dich ehrlich bemühst. Wenn du so weitermachst wie bisher, fährst du die Sache allerdings endgültig an die Wand. Aber noch hast du es in der Hand.«

»Bist du sicher?«, fragte sie ein kleines bisschen hoffnungsvoller.

»Ja, das bin ich. Und außerdem bin ich hungrig, und wir sollten endlich frühstücken.«

Jules Stimmung hob sich ein wenig. »Hast du etwa Frühstück mitgebracht?«

»Alles, was dein Herz begehrt«, behauptete Ruben und ging voran in die Küche.

Obwohl das Gespräch mit ihrem Bruder Jule gutgetan hatte, fühlte sie sich auch am Montag noch elend und hätte sich am liebsten weiterhin in ihrem Bett verkrochen. Ruben zeigte dafür zwar Verständnis, zwang sie aber dennoch zum Arbeiten. *Midsommar* stand kurz bevor, und sie mussten sich um eine Menge Blumenbestellungen kümmern.

Am Freitag würden im ganzen Land Mittsommerbäume bunt geschmückt werden und die Menschen Blumenkränze tragen. Auf dem Land pflückte man die Blumen dafür einfach am Wegesrand, hier in der Stadt griffen viele auf das Angebot der Gärtnereien zurück. Deshalb blieb Jule gar nichts anderes übrig, als in den nächsten Tagen die Bestellungen ganz genau im Auge zu behalten, damit ihnen auch ja keine entging und jeder den *Midsommarafton* mit einem bunten Blumenkranz im Haar feiern konnte.

Um eine Sache drückte Jule sich jedoch. Sie schrieb Malin eine Nachricht, dass sie es aufgrund der vielen Arbeit diese Woche beim besten Willen nicht schaffte, sie ins Fitnessstudio zu begleiten.

Irgendwie war das zwar eine Notlüge, aber dann auch wieder nicht. Es stimmte ja, dass sie jede Menge zu tun hatte. Nur war das eigentlich nicht der Grund, warum sie nicht zum Training gehen wollte. Sie hatte einfach viel zu viel Angst davor, plötzlich Lasse gegenüberzustehen. Ruben hatte recht, sie musste endlich mit ihm reden und ihm alles erklären, doch allein bei der Vorstellung geriet sie in Panik. Sie war definitiv nicht bereit für dieses Gespräch.

Malin wusste, was in dieser Woche in der Gärtnerei und dem Blumenladen los war, daher versuchte sie gar nicht erst, Jule umzustimmen. Zumindest wollte Jule glauben, dass das der Grund war. Allerdings war es nicht ganz ausgeschlossen, dass Sven sie auch noch als Malins Trainingspartner abgelöst hatte.

16. Juni

Kann ich nach der Arbeit vorbeikommen? Also nach meiner. Ich weiß
schon, dass du wahrscheinlich Überstunden machen musst. Aber Zeit
für eine Pause bleibt hoffentlich. Es ist wichtig.

Im ersten Moment wusste Jule nicht, was sie auf Malins Nachricht antworten sollte. Was war so wichtig, dass sie auf einmal extra
herkommen wollte? Von ihrem Arbeitsplatz war es ein ziemlich weiter Weg bis zur Gärtnerei.

Jules erster Impuls war, dass Malin sicher nur vorbeikommen
wollte, um sich wegen irgendwas bei ihr auszuweinen. Im nächsten
Moment fiel ihr ein, dass sie sie auch nicht angerufen hatte, um ihr
die Geschichte mit ihrem Vater zu erzählen, obwohl sie da bestimmt
total durch den Wind gewesen war. Wenn Malin nicht einmal mehr
mit ihren Problemen zu ihr kam, womit dann?

»Was grübelst du da?«, erkundigte Ruben sich, der ins Büro gekommen war, um sich die Liste mit den Bestellungen anzusehen.
»Uns geht doch nicht schon jetzt irgendwas aus?«

»Was? Nein, nein«, wehrte sie schnell ab. »Hat nichts mit der
Arbeit zu tun.«

»Tja, dann hat es jetzt auch nichts in deinem Kopf verloren«,
rügte Ruben gespielt streng.

»Malin will nachher vorbeikommen und fragt, ob ich Zeit für
eine Pause habe«, erklärte Jule ihm.

»Und du glaubst, wir gehen hier so in Arbeit unter, dass nicht
einmal ein Kaffee mit deiner besten Freundin drin ist?«

»Nein, das ist es nicht.«

»Was dann?«

»Ich weiß nicht, ob ich will, dass sie kommt.« Jule sah ihren Bruder unsicher an und wartete auf seine Reaktion. Sie hatte ihm bei
dem gemeinsamen Frühstück die ganze Geschichte mit Malins Va-

ter erzählt. Er wusste also ungefähr darüber Bescheid, wie sie sich in Bezug auf ihre beste Freundin derzeit fühlte.

»Warum?«

Sie zuckte hilflos mit den Schultern. »Weil ich im Moment wirklich mit mir zu tun habe und mir nicht auch noch ihre Sorgen anhören kann?« Das war mehr eine Gegenfrage als eine Antwort. »Ich weiß auch nicht.« Sie fühlte sich gerade wie die schlechteste Freundin auf der Welt. Aber selbst objektiv betrachtet, hatte sie in den vergangenen zwölf Monaten verdammt viel Zeit in die Probleme ihrer Freundin investiert. Sie war müde und ausgelaugt.

»Ist es fies, sich von einer Freundschaft eine Auszeit zu wünschen?«, fragte sie Ruben.

Er schüttelte den Kopf. »Nein, ist es nicht. Der Zeitpunkt ist aber nicht gerade der beste.«

»Weil wir schon zusammen Pläne für *Midsommar* gemacht haben?«, vermutete Jule. Ruben und sie hatten beschlossen, auf die Nilsson'sche Feier zu verzichten und stattdessen in Stockholm zu bleiben.

Für Malin war neben dem Hagapark auch das Freilichtmuseum Skansen ein wichtiger Ort ihrer Kindheit. Und da *Midsommar* nach ihrem Unfall für sie so etwas wie ein zweiter Geburtstag geworden war, hatte sie den Wunsch geäußert, in diesem Jahr – so wie früher mit ihrer Familie – im Skansen an der offiziellen Mittsommerfeier teilzunehmen.

Jule war im ersten Moment skeptisch gewesen, sie verband das Freilichtmuseum in erster Linie mit Touristenmassen. Doch da alle anderen die Idee für gut befunden hatten, hatte sie sich schließlich angeschlossen. Es würde ziemlich seltsam wirken, wenn sie nun ein paar Tage vor dem Fest erklärte, doch lieber zum Ferienhaus ihrer Eltern fahren zu wollen. Außerdem würden alle glauben, dass sie vor Lasse davonlief. Dass das zumindest ein Teil ihrer Motivation war, ließ sich schwer von der Hand weisen.

Aber noch blieben ihr ein paar Tage, und falls sie wie durch ein Wunder bis zu *Midsommar* die Sache mit Lasse auf die Reihe bekam, dann wollte sie dort sein, wo er war. Und das war nun mal mit Malin, Sven und den anderen im Skansen.

»Jule, wenn du dich jetzt von allen zurückziehst, machst du die Situation insgesamt auch nicht besser«, bemerkte Ruben vorsichtig. »Ich meine, was hat Malin denn groß verbrochen? Sie hat es vorgezogen, eine Sache mit ihrem Freund und ihrem Bruder zu besprechen anstatt mit dir. Ich verstehe, dass dich das verletzt hat, aber sie wollte dich bestimmt nicht absichtlich vor den Kopf stoßen. Und mal ehrlich: Hast du sie irgendwann zwischen Sonntag und Freitag angerufen, um sie zu fragen, ob es bei ihr etwas Neues gibt? Du warst ganz froh, dass sie am Dienstag keine Zeit für euer Training hatte, wenn ich mich recht erinnere. Hast du nachgehakt, warum?«

»Nein«, gab Jule zu. Sie hatte das viel mehr als Zeichen des Universums aufgefasst, dass sie ihre Aussprache mit Lasse ruhig noch weiter vor sich herschieben konnte.

»Eben. Dann kannst du ihr nicht wirklich vorwerfen, dass sie dich ein paar Tage lang rausgehalten hat. Immerhin hat sie es dir in der ersten ruhigen Minute, die ihr gemeinsam hattet, erzählt, oder nicht?«

»Ja, das stimmt.«

»Na, siehst du. Also stell dich nicht so an! Malin und Sven sind frisch verliebt, aber keiner von beiden hat vor, dich loszuwerden. Im Gegenteil, die beiden haben in der letzten Zeit bewiesen, dass es ihnen ein echtes Anliegen ist, gemeinsame Freunde zu haben. Hör auf, den Teufel an die Wand zu malen, und schreib ihr, dass du jederzeit einen Kaffee mit ihr trinken kannst!«

Jule nickte dankbar und tippte gehorsam die Antwort an Malin in ihr Handy.

Ruben wartete, bis sie auf *Senden* gedrückt hatte, erst dann schnappte er sich seine Liste und ließ sie wieder allein.

Vom Bus aus schickte Malin am späten Nachmittag die Nachricht: *Bin in einer halben Stunde da.*

Jule nahm das als Aufforderung, das Büro zu verlassen und sich in ihr Häuschen zurückzuziehen – bevor irgendein Familienmitglied auf die Idee kam, ihr noch schnell eine Arbeit aufzudrängen. Für heute hatte sie alles erledigt.

Sie kochte Kaffee, bereitete zwei Tassen vor und machte es sich auf ihrer kleinen Terrasse gemütlich.

Malin brauchte länger als angekündigt, deshalb holte Jule sich aus dem Schlafzimmer das Buch, das sie gerade las, um für ein paar Minuten in die Liebesgeschichte einzutauchen. In letzter Zeit war ihr der Verdacht gekommen, dass sie diese Bücher deshalb so mochte, weil den Protagonisten am Ende jedes Mal genau das gelang, wofür sie selbst bisher noch nie den Mut aufgebracht hatte, nämlich sich auf die Liebe einzulassen, egal, wie unsicher ihr Ausgang war.

Sie hatte sich gerade erst in die weibliche Hauptperson hineinversetzt, die gegen ihren ungehobelten, aber verdammt gut aussehenden Chef ankämpfen musste, als Malin ihr das Buch einfach aus der Hand nahm, das Lesezeichen an die richtige Stelle steckte und den Roman zur Seite legte.

»Es war gerade so spannend«, protestierte Jule.

»Du liest das bestimmt nicht zum ersten Mal«, war Malin überzeugt. »Die kennst du doch alle auswendig.«

Da widersprach sie lieber nicht, sondern griff stattdessen nach der Kaffeekanne und füllte die beiden Tassen.

Malin ließ sich in den Rattansessel auf der anderen Seite des kleinen Tisches fallen und nahm den Kaffee dankbar an. »Den kann ich gut brauchen«, murmelte sie, bevor sie den ersten Schluck trank.

»Anstrengender Tag?«, erkundigte Jule sich.

»Bestimmt nicht so sehr wie deiner so kurz vor *Midsommar*. Aber irgendwie nervenaufreibend.«

Dass Malin anerkannte, dass Jule im Moment die Gestresstere von ihnen beiden war, vertrieb ein wenig die Zweifel, die sie in den letzten Tagen gequält hatten. Sie hatte sich nur eingebildet, dass Malin sich nicht mehr für sie interessierte.

»Inwiefern nervenaufreibend?«, fragte sie nach.

»Ich hatte heute ein Gespräch mit meinem Chef über den Verlauf des Praktikums und mögliche Zukunftsperspektiven im Sender.«

Nun war Jules Neugierde geweckt. Malin hatte dieses Praktikum mit dem festen Ziel begonnen, im Anschluss als Moderatorin zu arbeiten. Leider war in den letzten Monaten nicht alles glattgelaufen.

Obwohl sie ihr ganzes Herzblut genau in diesen Bereich gesteckt hatte, waren ihre ersten Moderationen, die sie in einem Übungsstudio hatte durchführen dürfen, nicht besonders gut angekommen.

»Und?«, hakte Jule nach, weil ihre Freundin nicht weitersprach.

»Also, die Moderation kann ich mir abschminken.« Malin seufzte tief, wirkte aber abgesehen davon nicht sehr traurig. »Das Fazit der Bewertungen war, dass mir dafür die Spontaneität fehlt. Meine Sendungen wirkten zu einstudiert, zu sehr darauf bedacht, perfekt gesprochen zu sein. Aber im Radio kommt es nicht so sehr auf die perfekte Aussprache und Betonung an, sondern eben darauf, spontan zu reagieren, witzig zu sein und solche Dinge.«

»Verstehe. Und was heißt das jetzt für dich?«

»Das heißt, er würde mich gern im Team behalten, aber er kann mir nur einen Job in der Redaktion anbieten.«

»Und was machst du jetzt? Du wolltest unbedingt ans Mikro. In der Redaktion hast du schon bei deinem Studentenjob gearbeitet.«

Malin nickte. »Ja, aber einen Unterschied gibt es. Mein jetziger Chef hat mir sehr wohl in Aussicht gestellt, dass ich auch Beiträge sprechen darf, nicht nur Texte schreiben. Also insofern dürfte ich schon ans Mikro, allerdings nur für Aufzeichnungen. Das wäre immerhin schon etwas. Und außerdem könnte ich direkt am ersten Juli anfangen und würde es mir ersparen, mir einen anderen Job suchen zu müssen. Und …«, sie machte eine kurze Pause, »… ich mag das Team wirklich gern.«

»Okay, und warum überlegst du dann überhaupt noch?«, fragte Jule. »Verlang den Vertrag und unterschreib ihn! Oder gibt es irgendein Problem, das du noch nicht erwähnt hast? Findet Sven es nicht gut?«

»Mit dem habe ich noch gar nicht geredet«, erwiderte Malin. »Ich wollte zuerst zu dir. Da gibt es nämlich noch eine andere Neuigkeit, und wie cool die ist, das würde er gar nicht verstehen.«

Auf ihrem Gesicht lag ein breites Grinsen, von dem Jule nun erst merkte, dass sie es in den letzten Minuten krampfhaft unterdrückt hatte. Sie war total bemüht gewesen, die Neuigkeiten sachlich zu schildern, aber unter der Oberfläche hatte die ganze Zeit etwas gebrodelt.

»Nun sag schon!«, forderte sie Malin auf, doch die trank zuerst noch genüsslich einen Schluck Kaffee. Über den Rand der Tasse hinweg sah Jule das Strahlen in ihren Augen. Was auch immer da noch kam, es musste wirklich aufregend sein.

Endlich stellte Malin die Kaffeetasse wieder ab und richtete sich etwas auf. »Mein Chef wollte noch etwas anderes mit mir besprechen«, begann sie, doch dann legte sie schon wieder eine Pause ein.

»Malin!«, rief Jule genervt aus. »Spann mich nicht so auf die Folter! Was gibt es denn jetzt noch?«

»Er hat eine Lebensgefährtin, der er meine Test-Sendung vorgespielt hat, weil er noch eine andere Meinung dazu hören wollte.«

»Und die fand sie toll?«

Malin schüttelte den Kopf. »Nein. Also, ähm, weiß ich eigentlich nicht. Keine Ahnung, dazu hat er sich nicht geäußert. Nur zu meiner Stimme. Die fand sie nämlich toll.«

Das erklärte das Strahlen. Malin bildete sich zu Recht etwas auf ihre Stimme ein, sie hatte etwas Tiefes, Rauchiges an sich, das man bei einer Frau ihrer Statur nicht unbedingt erwartete. Ruben hatte ihr einmal allen Ernstes nahegelegt, sich doch bitte bei einer Sexhotline zu bewerben, falls sie beim Radio keinen Erfolg hatte.

»Sie findet, ich sollte Hörbücher einlesen.«

Jule sah ihre Freundin verwundert an. »Dass du auf die Idee noch gar nicht gekommen bist. Das wäre doch total perfekt für dich.«

»Ich bin sehr wohl schon auf die Idee gekommen«, erklärte Malin. »Aber in der Ausbildung haben sie uns immer eingetrichtert, dass Hörbücher die Königsdisziplin sind. Ich dachte einfach nicht, dass ich dafür talentiert genug sein könnte.«

»Und das hat sich jetzt geändert?«

»Nun, weiß ich nicht. Ich meine … also … das ist ja nur eine Einzelmeinung. Aber eine von einer Person, die ein bisschen was von Hörbüchern versteht.«

Jule war völlig klar, dass ihre Freundin an dieser Stelle wollte, dass sie nachhakte, warum das der Fall war, und sie tat ihr den Gefallen.

»Sie ist Autorin«, antwortete Malin. »Und sie hat meinen Chef gebeten, mich zu fragen, ob ich mir vorstellen könnte, ihr neuestes Buch einzulesen.«

»Oh, das ist doch nett von ihr«, sagte Jule nicht gerade euphorisch. Sie hatte nämlich den Verdacht, dass es sich um eine erfolglose Selfpublisherin handelte, die sich erhoffte, auf diese Art billig an eine Hörbuchsprecherin zu kommen.

»Was schreibt sie?«, erkundigte sie sich.

»Leider Liebesromane, keine Fantasy.« Bei Büchern hatten die beiden Freundinnen völlig unterschiedliche Vorlieben.

»Kenne ich sie?«, fragte Jule.

»Kann sein«, meinte Malin und versuchte vergeblich, ein neutrales Gesicht zu machen.

»Nein!«, rief Jule aus.

»Doch!« Jetzt konnte Malin sich das begeisterte Quietschen nicht mehr verkneifen. »Deine heißgeliebte Anna Eklund ist die Lebensgefährtin meines Chefs.«

»Kannst du mir ein Autogramm besorgen?«, platzte es aus Jule heraus.

Malin lachte. »Ja, ich glaube, das schaffe ich sogar, falls das mit dem Hörbuch doch nichts wird. Da hat nämlich der Verlag das letzte Wort. Aber ich finde es schon mal total cool, dass sie mich überhaupt vorschlagen möchte.«

»Wenn du üben willst, ich hätte da ein paar Bücher von ihr herumstehen«, stellte Jule ehrfürchtig fest.

»Vielleicht borge ich mir wirklich das eine oder andere aus, damit ich weiß, was da auf mich zukommt. Ohne dich hätte ich ja nicht einmal gewusst, dass sie eine Bestsellerautorin ist, als mein Chef den Namen genannt hat.«

»Bedien dich gern!«, sagte Jule mit einer großzügigen Geste in Richtung Wohnzimmer. »Nur das hier darfst du nicht mitnehmen.« Sie deutete auf das Buch auf dem Tisch zwischen ihnen.

»Keine Angst, ich entführe schon nicht deinen aktuellen Lesestoff«, versicherte Malin. »Aber ist das nicht der totale Wahnsinn?«

Jetzt konnte sie ihre Begeisterung, die sie in den letzten Minuten mühsam unterdrückt hatte, wirklich nicht mehr verbergen.

Doch Jule war voll bei ihr. So eine Chance bekam man im Leben vermutlich nur einmal. »Ich finde, darauf sollten wir anstoßen«, verkündete sie.

»Das ist eine hervorragende Idee«, stimmte Malin ihr zu.

Jule stand schnell auf und holte aus ihrem Kühlschrank zwei Dosen Cider. Sie stießen so euphorisch miteinander an, dass die Getränke dabei überschwappten, aber während Jule die verschüttete Flüssigkeit wegwischte, wurde Malin ganz ernst.

»Ich muss dir unbedingt noch was sagen«, begann sie.

Jule warf ihr einen besorgten Blick zu. Hatte sie nach all den guten doch noch eine schlechte Nachricht?

»Es tut mir sehr leid, dass ich dich in letzter Zeit so vernachlässigt habe«, erklärte Malin betreten. »Mir ist erst gestern wieder eingefallen, dass ich dir eigentlich versprochen hatte, dich zurückzurufen. Ich hatte das völlig vergessen. Und überhaupt war ich in den vergangenen Wochen ziemlich auf Sven und auf meine eigenen Themen fixiert. Das war nicht okay. Ich hätte mir mehr Zeit für dich nehmen, dir richtig zuhören müssen. Du warst immer für mich da, ganz besonders im letzten Jahr. Und ich leihe dir nicht mal mein Ohr, wenn du mich ausdrücklich darum bittest. Das tut mir wirklich, wirklich leid, und ich gelobe Besserung. Wenn es noch einmal vorkommt, bombardier mich einfach mit Nachrichten, bis ich mein Versprechen einlöse!«

Jule wurde das Herz bei dieser Rede ganz warm. Es bedeutete ihr sehr, sehr viel, dass Malin das Bedürfnis verspürte, ihr das alles zu sagen. Mehr wollte sie doch gar nicht. Sie wollte nur sicher sein, dass ihre beste Freundin sie nicht einfach aus ihrem Leben strich, nur weil sie jetzt den perfekten Partner an ihrer Seite hatte.

»Ist schon okay«, versicherte sie. »Aber trotzdem danke, dass du mir das sagst.«

»Worüber wolltest du am Sonntag eigentlich reden?«, fragte Malin besorgt.

Jule seufzte tief. »Über Lasse.«

Ihre Freundin schwieg und sah sie einfach nur erwartungsvoll an.

»Ich will immer noch nicht über dieses Date sprechen«, stellte sie schnell klar. »Aber ich fürchte, diesen Lasse, wie ich ihn inzwischen kennengelernt habe, mag ich mehr, als gut für mich ist.«

Auf Malins Gesicht machte sich ein triumphierendes Grinsen breit, und sie meinte nur: »Ich bin ganz Ohr.«

Als Malin sich schließlich auf den Heimweg machte, ging es bereits auf Mitternacht zu, und sie gönnte sich zur Feier des Tages ein Taxi nach Södermalm.

Jule drückte ihre Freundin zum Abschied ganz fest an sich. Der spontane gemeinsame Abend hatte ihr auf so vielen Ebenen gutgetan. Nicht nur, dass sie sich wirklich über Malins berufliche Perspektiven freute, die Stunden nur zu zweit hatten auch jeglichen Zweifel ausgelöscht, Malin könnte ihre Freundschaft weniger bedeuten, nur weil sie jetzt mit Sven zusammen war.

Außerdem hatte das Gespräch Jule ein wenig die Angst vor einer Aussprache mit Lasse genommen. Wie Ruben fand auch Malin, dass es noch nicht zu spät war, die ganze Situation aufzuklären, und Lasse vor allem zu erklären, dass ihre Fake-Beziehung mit Björn aus einer Panik heraus entstanden war. Malin war sich sicher, er würde Verständnis dafür haben – vorausgesetzt, Jule war absolut ehrlich zu ihm und gab ihm keinen Grund, ihre Glaubwürdigkeit in Zukunft anzuzweifeln.

Was dann daraus entstehen könnte, darüber wagte Malin keine Prognose abzugeben. Sie hatte zwar den Eindruck gewonnen, dass auch Lasse Jule sehr mochte, war sich aber nicht sicher, ob seine Gefühle über rein freundschaftliche hinausgingen.

Trotz dieser Unsicherheit fiel Jule an diesem Abend beseelt und glücklich – und ein wenig beschwipst – ins Bett. Wie auch immer es ausgehen würde, sie war wild entschlossen, sich mit Lasse endlich über das auszusprechen, was vor einem Jahr zwischen ihnen vorgefallen war.

20. Juni

Jule und Ruben mussten am Vormittag des *Midsommarafton* noch die letzten Bestellungen ausliefern, bevor sie sich gegen Mittag auf den Weg zum Stadtteil Djurgården machen konnten, wo der Skansen lag.

Wie befürchtet war der Andrang groß, aber sie hatten Malins Tipp befolgt und vorab online Eintrittskarten gekauft. Außerdem benutzten sie den weniger frequentierten Eingang bei der Bergbahn. Der Versammlungsplatz mit der Hauptbühne, vor der am Nachmittag der Mittsommerbaum aufgestellt werden würde, befand sich direkt bei der Bergstation. Wobei »Berg« ein wenig übertrieben war, der Skansen lag auf einem Hügel. Dennoch ersparten Jule und Ruben sich den Marsch hinauf und kauften sich ein Ticket für die kurze Fahrt.

Ihre Freunde hatten einen Picknickplatz am hinteren Rand der Wiese ergattert, der – wie Britta, die ebenso wie Gunnar mit von der Partie war, ihnen erklärte – den Vorteil hatte, dass man ihn nicht aufgeben musste, wenn später der Baum aufgestellt wurde. In den nächsten Stunden konnte man zwar überall sitzen, doch kurz bevor es losging, würde der Großteil der Wiese geräumt werden.

Da Jule und Ruben wieder einmal als Letzte eingetroffen waren, war bereits alles vorbereitet. Nur eine Sache fehlte noch.

»Und jetzt kommt das Wichtigste«, erklärte Ruben feierlich und öffnete die Tasche, die er mitgebracht hatte. Malin ahnte, was nun kam, und klatschte aufgeregt in die Hände. Begeistert nahm sie den ersten Blumenkranz in Empfang und setzte ihn sich sogleich auf. Jule, Dilara und Britta folgten ihrem Beispiel. *Midsommar* ohne Blumenkranz im Haar – das ging einfach gar nicht.

»Ich habe noch mehr mit«, sagte Ruben, nachdem alle Frauen versorgt waren, und blickte von Sven weiter zu Magnus, Lasse und schließlich Gunnar.

Letzterer war der Einzige, der schulterzuckend meinte: »Warum nicht? Es ist *Midsommar*.« Und er drapierte ebenfalls einen Kranz auf seinem ergrauten Haupt.

Magnus lehnte dankend ab, und Lasse murmelte an Sven gewandt: »Bei Männern ist das doch irgendwie unsexy, oder?«

Jule teilte diese Meinung gar nicht, aber sie sagte nichts dazu. Sie hatte Lasse nur mit einem kurzen Nicken aus drei Metern Entfernung begrüßt und hielt auch weiterhin Abstand zu ihm.

»Ich würde gern etwas sagen, jetzt, wo alle da sind«, meldete sich Malin zu Wort. Sie sah wahnsinnig süß aus, wie sie da in ihrem Sommerkleid und mit den Blumen in den Haaren in der Mitte stand und in die Runde lächelte.

»Ich wollte mich bei euch bedanken«, begann sie, als sich alle Augen auf sie gerichtet hatten. »Erstens dafür, dass ihr heute hergekommen seid, obwohl ihr den *Midsommarafton* normalerweise anders verbringt. Und zweitens einfach für alles, was ihr im vergangenen Jahr für mich getan habt. Für mich ist das heute ein wahnsinnig wichtiger Tag, wirklich fast wie ein zweiter Geburtstag. Und ich würde hier nicht so, wie ich bin, stehen, wenn ihr alle nicht gewesen wärt. Mama, Magnus, Dilara, Gunnar, ich bin froh, dass ihr meine Familie seid. Jule, du bist die beste Freundin auf der Welt.«

An dieser Stelle unterbrach Malin sich und drückte Jule ganz fest an sich. »Ruben, danke dafür, dass du mir dauernd hilfst, ohne je irgendeine Gegenleistung zu erwarten.«

»Wer sagt, dass ich keine erwarte?«, warf Ruben grinsend ein. »Ich bekomme nur nie eine.«

»Das stimmt nicht!«, protestierte Malin, und er gab ihr mit gespieltem Widerwillen recht.

»Und Sven«, setzte sie fort. »Du hast mein Leben total zum Guten verändert, und ich bin dankbar für jeden Morgen, an dem ich neben dir aufwachen darf.« Sie gab ihrem Freund einen schnellen Kuss und fügte dann wie nebenbei hinzu: »Ach ja, Lasse, schön, dass du auch da bist.«

Er kommentierte das mit einem Schnaufen, alle anderen lachten.

Doch dann sagte Malin: »Nein, im Ernst. Danke für die bescheuerte Idee, einen Weihnachtsbaum aus dem dritten Stock zu werfen.

Sonst hätte es bestimmt noch ziemlich lange gedauert, bis Sven und ich mal ins Gespräch gekommen wären. Und ich bin froh, dass du mich zu dem Training überredet hast. Das tut wirklich gut, und es hilft enorm dabei, den Unfall wirklich ganz hinter mir zu lassen.«

Obwohl Lasses Lächeln an Malin gerichtet war, bekam Jule davon weiche Knie. Sie war froh, dass Gunnar vorschlug: »Darauf sollten wir anstoßen, oder? Auf ein fröhliches *Midsommar*-Fest, das nicht von Sorgen und Ängsten überschattet ist!«

Sie mussten erst Becher austeilen und eine Sektflasche köpfen, doch dann stießen sie miteinander genau darauf an.

Jule hatte Tränen in den Augen. Einerseits, weil es ihr nicht ganz gelang, die Erinnerung an das Fest des vergangenen Jahres zu verdrängen, andererseits vor Freude. Das alles lag endgültig hinter ihnen, Malin befand sich ein Jahr später gesund und glücklich in ihrer Mitte. Alles war gut. Oder fast alles.

Sie schielte vorsichtig zu Lasse hinüber, der nachdenklich den Inhalt seines Bechers betrachtete. Er schien nicht ganz in Feierstimmung zu sein. Das hatte er mit Jule gemeinsam.

Doch nun wurde das Picknick ausgepackt, und das hob ihre Laune. Natürlich hatten Malin und Britta es sich nicht nehmen lassen, eine Menge Köstlichkeiten vorzubereiten, und alle schlemmten nach Herzenslust. Jule kostete sich einmal quer durch alles durch, danach hatte sie das Gefühl, jeden Moment zu platzen. Den anderen ging es ähnlich, und Gunnar verteilte eine Runde Aquavit, um der Verdauung nachzuhelfen.

Der Schnaps half ein bisschen dabei, Jules Nerven zu beruhigen. Denn egal, wie sehr sie auch versuchte, sich auf das Essen, die vielen fröhlichen Menschen um sie herum oder die Musik zu konzentrieren, ihr war jede Sekunde bewusst, dass Lasse zwei Meter von ihr entfernt saß und sie ihm eine Erklärung schuldete.

Nachdem sie die Überreste des Picknicks in den Kühlboxen verstaut hatten, zerstreute sich die Runde ein wenig. Britta und Dilara stellten sich bei den Toiletten an, was eine Zeit lang dauern konnte. Magnus und Gunnar drehten eine kleine Runde, um sich die Füße zu vertreten und nachzusehen, ob irgendwas noch so war wie bei ihrem letzten gemeinsamen Besuch hier, der schon viele Jahre zurücklag. Ruben legte sich einfach auf den Rücken, schloss die Augen und lauschte der Musik.

Jule beobachtete unterdessen ihre Umgebung.

Es überraschte sie, wie wenig sie sich von den vielen Touristen gestört fühlte. Das Einzige, was allmählich nervte, waren die dauernden Fragen, woher sie die Blumen für ihre Kränze hatten. Was die Touristen nämlich deutlich von den Einheimischen unterschied, war die Tatsache, dass ihre Kränze lediglich aus Birkenzweigen gebunden waren. Es war strengstens verboten, irgendwo im Skansen Blumen zu pflücken, und deshalb warf so mancher Tourist neidische Blicke zu der Gruppe mit den bunten Blumenkränzen herüber.

»Wir sollten im nächsten Jahr einen Verkaufsstand einrichten«, schlug Jule ihrem Bruder vor, nachdem sie zum wiederholten Mal einem Mädchen erklärt hatte, dass sie ihre Kränze von zu Hause mitgebracht hatten. »Wir würden das Geschäft unseres Lebens machen.«

Ruben hielt die Augen weiterhin geschlossen, grinste aber. »Du kannst ja mal anfragen, ob wir das dürfen.«

Bis zum Aufstellen des Mitsommerbaumes dauerte es noch über eine Stunde, doch die Ordner fingen langsam an, die Leute darauf aufmerksam zu machen, dass sie die Wiese räumen mussten. Wie Britta vorhergesagt hatte, durften sie ihre Decken dort belassen, wo sie waren. Eine davon packten sie trotzdem ein, um Platz für andere zu machen.

Das reduzierte Jules Abstand zu Lasse jedoch deutlich, und sie spürte, wie Panik in ihr aufstieg. Die verschlimmerte sich noch, als Dilara und kurz darauf Magnus zurückkamen und sie weiter zusammenrücken mussten.

Da beschloss Jule, dass sie ein bisschen Zeit allein brauchte, um ihre Gedanken zu sortieren. Sie überlegte, heimlich die Flasche Aquavit mitzunehmen, um sich Mut anzutrinken, doch diesen Plan verwarf sie wieder. Lasse saß direkt neben der Kühltasche.

Zur Tarnung erkundigte Jule sich bei Dilara, wie lang die Warteschlangen bei den WCs waren, dann erhob sie sich. Zu ihrer Erleichterung kam Malin nicht auf die Idee, sie zu begleiten, nicht einmal als Ruben fragte: »Gehen Mädchen nicht immer zu zweit aufs Klo?«

Jule schlug zwar zuerst den Weg zu den Toilettenanlagen ein, doch kurz davor wandte sie sich nach links und bog auf eine Wiese ab, auf der mehrere Häuschen standen. Im Vergleich zu ihrem eigenen waren die wirklich winzig – nur einzelne Zimmer mit Dach. Sie hoffte, hinter einem von ihnen ein ruhiges Plätzchen zu finden, wo sie sich eine Zeit lang vor allen verstecken und in Ruhe nachdenken konnte. Deshalb schlüpfte sie zwischen zwei der kleinen Gebäude hindurch und lugte um die Ecke. Vor Schreck machte sie einen Satz nach hinten – sie hatte ein Liebespaar aufgescheucht.

Zum Glück hatten sich die beiden nur geküsst. Für mehr wäre das allerdings gar nicht der richtige Platz, denn zu Jules Enttäuschung war er von der anderen Seite recht gut einsehbar.

Sie war so damit beschäftigt, höflich wegzuschauen und die Umgebung zu beurteilen, dass sie erst merkte, wen sie gestört hatte, als eine nur allzu bekannte Stimme sagte: »Oh, Jule, du bist das.«

Jule fuhr herum und fiel aus allen Wolken. Die beiden, die sie da überrascht hatte, waren doch tatsächlich Britta und Gunnar. Verlegen wie zwei Teenager, die bei etwas Verbotenem ertappt worden waren, standen sie da und betrachteten interessiert die Wiese und die Hauswand.

Obwohl Jule vor zehn Sekunden noch gar nicht in der Stimmung dafür gewesen war, konnte sie sich das Lachen kaum verkneifen. Es gelang ihr auch nicht, auf die Szene *nicht* wie das erwachsene Gegenstück zu reagieren. Sie stemmte die Hände in die Hüften, baute sich vor den beiden auf und sagte gespielt vorwurfsvoll: »Also wirklich! Habt ihr denn keine Wohnung?«

Jetzt mussten auch die Ertappten grinsen.

»Bevor du den Herrn hier mit nach Hause nimmst«, wandte Jule sich an die Mutter ihrer besten Freundin, »solltest du aber vielleicht deinen Kindern Bescheid geben.«

Gunnar seufzte lachend und legte den Arm um Britta. »Sie hat recht, wir müssen es ihnen endlich sagen.«

Jule konnte nicht anders, sie musste fragen: »Und wie lange geht das schon mit euch, dieses schlampige Verhältnis?« Den Ausdruck hatte ihre Oma immer benutzt.

»Also, ähm, so jetzt seit ein paar Wochen«, gestand Gunnar.

Britta schien es komplett die Sprache verschlagen zu haben. Doch Jule fiel auf, dass sie an seiner Seite sehr glücklich aussah.

»Und anders?«, hakte sie frech nach.

»Ach, das zwischen uns ist eigentlich schon eine sehr, sehr lange Geschichte, die allerdings davon überschattet war, dass mein werter Bruder der Scheidung nicht zugestimmt hat, weil er es mir nicht gegönnt hat, mit Britta zusammen zu sein.«

Jules Augen wurden vor Überraschung riesengroß. »Ich glaube«, sagte sie, »ihr geht jetzt wirklich besser zu den anderen zurück und gesteht Malin und Magnus diese ganze Sache da.«

Britta zögerte, aber Gunnar lag offenbar viel daran, das Versteckspiel zu beenden. Er nahm sie entschlossen an der Hand und zog sie mit sich.

Jule blickte ihnen kopfschüttelnd nach, bis sie um die Ecke verschwunden waren. Die Geschichte mit den beiden wurde ja immer besser. Sie wünschte ihnen, dass es jetzt doch noch ein Happy End für sie gab. Gleichzeitig jedoch wurde ihr das Herz schwer. In letzter Zeit kam es ihr vor, als wäre sie von lauter glücklich verliebten Paaren umgeben. Nur sie war allein und traurig, weil sie einfach zu feige für die Liebe war.

Niedergeschlagen sank sie auf einen der kleinen Felsen, die hinter dem Haus aus der Wiese ragten, und betrachtete die Umgebung.

Die erhoffte Ruhe blieb aus, denn am heutigen Tag waren wirklich überall im Park Menschen verteilt. Da es illusorisch erschien, irgendwo eine Ecke zu finden, in der sie allein war, blieb sie sitzen und versuchte, die anderen Leute auszublenden und sich auf die Frage zu konzentrieren, die so schwer auf ihr lastete. Wie nur sollte sie es anstellen, Lasse um ein Gespräch unter vier Augen zu bitten, wenn sie es in den vergangenen Stunden nicht einmal geschafft hatte, sich ihm auf weniger als zwei Meter Entfernung zu nähern?

Während sie noch nach einer Antwort suchte, setzte sich jemand neben sie auf den Felsen.

Jule nahm Lasses plötzliche Nähe mit all ihren Sinnen wahr, doch sie zeigte keinerlei Reaktion auf sein Kommen. Auch er saß lange Zeit einfach nur schweigend da. Sie hörte seinen Atem, sie spürte die

Wärme seines Oberschenkels, der ihren gerade *nicht* berührte, sie konnte ihn sogar am Geruch erkennen. Aber sie drehte den Kopf nicht, um ihn anzusehen, aus Angst, wieder von Panik erfasst zu werden.

Sie musste diesen Fluchtinstinkt dringend in den Griff bekommen. Außerdem sollte sie endlich den Mund aufmachen und etwas sagen wie: »Ich schulde dir eine Erklärung.« Doch der Satz wollte ihr einfach nicht über die Lippen kommen.

Bevor sie auch nur ein Wort herausbrachte, erklärte Lasse: »Ich muss mich bei dir entschuldigen.«

Die Verwunderung löste ihre Starre. »Wofür?«, fragte sie verdutzt und wagte es sogar, ihn von der Seite anzusehen.

Er wirkte ziemlich verlegen. »Für die Aktion am letzten Samstag. Das war echt beschissen. Ich weiß, dass Ruben dir schon gestanden hat, dass es seine Idee war. Aber ich hätte das ja nicht tun müssen. Ich hätte ihm sagen können, dass das ein saublöder Einfall ist, und einfach zu Hause bleiben, anstatt in den Club zu fahren und dir dein Date zu vermasseln. Oder ich hätte wenigstens wieder gehen können, als ich gemerkt habe, dass es schon zu spät ist, um dich nur durch meine Anwesenheit aus dem Konzept zu bringen.«

»Warum bist du nicht einfach wieder gegangen?«, wollte Jule wissen.

»Weil ich so eifersüchtig auf den Kerl war, dass ich ihm am liebsten die Fresse poliert hätte, weil er seine Hände unter diesem lächerlich großen neonfarbenen Hoodie hatte.«

»Hey, du hast keine Ahnung von Mode! Das ist ein Designerstück«, klärte Jule ihn energisch auf, um nicht auf sein Geständnis eingehen zu müssen.

»Das Teil erspart dir die Warnweste auf der Autobahn.«

Die Bemerkung brachte sie zum Schmunzeln und sorgte gleichzeitig für ein gewisses Maß an Leichtigkeit zwischen ihnen, das Jule so dringend brauchte, um endlich den Satz zu sagen: »Ich glaubte, ich schulde dir auch eine Erklärung.«

Lasse drehte den Kopf ein kleines Stück in ihre Richtung.

»Ich bin nicht mit Björn zusammen.«

»Ich weiß«, erwiderte er schlicht, doch Jule vermutete, dass er sie nicht verstanden hatte.

»Ich meine nicht ›nicht mehr‹ oder so, weil wir Schluss gemacht haben. Ich war nie mit ihm zusammen. Also nicht richtig. Ich meine, ja, du hast uns knutschen gesehen. Aber das zählt nicht.«

»Ich weiß«, wiederholte er.

»Aber … wieso? Woher?« Sie schloss für einen Moment die Augen, dann äußerte sie einen Verdacht: »Hat Ruben es dir gesagt?«

Lasse nickte.

»Weil er nicht wollte, dass du glaubst, ich würde einfach hingehen und Björn betrügen?«

Diesmal schüttelte er den Kopf. »Ich weiß es schon viel länger.«

Sie starrte ihn ungläubig an. »Seit wann?«

»Er hat es mir nach Svens Geburtstagsfeier erzählt.«

»Er hat *was*?« Jule fiel aus allen Wolken. Ruben hatte ihr Geheimnis schon vor Wochen ausgeplaudert und ihr die ganze Zeit vorgemacht, er würde alles tun, um es vor Lasse zu bewahren? Und Lasse? Der hatte diesen ganzen Zirkus über sich ergehen lassen, sich sogar dauernd scheinheilig nach Björn erkundigt … nur um sich über sie lustig zu machen?!

Schmunzelnd entschuldigte er sich, ehe sie ihm einen Vorwurf machen konnte: »Es tut mir leid, aber du bist furchtbar süß, wenn du Angst hast, bei einer Lüge ertappt zu werden. Ich konnte gar nicht anders, ich musste immer wieder nach ihm fragen.«

Sie öffnete den Mund und schloss ihn einfach wieder, weil die Erkenntnis einsickerte, dass nicht sie wochenlang ein Theater für ihn inszeniert hatte, sondern vielmehr er mit *ihr* gespielt hatte. Sie hatte sich mit ihrem schlechten Gewissen gequält, hatte schlaflose Nächte gehabt und Unmengen an Tränen vergossen, weil sie sich so mies gefühlt hatte. Dabei hatte er es die ganze Zeit gewusst.

»Ich … Du … du … Ich meine …«, stammelte sie, dann brach sie einfach ab. Sie hatte keine Ahnung, was sie sagen sollte. Durfte sie sauer auf ihn sein? Oder war sie selbst schuld an der ganzen Sache und hatte es nicht besser verdient, als dass er den Spieß umdrehte und sie an der Nase herumführte?

»Warum hat Ruben es dir gesagt?«, platzte es auf einmal aus ihr heraus.

»Ich glaube, weil er dich ziemlich gut kennt und befürchtet hat, dass du dich da in etwas hineinmanövrierst, aus dem du nicht mehr heil herauskommst.« Er machte eine kurze Pause, dann fügte er hinzu: »Oder einfach, weil er gern seine Späße mit dir treibt.«

Jule schnaubte verächtlich. Obwohl Ruben sich in den letzten Tagen sehr fürsorglich gegeben hatte, tippte sie auf Letzteres. »Und warum hast du mitgespielt?«, wollte sie wissen.

»Wahrscheinlich aus dem gleichen Grund, aus dem du überhaupt damit begonnen hast. Aus Angst davor, über das abgedrehteste Date meines Lebens sprechen zu müssen. Außerdem war ich mir zwischendurch nicht sicher, wer von euch beiden mich anlügt.«

»Waren die Fotos so überzeugend?«, lenkte Jule wieder ab, um noch nicht zum Kern kommen zu müssen.

»Manche«, gab er zu. »Aber live wart ihr noch überzeugender.«

»Live?«

»Wir haben doch mal über die Mountainbike-Strecke bei dir in der Nähe gesprochen.«

Jule nickte.

»Am Tag nach dem Essen bei Malin hatte ich Lust, die zu fahren.«

Jule erinnerte sich an den Tag. »Du hast uns auf der Brücke gesehen? Oder auf dem Weg dorthin?«

»Genau.«

»Aber da haben wir doch gar nichts gemacht«, stellte sie fest. »Ich meine, wir sind einfach nur zusammen über die Brücke geschlendert, haben uns die Umgebung angesehen und ein Selfie aufgenommen.«

»Gerade deshalb hat es so echt gewirkt. Im ersten Moment habe ich mich gewundert, was für ein Problem Malin eigentlich mit ihm hat, weil ihr zwei miteinander so entspannt und vertraut wart.«

»Und im nächsten Moment?«

»Im nächsten Moment habe ich einen Zahn zugelegt, um so schnell wie möglich von euch wegzukommen und vor allem die Eifersucht in den Griff zu bekommen.«

Das war schon das zweite Mal, dass Lasse zugab, auf jemanden eifersüchtig zu sein, der ihr – wenn auch nur vermeintlich – näherkommen durfte als er. Sie sah ein, dass es keinen Sinn hatte, noch länger um den heißen Brei herumzureden.

»Wir sollten endlich über unser Date reden, oder?«, fragte sie.

Lasse nickte.

Minutenlang saßen sie schweigend da und beobachteten die Menschen, von denen immer mehr in Richtung Versammlungsplatz strömten. Allzu lange konnte es nicht mehr dauern, bis der Mittsommerbaum aufgestellt wurde. Normalerweise wollte Jule das um nichts in der Welt verpassen. Aber heute hatte sie Wichtigeres zu tun.

»Warum hast du dieses großkotzige Casanova-Profil angelegt?«, begann sie schließlich. »Das bist doch gar nicht du. Also bis auf das Foto. Und das habe ich ehrlich gesagt für einen Fake gehalten.«

Er seufzte tief, dann erklärte er: »Wegen meiner Ex-Freundin. Die hatte ungefähr eine Woche vorher mit mir Schluss gemacht. Weil ich ihr nicht glamourös genug war. Ich meine, im Großen und Ganzen stimmt ja alles, was ich dir damals über mich erzählt habe: Unternehmer, Hausbesitzer, Segelboot, all das Zeug. Normalerweise hänge ich das aber nicht an die große Glocke, weil es mir gar nicht so wichtig ist, etwas zu sein oder Dinge zu besitzen. Ich habe einfach das Glück, aus einer wohlhabenden Familie zu kommen und als Einzelkind mein Erbe einmal nur mit einer einzigen Cousine teilen zu müssen. Aber meine Ex-Freundin hatte sich von einem Fitnessstudiobesitzer wohl erhofft, dass er bei den Reichen und Schönen ganz vorne mit dabei ist.«

»Hat sie da nicht was verwechselt?«, warf Jule ein. »Der Fitnesstrainer wurde doch durch die Prinzessin zum Prinzen, nicht umgekehrt.«

»Ja, so ungefähr.« Lasse grinste kurz, dann fuhr er fort. »Jedenfalls dachte ich mir damals, ich müsste vielleicht doch das alles sein, was sie sich vorgestellt hat, um bei Frauen anzukommen. Deshalb wollte ich es einmal versuchen.«

»Verstehe«, murmelte Jule. Seine Version der Geschichte ergab für sie absolut Sinn, denn sie erklärte, warum Jule an dem Abend so einen zwiespältigen Eindruck von ihm gehabt hatte. Seine Augen und der häufig angespannte Gesichtsausdruck hatten nicht zu dem gepasst, was er erzählt hatte. »Warum hast du ausgerechnet mich ausgewählt?«

»Weil du ihr auf deinem Profilfoto auf den ersten Blick ziemlich ähnlich gesehen hast. Die schwarzen Haare und die blauen Augen. Ich war der Meinung, wenn ich das schon durchziehe, dann am besten mit einer Frau, bei der ich mir gut vorstellen kann, sie wäre wirklich Olivia.«

Auch das leuchtete Jule ein. »Und hast du bekommen, was du erwartet hast?«

»Etwas völlig anderes«, behauptete er.

»Inwiefern?«

»Ein Blick in deine Augen, und ich war völlig neben der Spur. Als du reingekommen bist, da konnte ich mir ziemlich gut vormachen, du wärst sie. Deshalb habe ich auch im ersten Moment so von oben herab auf dich reagiert. Weil mir irgendwie bewusst wurde, sie ist gar nicht so umwerfend und einzigartig, wie ich immer dachte. Dann hattest du kurz diesen verletzten Ausdruck im Gesicht, und ich bin an den wunderschönen blauen Augen hängen geblieben, und das war's.«

Er zuckte mit den Schultern und fügte dann hinzu: »Ab dem Zeitpunkt wusste ich nicht mehr, ob ich das weiter durchziehen sollte oder nicht. Immerhin hattest du ja auch eine bestimmte Erwartung an das Date, und irgendwie fühlte ich mich fast verpflichtet, die zu erfüllen. Deshalb habe ich weiter den Angeber gespielt und mir ein paar Drinks hinter die Binde gekippt, bis mir alles egal war und ich nur noch schnellstens mit dir ins Bett wollte. Oder so.«

Jule schmunzelte über den Nachsatz. Ein Bett war es nicht gerade gewesen, wo sie am Ende gelandet waren.

»Warum hast du das so gemacht?«, fragte nun er. »Also, ich habe mir inzwischen schon zusammengereimt, dass es etwas mit Malins Unfall zu tun hatte. Dass du deshalb durch den Wind warst, das verstehe ich. Wenn ich mir nur vorstelle, dass Sven so etwas passiert wäre, ich wäre bestimmt auch total von der Rolle gewesen. Aber das erklärt nur dein Motiv, nicht alles andere.«

»Alles andere?«

»Die Tarnung.«

Jule kniff die Augen zusammen und schwieg.

»Warum wolltest du nicht als du selbst zu dem Date?«, hakte Lasse schließlich nach. »Warum die Perücke?«

»Weil es mir irgendwie peinlich war, auf eine Dating-Plattform zurückzugreifen, um einen Typen aufzureißen«, gestand sie endlich.

»Wieso hast du es dann gemacht? Ich meine, wenn du in dem Minirock in irgendeinem Club aufgekreuzt wärst, hättest du wahrscheinlich keine allzu großen Schwierigkeiten gehabt, einen Kerl an Land zu ziehen.«

»Ja, schon. Aber ich wollte nicht erst suchen müssen. Und ich wollte von Anfang an klarstellen, worauf das Date hinauslaufen sollte. Irgendwie war online in dem Fall direkter.«

»Ja, dein Profil hat in der Hinsicht tatsächlich keine Fragen offen gelassen«, stimmte er ihr mit einem anzüglichen Grinsen zu.

»Hättest du dich mit mir getroffen, wenn ich das nicht so eindeutig hingeschrieben hätte?«, wollte Jule wissen.

»Ja, wahrscheinlich. Mir ist ja dein Foto ins Auge gestochen, nicht dein Profil. Das hat dann einfach nur gut zu meinem Plan gepasst.«

Jule nickte, und wieder verfielen sie in längeres Schweigen.

»Und jetzt?«, fragte sie irgendwann.

Er zuckte mit den Schultern. »Noch mal von vorne anfangen?«, schlug er vor.

»Wie, ein drittes Mal? Hatten wir nicht schon zwei erste Begegnungen?«

»Dann kommt es auf die dritte auch nicht mehr an.« Er drehte sich etwas mehr in ihre Richtung. »*Hej*, ich bin Lasse«, sagte er. »Ich arbeite in einem Fitnessstudio, das mir zu einem Drittel gehört, und irgendwann werde ich das Haus gegenüber von Malin zur Hälfte erben und …«

»Moment, wirklich?«, unterbrach Jule ihn.

»Meine Großmutter wohnt dort. Du weißt schon, die mit dem Weihnachtsbaum. Ihr gehört das Haus.«

»Oh, okay.«

»Mein Mountainbike war übrigens wirklich so teuer, aber das Segelboot gehört eigentlich meinen Eltern, und die teilen es sich mit meinem Onkel und meiner Tante. Womit habe ich noch angegeben?«

Jule war sich sicher, dass er noch mit ein paar anderen Dingen geprahlt hatte, aber gerade fiel ihr nichts mehr ein, und es war auch nicht wichtig.

»*Hej*, ich bin Jule und in der Gärtnerei meiner Eltern für die Buchhaltung und als Mädchen für alles angestellt. Und ich finde es übrigens gar nicht unsexy, wenn Männer am Mittsommertag Blumenkränze tragen.«

»Wirklich? Na ja, vielleicht hat Ruben ja noch einen übrig.« Er lachte verlegen. Dabei fiel ihm eine Haarsträhne ins Gesicht, und Jule war froh, vor lauter Nervosität auf ihren Händen zu sitzen, sonst hätte sie dem Impuls, sie zur Seite zu streichen, nicht widerstehen können. Er schob sie selbst hinters Ohr. »Habe ich übrigens erwähnt, dass du mit diesen Blumen wunderschön aussiehst?«

»Hast du nicht«, entgegnete sie und senkte schmunzelnd den Blick.

»Tust du aber.« Lasse streckte seine linke Hand nach ihr aus und machte genau das, was sie sich gerade bei ihm vorgestellt hatte: Er strich sanft eine verirrte Strähne aus ihrem Gesicht.

Die zärtliche Berührung entlockte Jule ein Lächeln. Das hier war so ganz anders als bei ihrem Date. Damals war von einer langsamen Annäherung keine Rede gewesen. Jetzt saßen sie da, wussten im Grunde beide, dass sie das Gleiche wollten, und keiner wagte es, den ersten Schritt zu machen.

Jule war sich nicht sicher, ob sie ihn vor einem Jahr nicht zuerst geküsst hatte. In ihrer Erinnerung war ab einem gewissen Punkt alles zu einem leidenschaftlichen Rausch verschwommen. Sie hatte kaum noch gewusst, wo oben und unten war.

Nun saßen sie hier wie zwei Teenager vor dem ersten Kuss und setzten so vorsichtig einen Schritt vor den anderen, als würde jede überstürzte Handlung sie wieder in die Phase der Verwirrung und Ungewissheit zurückbefördern.

Es kostete Jule ihren ganzen Mut, die Hand unter ihrem Oberschenkel hervorzuziehen und über Lasses Unterarm zu streicheln. Sofort stellten sich die feinen blonden Härchen auf. Sie fand das wahnsinnig sexy, und trotzdem beließ sie es dabei und wartete geduldig auf seinen nächsten Schritt.

»Hast du auch gerade solche Angst, alles wieder kaputt zu machen?«, erkundigte er sich mit einem nervösen Lächeln. Er ergriff ihre Hand und legte sie an seine Brust, sodass sie seinen Herzschlag spüren konnte. »Ich bin selten in der Gegenwart einer schönen Frau entspannt, aber so kurz vor dem Herzinfarkt war ich noch nie«, behauptete er.

Jule fand, dieses Risiko durfte sie wirklich nicht eingehen. Obwohl sie diesmal doch eigentlich von ihm geküsst werden wollte, beugte sie sich zu ihm hinüber. Sein Gesicht war nur noch Zentimeter von ihrem entfernt. Sie wollte die Augen schließen, blieb jedoch an seinem intensiven Blick hängen.

»Du riechst wie eine Blumenwiese«, bemerkte er.

»Könnte daran liegen, dass ich eine auf dem Kopf habe«, erwiderte Jule so ernst wie möglich, doch sie mussten beide lachen.

Lasse lehnte die Stirn gegen ihre, schloss die Augen und flüsterte: »Davon träume ich schon so lange.«

»Von einer Frau mit einer Blumenwiese auf dem Kopf?« Die unpassenden Kommentare waren Jules Ventil, um mit der Anspannung umgehen zu können. Sie sehnte sich so sehr nach diesem Kuss und brachte es doch nicht fertig, selbst den entscheidenden Schritt zu machen.

»Wenn schon davon, die Frau mit der Blumenwiese auf dem Kopf zu küssen«, gab er zurück.

»Dann mach es doch einfach!«, hauchte Jule.

Noch einmal zögerte er kurz, dann endlich fasste er sich ein Herz und küsste sie. Vor Glück fing sie so breit zu lächeln an, dass sie den Kuss zuerst gar nicht richtig erwidern konnte. Aber sie nahm sein Gesicht in ihre Hände, atmete mit geschlossenen Augen einmal tief durch und küsste ihn dann noch mal.

Das Kribbeln in Jules Bauch nahm eine Intensität an, die sie bisher noch nicht gekannt hatte. Da waren sie, die berühmten Schmetterlinge, und sie flatterten wild umher, als wollten sie Jule von innen kitzeln und zum Strahlen bringen, und sie löschten damit alle Zweifel aus. Dieses Gefühl war anders als alles, was je ein Mann in Jule ausgelöst hatte. Es war viel mehr als nur körperliche Anziehung. Sie war in Lasse verliebt, und das fühlte sich ganz wunderbar an.

Da drangen von der Wiese oberhalb »*Hej ho!*«-Rufe an Jules Ohr, und sie machte sich von Lasse los. »Es fängt an!«, rief sie aufgeregt, sprang auf, ergriff seine Hand und zog ihn mit sich. Er folgte ihr widerstandslos, bis sie hinter einer Wand aus Menschen zum Stehen kamen.

Natürlich waren sie viel zu spät dran, um noch einen Platz zu ergattern, von dem aus sie einen guten Blick auf das Geschehen hatten. Auch von ihren Freunden war keine Spur zu entdecken. Malin war ohnehin zu klein, um sie in der Menge auszumachen, doch selbst die großen blonden Männer stachen aus dem Publikum nicht gerade heraus. Jule gab die Suche nach ihnen rasch auf.

»Macht nichts«, murmelte sie. »Hauptsache, du bist da.« Sie lächelte Lasse an und ließ sich nur zu gern von ihm in den Arm nehmen. Doch ihre Aufmerksamkeit galt nun ganz dem Mittsommerbaum, der begleitet von den Anfeuerungsrufen der Zuschauer Stück für Stück aufgerichtet wurde. Am Ende schien er noch einmal gefährlich zu schwanken, doch dann stand er aufrecht, und alle jubelten und klatschten. Der Sommer war da!

Von den traditionellen Tänzen, die von Männern und Frauen in Trachten aus verschiedenen Regionen Schwedens aufgeführt wurden, konnte Jule fast nichts sehen. Aber dann wurden die Absperrungen entfernt und der Baum freigegeben. Unter Anleitung der Moderatorin, die zwischendurch den Touristen auf Englisch erklärte, was gerade passierte, scharten sich in einer endlos langen Spirale Hunderte Menschen um den Baum, um dann wie Frösche zu hüpfen und wie Schweine zu grunzen.

Jule ließ es sich nicht nehmen, sich mitten ins Getümmel zu stürzen, und zu ihrer Freude blieb Lasse die ganze Zeit über dicht bei ihr und machte alle Tanzspiele mit, bis es beiden genug war und sie sich gemeinsam einen Weg zum Rand der Grünfläche bahnten.

Sie hielten sich an den Händen, als sie sich der Picknickdecke näherten. Inzwischen gab es auf der Wiese wieder mehr Platz, und ihre Freunde hatten sich etwas weiter ausgebreitet, damit sie es alle bequem hatten. Ruben hatte sich quer über die Decke ausgestreckt, Sven lehnte mit dem Rücken an einer Kühlbox. Malin lag daneben, und ihr Kopf ruhte auf seinem Oberschenkel. Dilara saß vor Magnus, der von hinten die Arme um sie geschlungen hatte.

Jule überging die Blicke, die bedeutungsvoll auf ihre ineinander verschlungenen Hände gerichtet waren, und erkundigte sich: »Wo sind Britta und Gunnar?«

»Ach, wir haben die zwei verliebten Teenager nach Hause geschickt«, antwortete Magnus. »Bevor sie noch auf blöde Gedanken kommen. Die sollen sich zu zweit einen schönen Tag machen.«

»Hast du sie wirklich beim Knutschen erwischt?«, wollte Malin kichernd wissen.

»Zum Glück nur beim Knutschen«, antwortete Jule mit einem vielsagenden Grinsen, ließ sich auf dem Boden nieder und zog Lasse mit sich herunter. Er machte es wie Sven und benutzte die zweite Kühlbox als Rückenlehne. Jule zögerte. Wenn sie sich auch an die Box lehnte, würde die möglicherweise umfallen. Sich wie Malin hinzulegen und Lasses Oberschenkel als Kissen zu benutzen, erschien ihr zu intim.

Lasse bemerkte ihre Unsicherheit. »Komm einfach her!«, flüsterte er, zog sie näher an sich heran und legte den Arm um sie. Alle beobachteten sie dabei gespannt.

»Sieht ganz so aus, als hättet ihr euch ausgesprochen«, stellte Sven endlich fest.

»Ja, haben wir«, bestätigte Lasse. »Wir haben uns darauf geeinigt, dass wir alles hinter uns lassen und noch mal von vorn anfangen.«

»Schade, wirklich alles?«, meinte Ruben. »Nicht jedes Paar kann von sich behaupten, den ersten Sex auf einem Kinderspielplatz gehabt zu haben.«

»Ruben!«, kreischte Jule entsetzt. Was fiel diesem verdammten Mistkerl eigentlich ein? Und woher wusste er das überhaupt?

Sie wandte sich zu Lasse um, doch der hob sofort abwehrend die freie Hand. »Von mir hat er das nicht.«

»Aber woher …?«, stammelte sie.

Ruben richtete ganz entspannt den Oberkörper auf und stützte sich auf die Unterarme. »Das hast du mir doch selbst erzählt«, sagte er völlig gelassen.

Jule starrte ihren Bruder ungläubig an. Wann, bitte, sollte sie ihm diese peinliche Geschichte erzählt haben, dass sie und Lasse so scharf aufeinander gewesen waren, als sie die Bar verlassen hatten, dass sie es nicht einmal bis zu einem Taxi geschafft hatten, bevor sie übereinander hergefallen waren? Sie wurde jedes Mal rot, wenn sie an einem Kinderspielplatz vorbeikam, weil sie automatisch daran denken musste, dass sie die Geräte für ganz andere Spiele missbraucht hatten.

Ruben versuchte, ihrem Gedächtnis auf die Sprünge zu helfen. »*Midsommar*, letztes Jahr. Am Vormittag haben wir mit Magnus über Malins Zustand geredet. Dann sind wir zur *Stuga* hinausgefahren, um mit der Familie zu feiern. Irgendwann warst du einfach weg, ich habe dich gesucht und dich im Schuppen zusammen mit einer Flasche Schnaps gefunden. Wir haben uns gemeinsam betrunken und ...«

An dieser Stelle brach er ab, doch Jules Erinnerung war ohnehin schon zurückgekehrt. Er hatte recht. Sie war so am Ende gewesen, dass sie sich nur bis zur Besinnungslosigkeit betrinken wollte. Als Ruben dazugestoßen war, hatte sie den Schnaps mit ihm geteilt, und sie hatten geredet. Zuerst über Malin, dann darüber, wie sie in den letzten Tagen versucht hatten, mit der Situation und den damit verbundenen Emotionen umzugehen. Jule hatte Ruben an dem Abend tatsächlich alles, wirklich *alles* über das Date mit Lars erzählt. Nur hatte sie sich bis zu diesem Moment nicht mehr daran erinnern können.

»Du wusstest das alles die ganze Zeit.« Sie starrte ihren Bruder immer noch an, inzwischen war ihr Blick jedoch vermutlich ziemlich geschockt.

Ruben nickte nur.

»Aber woher wusstest du, dass er das war?« Sie deutete verwirrt auf Lasse.

»Ich war bei eurem Wiedersehen dabei«, erklärte er. »Du hast ausgeschaut, als würdest du einen Geist sehen. Lars – Lasse – ich habe eins und eins zusammengezählt. Und spätestens die Aktion mit Björn hat alles klargemacht.«

»Deshalb hast du einfach mitgespielt und nie nach einem Grund gefragt. Malin hat ewig lange versucht, Erklärungen aus mir herauszuquetschen, weil sie es nicht verstanden hat. Aber du hast nie auch nur eine Frage gestellt. Weil du alle Antworten bereits kanntest.« Das machte sein Verhalten für Jule schlüssig, doch kaum hatte sie den Teil gedanklich abgehakt, wurden ihr die amüsierten Blicke ihrer Freunde bewusst.

»Kinderspielplatz also«, sagte Sven nur, und alle prusteten los.

»Bitte verrate mir niemals, auf welchem!«, kicherte Malin. »Oder vielleicht doch, damit ich weiß, welchen ich besser meide, wenn ich mal Kinder habe.«

»Ihr wart doch hoffentlich allein dort«, neckte Magnus sie, und Dilara murmelte:

»So richtig bequem stelle ich mir das ja nicht vor.«

Jule wäre am liebsten im Erdboden versunken. Genau das war der Grund, warum sie sich eigentlich geschworen hatte, nie jemandem Details zu diesem Abenteuer zu erzählen.

»Aber war die Nummer so schlecht, oder warum hattet ihr eigentlich die ganze Zeit so ein Problem miteinander?«, wollte Sven wissen.

Falls es überhaupt möglich war, nahm Jules Gesicht noch einen intensiveren Rotton an.

Lasse machte es nicht besser, indem er sie sanft in die Seite stieß und nachhakte: »Ja, genau, war's für dich so schlecht, dass du dich danach gleich aus dem Staub gemacht hast? Ich meine, ich hatte noch nicht mal richtig meine Hose wieder an.«

Sie bewunderte seine Coolness, die ihr völlig abhandengekommen war, obwohl sie doch normalerweise rein gar kein Problem damit hatte, offen über Sex zu reden. Eigentlich war es immer Malin, die rot wurde und die Dinge gern umschrieb. Doch dass sie nun alle erwartungsvoll anstarrten, half nicht gerade dabei, ihre Gelassenheit zurückzubringen.

Aber Jule fand, dass die Antwort eigentlich nur Lasse etwas anging, deshalb wandte sie sich ihm zu, legte die Hand auf seinen

Oberschenkel und flüsterte ihm zu: »Nein, es war nicht schlecht, ganz im Gegenteil.« Sie war damals von ihren Gefühlen komplett überwältigt gewesen.

Erst als sie jetzt in Lasses Augen sah, verstand sie, was wirklich in ihr vorgegangen war. Obwohl sie Liebe auf den ersten Blick für einen Mythos hielt und sie Lars doch den Großteil des Abends für einen Kotzbrocken gehalten hatte, war ihr genau das passiert: Sie hatte sich auf den ersten Blick in Lasse – in den Lasse, den sie hinter der Lars-Maske erahnt hatte – verliebt und zum ersten Mal in ihrem Leben mit einem Mann geschlafen, der sie nicht nur oberflächlich gereizt hatte. Der in dem Moment unfassbare Unterschied hatte sie endgültig aus dem Konzept gebracht und ihren Fluchtinstinkt geweckt.

Deshalb hatte sie auch seine Telefonnummer sofort gelöscht, und ihr Profil auf der Dating-Plattform stillgelegt, um nur ja nie in Versuchung zu kommen, noch einmal mit Lars Kontakt aufzunehmen. Doch er hatte am nächsten Tag versucht, sie zu erreichen, und um dem ein Ende zu setzen, hatte sie ihn schließlich blockiert.

Lasse nahm ihr Geständnis lächelnd zur Kenntnis und beugte sich vor, um sie zu küssen. Wenig überraschend kommentierten ihre Freunde das mit Applaus und übertriebenen Gejohle.

»Das macht ihr aber jetzt hoffentlich nicht jedes Mal«, bemerkte Jule in die Runde.

»Probier es aus!«, riet Ruben, und natürlich war er beim zweiten Kuss derjenige, der am lautesten grölte.

»Keine Angst, irgendwann wird ihm das auch langweilig«, meinte Magnus zuversichtlich.

»So in drei, vier Jahren«, ergänzte Malin.

Jule verdrehte die Augen. »Vielleicht solltest du dieses Mittsommerfest nutzen, um selbst jemanden aufzureißen«, schlug sie ihrem Bruder vor.

»Könnte ich«, erwiderte er. »Aber ich glaube, es macht mehr Spaß, meine kleine Schwester zu ärgern.«

»Hattest du von dem Spaß in den letzten Wochen noch nicht genug?«, beschwerte sie sich.

»Davon kriege ich nie genug«, behauptete er.

Jule drehte den Kopf in Lasses Richtung. »Wir könnten es aber auch wie Gunnar und Britta machen.«

»Könnten wir«, stimmte er ihr zu. »Aber ehrlich gesagt würde ich lieber hierbleiben und mit dir und allen anderen diese Feier genießen.« Nur noch für sie hörbar fügte er hinzu: »Es langsam angehen.«

»Okay, aber wenn ihr euch nicht mehr zurückhalten könnt, haltet euch bloß von den Kinderspielplätzen fern«, murmelte Sven.

Jule ignorierte den Kommentar. Stattdessen gab sie Lasse einen Kuss – natürlich johlte Ruben wieder – und antwortete nur: »Okay.« Doch sie sah Lasse auch in die Augen und hoffte, dass er verstand, was sie ihm sagen wollte. Dass sie sich nach der Feier, vielleicht auch erst morgen, wenn sie ausgeschlafen hatten, jede Menge Zeit nehmen wollte. Ohne überstürzte, leidenschaftliche Hast und ohne die Angst, erwischt zu werden. Den zweiten Versuch eines ersten Mals wollte sie mit allen Sinnen genießen.

Lasse lächelte, und in seinem nächsten Kuss lag das Versprechen, es genau so zu machen, wie Jule es sich erträumte.

21. Juni

Im Halbschlaf nahm Jule wahr, dass sie nicht allein in ihrem Bett lag. Sie seufzte und streckte den Arm aus, sodass er quer über Lasses Brust zum Liegen kam. Er legte die Hand auf ihre, und sie dösten weiter. Als Jule sich von ihm wegdrehte, hielt er sie weiter fest und schmiegte sich von hinten an sie.

Das Spiel spielten sie noch eine Weile weiter, bis Jule langsam das Gefühl hatte, richtig wach zu sein. Trotzdem hielt sie die Augen geschlossen und horchte in sich hinein. Eines stand fest: Dass Lasse in ihrem Bett lag, fühlte sich gut und richtig an, und zum ersten Mal in ihrem Leben erwachte sie nicht mit dem dringenden Wunsch, den Typen an ihrer Seite auf dem schnellsten Weg loszuwerden.

Sie drehte sich wieder zu ihm um, streichelte über seine Brust und öffnete endlich die Augen. Nein, sie wollte ihn ganz und gar nicht verjagen. Ihm beim Aufwachen zuzusehen, war einer der intimsten Momente, den sie je mit einem Mann geteilt hatte, und auch einer der schönsten. Das kleine Schmunzeln um seine Lippen ließ die Schmetterlinge in ihrem Bauch völlig verrückt werden.

»Guten Morgen«, sagte sie leise und hauchte ihm einen Kuss auf die Wange.

»Morgen«, murmelte auch er, hielt die Augen aber weiter geschlossen und zog Jule noch enger an sich. Sie schmiegte sich an ihn, genoss seine Nähe, kostete diesen Moment mit all ihren Sinnen aus.

Das Erstaunlichste für Jule war vermutlich, dass sie in der vergangenen Nacht gar nicht miteinander geschlafen hatten. Auf dem Heimweg vom Skansen hatten sie einen kurzen Abstecher zu Lasses Wohnung gemacht, weil er ein paar Dinge holen wollte. Wie das T-Shirt, das er zum Schlafen trug und in dessen Stoff Jule nun die Nase vergrub. Sie wollte ihn sehen, fühlen, riechen.

Bei ihr zu Hause angekommen, waren sie beinahe sofort ins Bett gefallen – nicht, um sich ihrer Leidenschaft hinzugeben, sondern weil sie tatsächlich beide todmüde waren. Die Erinnerung an die Szene im Badezimmer brachte Jule zum Schmunzeln. Außer neben ihren Brüdern oder ihrem Vater hatte sie sich noch nie neben einem Mann die Zähne geputzt. Selbst in diesen Minuten hatte sie Lasses Nähe genossen.

Im Bett hatten sie trotz aller Müdigkeit noch lange geredet und gekuschelt. Für Jule war das eine völlig neue Erfahrung. Wenn sie bisher einen Mann mit zu sich genommen hatte, dann hatte sie dabei ein bestimmtes Ziel verfolgt. Eine ganze Nacht zusammen mit einem heißen Typen im Bett zu liegen, ohne mit ihm Sex zu haben, das hatte es in ihrem Leben noch nicht gegeben.

Endlich öffnete auch Lasse die Augen. Jule fand ihn wahnsinnig süß, wie er mit der Restmüdigkeit rang und verschlafen blinzelte.

»*Hej*«, flüsterte sie und streichelte über seine unrasierten Wangen. Sein Lächeln wurde breiter, und Jule konnte gar nicht anders, als ihn anzustrahlen. Sie konnte sich nicht erinnern, je so glücklich gewesen zu sein wie in diesem Moment.

»*Hej*, Sonnenschein«, raunte er, und seine Stimme klang rau und belegt. Jule kam sich nicht einmal komisch vor, weil er sie so nannte. Sie wollte wirklich gern die Sonne sein, die seine Tage wärmer und heller machte.

»Hast du Hunger?«, fragte sie, denn ihr Magen knurrte ein wenig.

Er räusperte sich zuerst, bevor er ihr eine Antwort gab. »Ein bisschen.«

»Frühstück im Bett oder auf der Terrasse?«

»Bett klingt verlockend, aber es ist Sommerbeginn, also Terrasse.«

Jule war ganz seiner Meinung. Das Frühstück im Bett konnten sie sich für kalte Wintertage aufheben, wenn die Sonne sich kaum blicken ließ und es nichts Besseres gab, als sich zwischen warme Decken zu kuscheln. Doch jetzt galt es, jeden Sonnenstrahl auszunutzen und Wärme zu tanken.

Sie sagte: »Okay«, aber sie bewegte sich keinen Millimeter von Lasse weg. Wenn er nur ein bisschen Hunger hatte, dann konnten sie doch einfach noch eine Weile hier liegen bleiben und sich gegenseitig anhimmeln. Denn in dem Moment wurde Jule bewusst, dass sie das schon die ganze Zeit tat. Sie himmelte diesen wunderbaren Mann mit dem süßen Lächeln und der Haarsträhne, die ihm dauernd ins Gesicht fiel, an, und sie wollte das gern noch länger tun.

Auch Lasse machte keine Anstalten, das Bett zu verlassen. Er streichelte über Jules Wange und gab ihr einen Kuss. Moderner Zahnpasta sei Dank, dass der sich kein bisschen ungut anfühlte.

Jule hatte noch nie einen Mann am Morgen danach geküsst, weil sie sich das immer wenig verlockend vorgestellt hatte. Sie hatte auch jetzt kein Bedürfnis nach einem echten Zungenkuss, aber dieser vorsichtige, sanfte, der war ganz wunderbar.

»Schön, dass du dich diesmal nicht einfach in Luft aufgelöst hast«, bemerkte Lasse nach einer Weile.

»Hättest du letztes Mal danach etwa noch kuscheln wollen?«, entgegnete sie, und beide mussten lachen.

»Wäre schwierig geworden«, gab er zu.

»Wir holen das einfach jetzt nach.«

»Gute Idee.«

Sein Lächeln bewirkte, dass Jule ihren Hunger einfach vergaß. Essen konnten sie später noch, wenn sie damit fertig war, diese neue Erfahrung in sich aufzusaugen und bis in die Zehenspitzen auszukosten.